Rainha do Inverno

OBJETIVA

Boris Akunin

Rainha do Inverno

Tradução direta do russo
por *Paulo Bezerra*
Livre-docente em literatura russa pela USP

OBJETIVA

EDITORA OBJETIVA LTDA., rua Cosme Velho, 103
Rio de Janeiro – RJ – CEP 22241-090
Tel.: (21) 2556-7824 – Fax: (21) 2556-3322
www.objetiva.com.br

Capa
Silvana Mattievich

Revisão
Neusa Peçanha
Tereza da Rocha

Editoração
FA Editoração Eletrônica

2003

A315r
Akunin, Boris
Rainha do inverno / Boris Akunin - Rio de Janeiro : Objetiva, 2003.

285 p. : (As Aventuras do Detetive Erast Fandórin)
ISBN 85-7302-490-9
Tradução de : *Azazel*

1. Literatura russa. I. Série II. Título

CDD 891.7

Sumário

Capítulo primeiro

Em que se descreve uma extravagância cínica

Na segunda-feira 13 de maio de 1876, depois das 2h da tarde de um dia fresco como de primavera e morno como de verão, inúmeras testemunhas presenciaram no Jardim de Alexandre* um episódio chocante, desses sem nenhum precedente.

Pelas aléias, entre lilases floridos e um canteiro de vistosas tulipas escarlates, passeava uma gente elegante — senhoras ostentando sombrinhas de renda (para evitar sardas), governantas com crianças vestidas de marinheiro, jovens de ar entediado metidos em sobrecasacas de lã da moda ou em paletós curtos à inglesa. Ninguém prenunciava contrariedades; no ar, impregnado de aromas da primavera madura e firme, derramavam-se uma satisfação indolente e um tédio de saciedade. O sol queimava a valer, e todos os bancos à sombra estavam ocupados.

Em um deles, a uma pequena distância da Gruta e voltado para o gradil que marcava o início da rua Nieglínnaia,

* Jardim situado ao lado do Krêmlin e contíguo à praça Maniej. [N. do T.]

de onde se viam ao longe as paredes amarelas da Maniej,*
duas mulheres estavam sentadas. Uma, que era bem jovem (talvez não propriamente uma senhora, mas, antes, uma senhorita), lia um pequeno livro encadernado em marroquim, olhando a cada instante para os lados com uma vaga curiosidade. A outra, bem mais velha, metida num encorpado vestido de lã azul-escura e em cômodas galochas amarradas com cadarços, concentrava-se em tricotar uma peça venenosamente rosada num movimento cadenciado das agulhas. Mas nem por isso deixava de virar a cabeça ora para a direita, ora para a esquerda, e num relance seu olhar era tão tenaz que nada deixava escapar que fosse minimamente digno de nota.

Logo, chamou-lhe a atenção um jovem em apertadas pantalonas xadrez, sobrecasaca displicentemente desabotoada sobre um colete branco e com um chapéu suíço redondo — ele caminhava pela aléia de um jeito estranhíssimo: ora parava, examinando algum dos passantes, ora dava alguns passos com mais ímpeto, para logo parar de novo. Subitamente, esse desequilibrado olhou para as duas mulheres e, como que tomando uma decisão, aproximou-se a passos largos. Parou diante do banco e, dirigindo-se à mais jovem, exclamou numa voz ridícula de falsete:

— Senhora! Alguém já lhe disse antes que é insuportavelmente bela?

A jovem, que era mesmo uma beldade, fixou o olhar naquele sujeito audacioso, entreabrindo levemente os lábios cor de morango. Até mesmo sua companheira mais velha ficou boquiaberta diante de tamanha falta de cerimônia.

— Eu fui abatido à primeira vista! — continuou com sua palhaçada o jovem desconhecido, aliás, de aparência per-

* Sala de exposições que leva o nome da praça. [N. do T.]

feitamente apresentável (cabelos cortados sobre as têmporas bem na moda, testa alta e pálida, olhos castanhos ardendo de excitação).

— Posso dar no seu rosto inocente um beijo ainda mais inocente e fraterno?

— *Z*enhor, *z*im, *z*enhor está totalmente bêbado! — disse-lhe a mulher que tricotava, com um inconfundível sotaque alemão.

— Se estou bêbado, é exclusivamente de amor — asseverou-lhe o sujeito atrevido, e insistiu com a mesma voz artificial e esganiçada. — Só um beijo, senão eu me mato agora mesmo!

A moça comprimiu-se contra o encosto do banco, voltando o rosto para a sua protetora. Esta, apesar de toda aquela situação alarmante, revelou plena presença de espírito:

— *V*ora daqui imediatamente! *Z*enhor é louco! — levantou a voz, enquanto erguia em riste o tricô com as agulhas agressivamente apontadas. — Eu chamo o guarda!

E foi aí que aconteceu algo absolutamente extraordinário.

— Ah, então é assim! Estão me rejeitando! — berrou o jovem, cobrindo os olhos com a mão, e retirou ostentosa e repentinamente de um bolso interno um pequeno revólver de aço preto reluzente. — Se é assim, será que depois de uma situação dessas vale a pena viver? Uma palavra sua e estarei vivo! Uma palavra sua e cairei morto! — apelava ele para a moça ali sentada, estarrecida. — Continua calada? Então, adeus!

A figura daquele cidadão que brandia uma arma não podia deixar de atrair a atenção dos passantes. Alguns transeuntes — uma senhora gorda de leque em punho, um senhor imponente com uma medalha de Santa Ana no pescoço, duas estudantes identicamente trajadas de vestidinho marrom com uma pequena capa sobre os ombros — pararam espantados e até do lado de fora do gradil, já na calçada, um estudante parou. Numa palavra, era de esperar que se pusesse fim imediato àquela cena medonha.

Mas o que aconteceu em seguida foi tão rápido, que ninguém se atreveu a interferir.

— Faça o que quiser! — gritou um bêbado (ou, quem sabe, um louco); por algum motivo, o rapaz ergueu a mão com o revólver bem acima da cabeça, rodou o tambor e apontou o cano para as têmporas.

— Palhaço! Almofadinha — resmungou a brava alemã, revelando um bom conhecimento da língua russa falada.

O rosto do jovem, que já era pálido, começou a ficar cinzento e esverdeado, ele mordeu o lábio inferior e semicerrou os olhos. Por via das dúvidas, a jovem também fechou os olhos.

E fez bem, pois isso a livrou de uma visão aterradora: no instante em que ressoou o disparo, a cabeça do suicida deu uma guinada brusca, e do tiro que varou a cabeça um pouco acima do ouvido esquerdo irrompeu um jato vermelho-esbranquiçado.

O ato desencadeou um episódio indescritível. A alemã olhava indignada para todos os lados, como se a todos convocasse para testemunhar tamanha ausência de decoro, e pôs-se a gritar como uma possessa, juntando sua voz aos gritinhos estridentes das alunas de um colégio e de uma senhora gorda que alguns segundos antes prorrompera em gritos lancinantes. A jovem continuava desmaiada — ainda assim, entreabriu os olhos por um momento e logo amoleceu. Acorria gente de todas as partes, mas um estudante, rapaz de natureza sensível, que estava perto do gradil fez o contrário e logo se afastou, tomando a calçada rumo à rua Mokhovaia.*

---

* Rua famosa do Centro antigo de Moscou, onde fica a parte velha da Universidade Lomonóssov. [N. do T.]

* * *

Ksavieri Feofiláktovitch Grúchin, chefe do Departamento de Investigação da chefatura de polícia de Moscou, suspirou aliviado e pôs à esquerda, na pilha de "vistos", o boletim dos crimes importantes da véspera. Durante as últimas 24 horas, ou seja, todo aquele 13 de maio, em nenhuma das 24 delegacias de polícia da cidade de 600 mil habitantes havia acontecido nada digno de nota que reclamasse a intervenção do Departamento. Um assassinato decorrente de uma briga entre dois artesãos bêbados (o assassino foi preso no local do crime), dois assaltos a cocheiros (as delegacias que ficassem a cargo destes), o sumiço de 7.853 rublos e 47 copeques do caixa do Banco Russo-Asiático (isto é assunto para Anton Semeónovitch, do setor de fraudes). Pela graça de Deus, deixaram de enviar para o Departamento toda a sorte de bobagens sobre roubo de carteiras, governantas enforcadas, recém-nascidos abandonados — para este fim, existe agora o "Boletim de ocorrências policiais da cidade", que é enviado às seções na parte da tarde.

Ksavieri Feofiláktovitch bocejou aliviado e olhou por cima do pincenê de tartaruga para o escrevente Erast Pietróvitch Fandórin, funcionário de 14ª classe, que reescrevia pela terceira vez um relatório absurdo para o chefe de polícia. Não há de ser nada, pensou Grúchin, é bom que aprenda desde cedo a ser cuidadoso, depois ele mesmo vai agradecer. Vejam que moda inventaram: escrevem com pena de aço e ainda por cima para a alta chefia. Não, meu jovem, vá devagar, à antiga, com pena de ganso, com todos os traços e requintes. Sua Excelência cresceu no tempo do imperador Nicolai Pávlovitch, conhece a ordem e o respeito aos superiores.

Ksavieri Feofiláktovitch queria sinceramente bem ao rapaz, condoía-se paternalmente dele. A bem dizer, o destino fora cruel com o escrevente novato. Aos 19 anos, ficou órfão de pai e mãe — desde a infância ficara sem a mãe; o pai, por sua vez, dilapidou precipitadamente os bens para investir em projetos vãos e acabou se dando mal. Enriqueceu na febre das ferrovias, mas faliu na crise bancária. Quando no ano anterior os bancos comerciais foram quebrando um após outro, muita gente boa caiu na mendicância. Os títulos bancários mais sólidos foram para o brejo, viraram pó. E eis que até o senhor Fandórin, tenente da reserva, viu-se empobrecido da noite para o dia e só deixou para o filho único umas letras de câmbio. O rapazinho estava prestes a concluir o colegial e ingressar na universidade, mas só lhe restou deixar a casa dos pais e sair pelas ruas atrás do ganha-pão. Ksavieri Feofiláktovitch deu um suspiro de lamento. O órfão prestou concurso para arquivista ou escrevente de colégio,* coisa à-toa para um rapaz tão instruído, mas por que razão foi se meter na polícia? Podia ter ido trabalhar como estatístico ou, pelo menos, na área judicial. A gente enche a cabeça de romantismo, sonha em desvendar casos misteriosos de conspiradores como Cadoudal.** Mas aqui, meu rapaz, não há nenhum Cadoudal (Ksavieri Feofiláktovitch meneou a cabeça em sinal de desaprovação), aqui a gente tem de esquentar os fundilhos e escrever protocolos sobre o modo como um tal de Golopúzov matou, embriagado, a legítima esposa e três filhos menores a machadadas.

---

* Título civil de oitava classe na Rússia anterior a 1917. [N. do T.]

** Georges Cadoudal, um dos integrantes do complô da famosa *machine infernale*, que tentou assassinar Napoleão Bonaparte em 1803; foi preso e executado. [N. do T.]

Fazia três semanas que o jovem Fandórin servia no Departamento de Investigação, e Ksavieri Feofiláktovitch, ex-investigador e homem atilado, já percebera que o novato não ia dar certo. Excessivamente fino e instruído. Já na primeira semana, Grúchin levou-o até o local de um crime (foi quando mataram a facadas a comerciante Krupnova); Fandórin, ao ver a morta, ficou lívido e saiu apoiando-se na parede rumo ao pátio. É bem verdade que a aparência da comerciante não tinha nada de agradável — garganta ensangüentada de uma orelha à outra, língua caída, olhos esbugalhados e, naturalmente, um mar de sangue à sua volta. Em suma, o próprio Ksavieri Feofiláktovitch teve de fazer a sindicância e preencher o protocolo. A coisa não foi decerto muito complicada. Os olhos do porteiro Kuzíkin pareciam prestes a saltar das órbitas e Ksavieri Feofiláktovitch logo mandou o policial agarrá-lo pelo colarinho e metê-lo no xadrez. Faz duas semanas que Kuzíkin está preso, negando tudo, mas isso nada quer dizer, ele vai acabar confessando, nenhum outro podia ter matado a comerciante — no trato dessas questões, o investigador-chefe em 30 anos de serviço havia desenvolvido um faro certeiro. Bem, Fandórin vai acabar sendo aproveitado na secretaria. Consciencioso, escreve corretamente, conhece línguas estrangeiras, é perspicaz e tem bom temperamento, não é como esse beberrão amargurado, o Trofímov, que no mês passado foi rebaixado de escrevente a auxiliar subalterno do chefe de posto na rua Khítrovka. Que se esborrache de vez por lá e reserve suas grosserias para a chefia.

Grúchin, enraivecido, tamborilou os dedos na mesa forrada de um feltro desbotado, tirou o relógio do bolso do colete (ah, ainda falta muito tempo para o almoço) e puxou decididamente para si o último número do *Moskóvskie Viédomosti.**

— Bem, vamos ver se tem alguma surpresa — disse em voz alta, e o jovem escrevente rapidamente pôs de lado a abominável pena de ganso, certo de que o chefe logo passaria a ler em voz alta as manchetes e tudo o que viesse pela frente, acompanhando a leitura com seus comentários — Ksavieri Feofiláktovitch tinha esse hábito.

Novíssimo espartilho americano
"LORD BYRON"
Confeccionado com simplíssima barbatana de baleia, para os homens que querem ficar esbeltos. Cintura, uma polegada, ombro, uma braça!

—Veja só esses caracteres, ocupam uma braça! Agora veja abaixo, em letrinhas miúdas:

O soberano viaja para Ems

— Claro, imagine... o soberano, este é uma grande figura, mas "Lord Byron"!

O resmungo do boníssimo Ksavieri Feofiláktovitch produziu no escrevente um efeito impressionante. Por algum motivo, ele ficou perturbado, o semblante enrubesceu e seus longos cílios de moça estremeceram com ar de culpa. Já que estamos falando de cílios, é hora de descrever com mais detalhe a aparência de Erast Pietróvitch, uma vez que lhe caberia um papel-chave nos acontecimentos estranhos e

---

* O *Diário Oficial de Moscou*, que servia igualmente de órgão noticioso. [N. do T.]

marcantes que logo se seguiriam. Era um jovem muito afável, de cabelos negros (dos quais ele se orgulhava secretamente) e de olhos azuis (uma pena, porque seria melhor se os olhos também fossem negros), bastante alto, pele clara e um rubor insidioso e indisfarçável nas faces. Aliás, cabe revelar também o que deixou o escrevente tão perturbado. Precisamente dois dias antes, ele gastara um terço do seu primeiro mês de ordenado na compra do espartilho tão zelosamente descrito, era o segundo dia que usava o "Lord Byron", agüentando indizíveis suplícios em nome da beleza, e agora começava a desconfiar (sem nenhum fundamento) que o perspicaz Ksavieri Feofiláktovitch decifrara a origem da postura hercúlea do seu subordinado e, assim, ele se achava exposto às risadas do chefe.

Enquanto isso, o investigador-chefe continuava em sua leitura:

Atrocidades dos bachibuzukis* *turcos na Bulgária*

— Não, isso não é para se ler antes do almoço.

Explosão na Ligovka

Nosso correspondente em São Petersburgo informa que ontem, às 6h30 da manhã, na rua Známie, na casa de comércio do conselheiro Vartanov, ouviu-se uma explosão que reduziu a destroços um apartamento no quarto andar. A polícia encontrou no local os restos mortais de um homem jovem, já irreconhecíveis de tão deformados. O apartamento estava alugado a um tal de senhor P., livre-docen-

* "Bachibuzukis" — soldados de unidades não regulares do Exército turco, que existiram nos séculos XVIII e XIX. [N. do T.]

te, cujo cadáver, ao que tudo indica, foi o encontrado. A julgar pelo aspecto do apartamento, ali fora instalado algo parecido com um laboratório de química. O conselheiro de Estado Brilling, responsável pela perícia, supõe que ali estavam sendo construídas máquinas infernais para uma organização terrorista de niilistas. As investigações prosseguem.

— Pois é, graças ao Supremo, isto aqui não é Píter.*

O jovem Fandórin, a julgar pelo brilho dos olhos, pensava diferentemente a esse respeito. Todo o seu semblante dizia com eloqüência: bem, veja, na capital as pessoas se dedicam a alguma atividade, descobrem terroristas e não ficam reescrevendo dez vezes o mesmo relatório, que, aliás, nada encerra de interessante.

— Então — Ksavieri Feofiláktovitch continuava folheando o jornal —, vejamos agora a página da cidade.

O primeiro externato moscovita

A baronesa Esther, famosa benfeitora inglesa, cujo empenho vem permitindo em vários países a organização dos chamados "externatos", abrigos modelares para meninos órfãos, declarou ao nosso correspondente que até na cidade das cúpulas douradas** finalmente abriram-se as portas do primeiro estabelecimento dessa natureza. Lady Esther, que no ano passado iniciou suas atividades na Rússia e já conseguiu abrir um externato em Petersburgo, resolveu estender seus benefícios também aos órfãos moscovitas...

— É-é-é...

---

* Forma abreviada e um tanto íntima de Petersburgo. [N. do T.]

** Alusão a Petersburgo. [N. do T.]

Todos os moscovitas agradecem de coração... Onde estão os nossos Owen* e Esther?

— ... Está bem, deixemos esses órfãos com Deus. O que temos nesta página?

Extravagância cínica

— Hum, interessante.

Ontem, no Jardim de Alexandre, deu-se um triste episódio, em absoluta conformidade com o espírito dos costumes cínicos da juventude de hoje. Perante as pessoas que ali passeavam, suicidou-se com um tiro o senhor N., jovem esbelto de 23 anos, estudante da Universidade de Moscou, único herdeiro de uma fortuna de milhões.

Antes de cometer esse desatino, N., segundo testemunhas oculares, fez uma cena em regra, brandindo um revólver diante do público. A princípio, as testemunhas viram em seu comportamento uma bravata de bêbado, mas o fato é que N. não estava brincando e, disparando a arma na cabeça, caiu morto ali mesmo. No bolso do suicida, foi encontrado um bilhete cujo conteúdo é de um ateísmo revoltante, do qual se evidencia que o ato de N. não foi nenhum arrebatamento instantâneo, ou conseqüência de *delirium tremens*. Pois bem, a epidemia de suicídios imotivados, moda atual que até agora vinha sendo um flagelo de Petersburgo, chegou aos muros da mãe Moscou. Oh, época, oh, costumes! A que grau de descrença e niilismo nossos jovens promissores chegaram, a ponto de fazerem

* Alusão ao famoso socialista utópico e empresário inglês Robert Owen (1771-1858), que tomou medidas concretas para melhorar as condições de vida dos seus trabalhadores. [N. do T.]

> da própria morte uma palhaçada! Se os nossos Brutus têm semelhante atitude com a própria vida, admira que não dêem a mínima importância à vida de outras pessoas muito mais dignas? Aliás, aqui vêm a propósito as palavras do respeitabilíssimo Fiódor Mikháilovitch Dostoiévski, que aparecem na recém-publicada edição de maio do livro *O diário de um escritor*, que acaba de sair: "Criaturas amáveis, bondosas, honradas (tudo isso existe entre nós!), para onde estão fugindo, por que motivo se encantam tanto por esse túmulo escuro, ermo? Olhem, no céu brilha um sol claro de primavera sobre as árvores frondosas, e os senhores estão cansados da vida."

Ksavieri Feofiláktovitch bateu comovido no nariz e olhou severo para o seu jovem auxiliar — que pareceu não haver notado nada, depois do que continuou bem mais seco.

— Bem, e assim por diante, e assim por diante. Mas isso aqui, palavra, não tem nada a ver com a época. Grande coisa! Sobre essa gente, aqui na Rússia há muito se vem dizendo que "andam cheios de caprichos". Fortuna de milhões? Quem seria? Ora, esses investigadores particulares espertalhões denunciam toda sorte de bobagens, mas não incluíram esse detalhe no relatório. E a gente que espere o boletim das ocorrências urbanas! Se bem que estamos diante de um caso evidente, o de um suicídio diante de testemunhas... Mas, ainda assim, é curioso. O Jardim de Alexandre... fica na área urbana, segundo distrito. Veja só, Erast Pietróvitch, seja amigo, corra até a Mokhováia e fale com eles. Como se estivesse em inspeção e coisa e tal. Procure se informar sobre esse tal de N. E, o mais importante, meu caro, copie o bilhete de despedida, à noite vou mostrá-lo à minha Evdókia*

* Pronuncia-se Ievdókia. [N. do T.]

Andrêievna, ela gosta de todas essas coisas comoventes. Sim, e não se deixe abater, volte o mais rápido que puder.

As últimas palavras já foram pronunciadas às costas do escrevente, que, na pressa de deixar aquela mesa triste e oleada, por pouco não esquecia o quepe.

***

No distrito, levaram o jovem funcionário da Investigação ao próprio chefe de polícia, mas este, ao ver que lhe haviam enviado sabe Deus que figura, não perdeu tempo com explicações e mandou chamar o auxiliar.

— Por favor, trate com Ivan Prokófievitch — disse gentilmente o chefe de polícia ao rapaz (mesmo sendo um zé-ninguém, é do departamento). — Ele vai lhe mostrar tudo, contar tudo. Além do mais, foi ele mesmo que esteve ontem no apartamento do falecido. E transmita a Ksavieri Feofiláktovitch o meu mais profundo...

Instalaram Fandórin diante de uma alta mesa de escritório, trouxeram-lhe uma pasta grossa que era o dossiê do caso. Erast Pietróvitch leu o cabeçalho:

O CASO do suicídio
Do herdeiro e honrado senhor
Piotr Alieksandrov KOKÓRIN, 23 anos,
estudante da faculdade de direito da
Universidade de Moscou. Iniciado no dia
13 do mês de maio de 1876.
Concluído em... do mês... de 18...

E, com os dedos trêmulos de expectativa, ia desatando os cadarços de cânhamo que juntavam as folhas.

— É filho de Alieksandr Artamónovitch Kokórin — esclareceu Ivan Prokófievitch, empregado zeloso, magro e alto, de cara amassada. — Era homem riquíssimo. Dono de fábrica. Fazia três anos que falecera. Deixou tudo em testamento para o filho. Era viver sua vida de estudante e regalar-se. O que se pode querer mais? E, ainda assim, perder a cabeça desse jeito?

Erast Pietróvitch coçou a cabeça, pois não sabia o que dizer a respeito, e concentrou-se na leitura dos depoimentos. Havia um número considerável de protocolos, coisa de dez; o mais minucioso baseava-se nas palavras de Elisavieta von Evert-Kolokóltzeva,* de 17 anos, filha de um conselheiro privado do serviço ativo, e de sua governanta, senhorita Emma Pful, de 48 anos, com as quais o suicida conversara imediatamente antes de meter o tiro na cabeça. Em suma, Erast Pietróvitch não extraiu dos protocolos nenhuma prova além daquelas que o leitor já conhece — todas as testemunhas repetiam mais ou menos a mesma coisa, diferindo umas das outras apenas pelo grau de perspicácia: umas diziam que o aspecto do jovem logo despertou nelas um pressentimento inquietante ("Bastou ver aqueles olhos alucinados para eu sentir um calafrio", declarou em seu depoimento a conselheira titular** senhora Khokhriakova, que, não obstante, testemunhou em seguida que só havia visto o jovem pelas costas); outras testemunhas, ao contrário, falaram da surpresa completa.

O último item que havia na pasta era um bilhete amassado em papel azul com monograma. Erast Pietróvitch cravou os olhos nas linhas desiguais (decerto provocadas pela agitação da alma):

---

* Sobrenome derivado de *kólokol*, que significa sino. Pronuncia-se Ielisavieta. [N. do T.]

** Patente civil de nona classe na Rússia czarista. [N. do T.]

Senhores, que continuam vivendo depois de mim!

Vocês lêem este bilhete, e isso significa que já parti e conheci o mistério da morte, escondido de vocês por coisas inacessíveis à compreensão. Estou livre, enquanto a vocês ainda caberá viver e atormentar-se com os pavores pertinentes. No entanto, eu aposto que onde me encontro neste momento, e de onde, segundo expressão do príncipe da Dinamarca, até hoje nenhum viajante voltou, não existe absolutamente nada. A quem não concordar comigo, peço a gentileza de conferir. Aliás, eu não tenho nada a ver com nenhum dos senhores, e estou escrevendo este bilhete para que vocês não pensem que me suicidei por alguma bobagem sentimental. O mundo é um tédio para mim e, palavra, este motivo é mais que suficiente. E quanto ao fato de que sou um rematado canalha, disso é testemunha o próprio estojo de couro do mata-borrão.

Piotr Kokórin.

"Não parece que escreveu com a alma conturbada" — eis a primeira coisa que pensou Erast Pietróvitch.

— Que mata-borrão é esse e qual o sentido disso? — perguntou ele.

O auxiliar do investigador-chefe deu de ombros.

— Não havia nenhum mata-borrão com ele. Não me venha com essa, o homem estava fora de si. Pode ser que pretendesse fazer alguma coisa, mas reconsiderou ou esqueceu. Ao que tudo indica, era um tresloucado. Leu como ele girava o tambor? A propósito, em um tambor com seis ninhos, havia bala em apenas um. Eu, por mim, acho que ele não tinha nenhuma intenção de suicidar-se, quis apenas fazer cócegas nos nervos, por assim dizer, querendo tornar mais agudas as sensações da vida. Para depois a comida ser mais doce e a farra mais animada.

— Só uma bala das seis? Que coisa, que azar — lamentou-se pelo morto Erast Pietróvitch, que não parava de pensar no estojo de couro do mata-borrão.

— Onde ele mora? Quer dizer, morava...

— Num apartamento de oito cômodos num edifício novo da rua Ostojenka, elegantíssimo — Ivan Prokófievitch pôs-se de bom grado a trocar impressões. — Herdou do pai a própria casa em Zamoskvariétchie, uma autêntica mansão com serviços, mas ele não quis morar lá, mudou-se para longe dos comerciantes.

— E lá também não encontraram o estojo de couro do mata-borrão?

O auxiliar do investigador-chefe admirou-se:

— Então você acha que nós devíamos dar uma busca? Eu posso lhe afirmar que o apartamento até dá medo de deixar nossos agentes soltos pelos cômodos... o demônio pode fazer das suas com eles. Além do mais, para quê? Iegor Nikíforitch, juiz de instrução da promotoria distrital, deu ao camareiro do morto meio quarto de hora para retirar suas coisas... e ainda sob a vigilância de um policial, para evitar, Deus nos livre, que afanasse alguma coisa... e me deu ordem para lacrar a porta. Até que apareçam os herdeiros.

— E quem são os herdeiros? — indagou curioso Erast Pietróvitch.

— Aí está o xis da questão. O camareiro diz que Kokórin não tinha irmãos nem irmãs. Tinha uns primos de segundo grau, mas nem os deixava entrar em sua casa. E para quem irá ficar essa fortuna? — suspirou invejoso Ivan Prokófievitch. — Porque dá medo só de imaginar... Mas nós não temos nada a ver com isso. O advogado, ou o testamenteiro, vai aparecer de um momento para outro. Ainda não se passaram nem 24 horas. E, por enquanto, o corpo continua no nosso necrotério. Pode ser que amanhã Iegor Nikíforitch encerre o caso e, então, as coisas comecem a caminhar.

— Mesmo assim, isso é estranho — observou o jovem escrevente, franzindo a testa. — Se em carta escrita imediatamente antes da morte um homem menciona especificamente um estojo de mata-borrão, não o faz por ingenuidade. E na expressão "rematado canalha" tem alguma coisa que não dá para entender. Então, será que não haverá algo importante no tal mata-borrão? O senhor pode achar o que quiser, mas, se fosse eu, ordenaria uma busca em regra no apartamento. Tenho a impressão que todo o bilhete foi escrito por causa desse mata-borrão. Nisso há um mistério, tenho certeza.

Erast Pietróvitch enrubesceu, temendo ter deixado escapar alguma hipótese infantil ao falar em mistério, mas o auxiliar do investigador-chefe não viu nada de estranho em suas considerações.

— Além do mais, seria até o caso de dar uma olhada nos papéis, ao menos no gabinete — reconheceu ele. — Iegor Nikíforitch vive eternamente apressado. Tem uma família de oito pessoas, de sorte que sempre faz de tudo para acelerar a inspeção ou o inquérito, a fim de escapulir para casa. É um homem velho, a um ano da aposentadoria, o que se pode exigir... Mas, veja uma coisa, senhor Fandórin. O senhor mesmo não gostaria de ir até lá? Nós dois daremos uma examinada. Depois eu ponho outro lacre, é coisa simples. Iegor Nikíforitch não vai levar a mal. Não há problema... vai agradecer por não ter sido importunado sem necessidade. Eu lhe digo que foi uma exigência do Departamento de Investigação, hein?

Erast Pietróvitch teve a impressão que o magro auxiliar do investigador-chefe estava simplesmente querendo examinar melhor o apartamento "elegantíssimo", e a colocação de um novo "lacre" também lhe pareceu coisa suspeita, mas a tentação era grande demais. Ali havia mesmo um ar de mistério.

***

A decoração do apartamento do falecido Piotr Kokórin (o andar principal do belo edifício ao lado dos portões Pretchístienki) não causou grande impressão em Fandórin — nos tempos da fugaz riqueza de seu pai, ele também morou em mansões que nada ficavam a dever. Por isso, o escrevente não se deteve na ante-sala revestida de mármore com um espelho veneziano de três *archins** e sancas douradas no teto, e foi direto para a sala de estar — ampla, de seis janelas, no estilo russo da última moda: com baús cobertos de desenhos, entalhes de carvalho nas paredes e uma estufa de estilo coberta de azulejos.

— Sabia viver com gosto, eu bem que disse — sussurrou-lhe o guia ao pé do ouvido, sabe-se lá por quê.

Neste momento, Erast Pietróvitch estava incrivelmente parecido com um *setter*** de um ano, lançado pela primeira vez na mata e aturdido com o cheiro fortemente sedutor da caça próxima. Girando a cabeça à direita e à esquerda, identificou com faro certeiro:

— Aquela porta ali, não é a do gabinete?

— Exatamente.

— Vamos.

Não tiveram de procurar o mata-borrão por muito tempo — ele estava no meio de uma escrivaninha maciça, entre

---

* Medida correspondente a 0,71m. [N. do T.]

** Raça inglesa de cão de caça de pêlo longo. [N. do T.]

um tinteiro de malaquita e um cinzeiro de madrepérola em forma de concha. Mas, antes que as mãos impacientes de Fandórin tocassem o rangente couro marrom, seu olhar caiu sobre um retrato numa moldura prateada ali mesmo na mesa, no lugar mais visível. O rosto do retrato chamava tanto a sua atenção que Erast Pietróvitch esqueceu o mata-borrão: Cleópatra o olhava de lado com seus cabelos armados e enormes olhos negros opacos, o arqueado altivo do alto colo e uma severidade levemente esboçada na linha caprichosa da boca. O que mais enfeitiçou o escrevente foi a expressão de um autoritarismo sereno e seguro, tão inesperada em um rosto de moça (por algum motivo, quis Fandórin que ela fosse forçosamente uma moça e não uma dama).

— É bonita — assobiou Ivan Prokófievitch, que se encontrava ao lado. — Quem é ela? Permita...

E sem o menor tremor, ele profanou com sua mão o semblante mágico da moldura e virou o retrato. Ali estava escrito em letra oblíqua e espaçada:

Para Piotr K.

E, tendo Piotr saído, foi amargo chorar. Quando se ama, não se renega.

A. B.

— Ela o equipara ao apóstolo Pedro e a si mesma, por conseguinte, a Jesus? Mas isso são devaneios — comentou o auxiliar do investigador-chefe. — Não terá sido por causa dessa criatura que o nosso estudante se suicidou, hein? Ah, eis o estojo do mata-borrão; não viemos até aqui à toa.

Ao levantar a capa de couro, Ivan Prokófievitch tirou uma única folha, escrita no papel azul já conhecido de Erast Pietróvitch, só que desta vez em letra de tabelião e com várias assinaturas abaixo.

— Excelente — assentiu o policial com a cabeça, em sinal de satisfação.

— Achamos até o testamento. Veja, é curioso.

Ele correu os olhos no documento em um minuto, mas esse minuto para Erast Pietróvitch foi uma eternidade, pois ele achou que olhar por cima do ombro estava abaixo da sua dignidade.

— Isso é o que se chama contar com o ovo dentro da galinha! Um presentinho bom para os primos de segundo grau! — exclamou Ivan Prokófievitch com uma alegria maldosa incompreensível. — Vejam só, Kokórin passou a perna em todo mundo. E à nossa moda, do jeito russo! Só que, de certa forma, não foi uma atitude patriótica. Aí está a explicação para o "canalha".

Perdendo por impaciência qualquer noção de decência e respeito aos superiores, Erast Pietróvitch arrancou a folha de papel das mãos do superior hierárquico e leu o seguinte:

[Testamento]

Eu, Piotr Alieksándrovitch Kokórin, abaixo-assinado, em pleno gozo de minhas faculdades mentais e na presença das testemunhas seguintes, disponho em testamento os bens que me pertencem.

Todos os meus bens realizáveis, que constam de uma relação completa, confiada a Semeon Iefímovitch Berenzon, encarregado de meus negócios, eu deixo para a senhora baronesa Margareth Esther, súdita da Grã-Bretanha, para que empregue todos esses recursos a seu pleno critério no sentido de suprir as necessidades da formação e da educação de órfãos. Estou certo de que a se-

nhora Esther disporá desses recursos com mais inteligência e honestidade que os nossos generais da beneficência.

Este meu testamento é o último e definitivo, tem força de lei e substitui meu testamento anterior.

Nomeio como testamenteiros o advogado Semeon Iefímovitch Berenzon e Nicolai Stiepánovitch Akhtirtzev, estudante da Universidade de Moscou.

O presente testamento foi lavrado em duas cópias, uma das quais fica em meu poder e a outra sob a guarda do escritório de advocacia do sr. Berenzon.

Moscou, 1º de maio de 1876.

Piotr Kokórin.

Capítulo segundo

No qual nada ocorre, a não ser conversas

— Como queira, Ksavieri Feofiláktovitch, só que é estranho! — repetiu Fandórin com entusiasmo. — Aqui se oculta algum mistério, palavra de honra! — E salientou com obstinação: — Sim, isso mesmo, um mistério! Julgue o senhor mesmo. Em primeiro lugar, suicidou-se de um modo meio absurdo, "sem motivo", uma só bala de todo o tambor, como se não tivesse a intenção de dar um tiro nos miolos. Que azar mais fatal! Até o tom do bilhete de despedida, o senhor há de convir, é um tanto esquisito... como que escrito às pressas, de passagem, mas ainda assim toca num problema importantíssimo. O problema não é brincadeira! — a voz de Erast Pietróvitch ressoava empolgada e vibrante. — Mas, a respeito do problema, eu ainda vou falar depois; por enquanto, falemos do testamento. Por acaso ele não é suspeito?

— O que precisamente lhe parece suspeito, meu caro? — perguntou Grúchin, que folheava com ar enfadonho o "Boletim policial das ocorrências urbanas" nas últimas 24 horas. Essa leitura, não desprovida de interesse cognitivo, costumava chegar na parte da tarde, uma vez que nesse documento não havia assuntos de grande importância; no essencial, eram coisas miúdas, bobagens completas, mas, vez por outra, até que aparecia algo curioso. O boletim relatava igualmente o suicídio da véspera no Jardim de Alexandre, mas, como previra o traquejadíssimo Ksavieri Feofiláktovitch, sem quaisquer detalhes e, evidentemente, sem o texto do bilhete de despedida.

— Veja só uma coisa! Kokórin suicidou-se como se não tivesse agindo a sério, mas o testamento, apesar do tom de provocação, foi lavrado segundo todas as formalidades: com tabelião, com assinaturas de testemunhas, com indicação dos testamenteiros — mostrava nos dedos Fandórin. — E, ainda por cima, uma fortuna imensa. Andei tomando informações: duas fábricas, três usinas, prédios em várias cidades, um estaleiro no Líbano, meio milhão em títulos do Banco Estatal.

— Meio milhão? — suspirou Ksavieri Feofiláktovitch, afastando-se das pastas. — A inglesa teve sorte, teve sorte.

— A propósito, quer me explicar o que Lady Esther tem a ver com isso? Por que a herança foi deixada precisamente para ela e para ninguém mais? Que ligação haveria entre ela e Kokórin? Está aí um ponto que precisa ser esclarecido!

— Mas ele mesmo disse por escrito que não acreditava nos nossos peculatários, ao passo que a inglesa vem sendo enaltecida há meses nas páginas dos jornais. Não, meu caro, o melhor é o senhor me dizer o seguinte: o que é que faz com que sua geração dê um valor tão mísero à vida? Qualquer coisinha, e... pif-paf!, e ainda por cima com ares de importância, com jeito patético, com desdém por tudo e por todos. O que fizemos para merecer esse desprezo, o que fizemos? — zangou-se Grúchin, lembrando-se da petulância e do desrespeito com que sua filha querida Sáchenka, colegial de 16 anos, havia falado com ele na noite da véspera. No entanto, a questão era antes de retórica; neste ponto, a opinião do escrevente pouco interessava ao respeitado chefe de polícia, e por isso ele tornou a mergulhar no boletim.

Em compensação, Erast Pietróvitch ficou ainda mais animado.

— Esse é um problema que eu queria examinar mais de perto. Olhe para uma pessoa como Kokórin. O destino lhe dá tudo: riqueza, liberdade, instrução e beleza (da beleza, Fandórin falou por falar, de passagem, sem a mínima noção da aparência do morto). Mas ele brinca com a morte e acaba se matando. O senhor deseja saber por quê? Nós, jovens, sentimos tédio no mundo dos mais velhos... Kokórin escreveu sobre isso, só que não desenvolveu o assunto. Os ideais dos mais velhos, carreira, dinheiro, honrarias, não valem nada para muitos de nós. Não é com isso que sonhamos atualmente. O senhor acha que andam escrevendo à toa sobre a epidemia de suicídios? Entre os jovens instruídos, os melhores estão deixando a vida, sufocados com a falta de oxigênio espiritual, enquanto os mais velhos, os pais da sociedade, não tiram disso nenhuma lição para si!

Resultava que toda a ênfase acusatória voltava-se contra o próprio Ksavieri Feofiláktovitch, uma vez que nas proximidades não se viam outros "pais da sociedade" e, no entanto, Grúchin não se sentiu nada ofendido e até balançou a cabeça com visível satisfação.

— A propósito — deu ele um risinho de galhofa, olhando para o boletim —, no tocante à falta de oxigênio espiritual: "*No beco Tchikhatchevski, 3ª Delegacia do distrito policial da Meschánskaia,* às 10h da manhã, foi encontrado o cadáver do sapateiro Ivan Ieremêiev Buldíguin, de 27 anos, que se suicidou. Segundo testemunho do porteiro Piotr Súlin, a*

* Rua do Centro velho de Petersburgo. [N. do T.]

causa do suicídio foi a falta de dinheiro para rebater a ressaca com outra bebedeira." Pois é, os melhores estão deixando a vida. Só nós, velhos imbecis, ficamos por aqui.

— O senhor ainda ri — disse amargurado Erast Pietróvitch. — Mas, em Petersburgo e Varsóvia, não se passa um dia sem que estudantes do curso superior e até colegiais tomem veneno, metam uma bala na cabeça, se afoguem. E o senhor ainda fica achando graça...

"Trate de arrepender-se, Ksavieri Feofiláktovitch, antes que seja tarde", pensou ele com rancor, embora até esse instante nunca tivesse lhe ocorrido a idéia do suicídio; o jovem era de uma índole viva demais. Fez-se o silêncio: Fandórin imaginava um túmulo modesto, atrás do gradil de uma igreja* e sem cruz, enquanto Grúchin ora corria um dedo sobre as linhas, ora folheava ruidosamente.

— Veja só que besteira realmente da grossa — resmungou ele. — Que diabo terá dado neles todos, será que ficaram completamente loucos? Veja essas duas denúncias, uma da terceira delegacia do distrito de Miasnítski, aqui na página 8, e outra da primeira delegacia do distrito de Rogojski, aqui na página 9. Vejamos: "*Às 12h35, o inspetor do posto policial Fiodoruk foi chamado ao prédio da 'Sociedade Moscovita de Seguros Contra Incêndio', que fica no beco Podkolokólni, por solicitação da fazendeira Avdótia Fillípovna Spítsina, de Kaluga (ela está morando provisoriamente no Hotel Boiárskaia). A senhora Spítsina declarou em depoimento que à entrada de um estande de livros, diante dos seus olhos, um certo senhor de uns 25 anos, bem vestido, tentou suicidar-se — apontou a pistola contra as têmporas, mas a arma evidentemente negou fogo e o suicida frustrado sumiu. A senhora Spítsina exigiu que a*

* Na Rússia, era muito comum haver cemitérios em torno das igrejas. [N. do T.]

polícia localizasse o jovem e o entregasse às autoridades eclesiásticas para que estas lhe aplicassem a penitência. A busca não foi efetuada por inexistência de episódio criminal."

— Veja só, era o que eu estava dizendo! — exclamou Erast Pietróvitch, sentindo-se plenamente vingado.

— Calma, meu jovem, isso ainda não é tudo — atalhou o chefe de polícia. — Escute o que vem em seguida. Página 9. "*Entre as 10h e as 11h, ele foi chamado por Nicolai Kúkin, empregado da Mercearia Bríkin e Filhos, que fica em frente à ponte Máli Yauz. Kúkin informou que, alguns minutos antes, um estudante qualquer subira na base da ponte e apontara uma pistola contra a cabeça, com o nítido desejo de suicidar-se; Kúkin ouviu o ferro estalar, mas o tiro não saiu. Depois do estalo, o estudante saltou na calçada e sumiu rapidamente na direção da rua Yauz. Não apareceram outras testemunhas. Kúkin está intercedendo no sentido de que se instale um posto policial na ponte, uma vez que no ano passado uma moça de vida fácil já se afogara ali, saltando da ponte, e isso está dando prejuízo ao comércio.*"

— Não estou entendendo nada... — Fandórin ficou sem saber o que dizer. — Que espécie de ritual é esse? Será que existe uma sociedade secreta de suicidas?

— Qual sociedade, qual nada — pronunciou lentamente Ksavieri Feofiláktovitch, e depois passou a falar cada vez mais e mais rápido, ganhando ânimo paulatinamente. — Não há sociedade nenhuma, Deus me livre, a coisa toda é bem mais simples. Hoje em dia, dá até para entender a roleta-russa, mas, antes, isso nem chegava a passar pela cabeça de alguém! Isso é coisa da mesma pessoa, do nosso estudante Kokórin, que resolveu fazer das suas. Veja isso aqui. — Ele se levantou e dirigiu-se rápido ao mapa de Moscou, pendurado na parede ao lado da porta. — Veja aqui a Máli Yauz. Daqui ele saiu pela rua Yauz, bateu pernas por aí coisa de uma hora e apareceu no Podkolokólni, ao lado da companhia de seguros. Assustou a fazendeira Spítsina e seguiu em frente, na direção do Krêmlin. E, por volta das 3h, chegou ao Jardim de Alexandre, onde sua viagem terminou da forma que já sabemos.

— Mas por quê? E o que significa tudo isso? — Erast Pietróvitch examinava o mapa.

— O que significa não me cabe julgar. Mas eu posso adivinhar como a coisa se deu. O nosso estudante *bielokládotchnik,** filho mimado de pai rico, resolveu dar o seu *adieu*** a todo mundo. Mas, antes de morrer, ainda resolveu excitar os nervos. Li em algum lugar que isso se chama "roleta americana". A coisa foi inventada na América, terra de imaginação fértil. Você põe uma bala no tambor, gira e... bum! Se der sorte, você é um herói; se não, adeus. O nosso estudante saiu a caminhar por Moscou, pondo o destino à prova. É perfeitamente possível que ele não tenha disparado contra si três vezes, e sim mais; é que, simplesmente, a polícia não intima o comparecimento de uma testemunha a esmo. A tal fazendeira salvadora, com seu interesse particular, mostrou-se vigilante com Kúkin, já no tocante ao número de tentativas feitas por Kokórin, só Deus sabe. Vai ver que ele tinha um acordo consigo mesmo, como se dissesse: vou brincar tantas e tantas vezes com a morte, e basta. Se sair ileso, é porque tinha de ser assim. Bem, eu já estou fantasiando. Não houve nenhum azar fatal no Jardim de Alexandre; o estudante simplesmente havia dilapidado toda a sua fortuna em duas ou três horas.

---

* Estudante almofadinha, predominantemente aristocrata, que desprezava o estudantado democrático e hostilizava o pensamento revolucionário. O termo *bielokládotchnik* deriva do adjetivo *biéli* (branco) e do substantivo *podkladka* (forro), uma alusão ao uniforme estudantil forrado de seda branca, usado pelos estudantes ricos. [N. do T.]

** Adeus, em francês, transliterado no original russo. [N. do T.]

— Ksavieri Feofiláktovitch, o senhor é um verdadeiro talento analítico — empolgou-se sinceramente Fandórin. — Eu vejo exatamente à minha frente como tudo aconteceu.

O merecido elogio, mesmo vindo de um fedelho, foi agradável para Grúchin.

— Aí é que está. Até nós, burros velhos, temos o que aprender — disse ele em tom edificante. — Você precisava ter trabalhado com investigação tanto quanto eu, e não em uma época de alta cultura como a atual, mas na do soberano Nicolai Pávlovitch. Naquele tempo, não se distinguia o que era polícia secreta ou não; aliás, não havia em Moscou o nosso departamento nem o setor de instrução processual. Hoje você anda no encalço de um assassino, amanhã está em uma feira metendo medo no povo, depois de amanhã persegue indivíduos sem documentos nos botequins. Em compensação, adquire capacidade de observação, conhecimento das pessoas e ainda fica de pele curtida, sem o que não se pode passar em nossa atividade policial — concluiu com uma indireta o chefe de polícia, e súbito observou que o escrevente não lhe estava dando maiores ouvidos e franzia as sobrancelhas, enquanto remoía algum pensamento, pelo visto não muito conveniente para exprimir em voz alta.

— Bem, ponha para fora o que você ainda tem em mente.

— Tem uma coisa com a qual não consigo atinar... — Fandórin mexeu nervosamente suas belas sobrancelhas em meia-lua. — O Kúkin diz que o estudante esteve antes na ponte...

— Claro que foi o estudante, quem mais poderia ser?

— E como Kúkin podia saber que Kokórin era estudante? Estava de sobrecasaca e chapéu, e no Jardim de Alexandre nenhuma das testemunhas reconheceu nele um estudante... Nos protocolos, aparece apenas "o jovem" e "aquele senhor". Um enigma!

— Você só tem enigmas na cabeça — deu de ombros Grúchin. — Esse seu Kúkin é um imbecil, e nada mais. Viu um jovem grão-senhor à paisana e imaginou que fosse um estudante. O caixeiro deve ser bom de olho, reconheceu o estudante... é que ele lida com compradores da manhã à noite.

— Em sua venda, Kúkin nunca pôs os olhos num freguês como Kokórin — objetou Erast Pietróvitch em tom crítico.

— E o que é que isso significa?

— Significa que não seria má idéia interrogar melhor a fazendeira Spítsina e o vendeiro Kúkin. Ao senhor, Ksavieri Feofiláktovitch, naturalmente não ficaria bem ocupar-se de bobagens desse tipo, mas, se me permitir, eu mesmo... — Erast Pietróvitch chegou até a soerguer-se da cadeira, tamanha era a sua vontade de receber a permissão de Grúchin.

Ksavieri Feofiláktovitch ia mostrar severidade, mas reconsiderou. Deixassem o menino sentir o cheiro de trabalho vivo, aprender a conversar com testemunhas. Podia ser que desse para alguma coisa. E disse com ar grave:

— Eu não o proíbo. — E, esperando a exclamação de alegria, já pronta para irromper dos lábios do escrevente, acrescentou: — Mas, primeiro, tenha a bondade de concluir o relatório para Sua Excelência. E veja só, meu caro. Já passa das 3h. Bem, acho que vou indo para casa. Quanto a você, amanhã me explique de onde o caixeiro foi tirar essa história do estudante.

Capítulo terceiro

Em que aparece o "*shtudent* encurvado"

Da rua Miásnitskaia, onde ficava o Departamento Secreto, ao Hotel Boiárskaia, onde, a julgar pelo boletim, "morava provisoriamente" a fazendeira Spítsina, levava-se uns 20 minutos andando, e Fandórin, apesar da sua impaciência, resolveu fazer o caminho a pé. O incômodo espartilho Lord Byron, que apertava sem piedade os lados do escrevente, abrira-lhe uma brecha tamanha no orçamento, que os gastos com o cocheiro podiam afetar gravemente sua ração. Mastigando, enquanto caminhava, um pastel de cartilagem de esturjão, comprado na esquina do beco Gussiátnikov (não esqueçamos que, em seu afã investigatório, Erast Pietróvitch ficou sem almoço), ele andava a passos rápidos pelo bulevar Tchistoprud, onde anciãs antediluvianas, metidas em botas e toucas, espalhavam migalhas para pombos gordos e sem-cerimônia. Pela calçada de pedra deslizavam velozes carruagens puxadas a cavalos e pequenas carruagens descobertas, que Fandórin não tinha como alcançar, e no fundo de seus pensamentos ele se sentia ofendido. Na verdade, um agente secreto sem uma carruagem puxada a cavalos trotadores é absolutamente inviável. Ainda bem que o Boiárskaia ficava na Pokrovka, porque de lá ele ainda teria de ir até a Yauz, onde acharia o caixeiro Kúkin, e isso representava bem meia hora. Aqui o retardamento assemelha-se à morte, refletia Erast Pietróvitch (para sermos francos, exagerava um pouco), e o senhor chefe do Departamento Secreto achou de poupar 15 copeques de dinheiro público. Vai ver que para ele próprio, pois o departamento gasta mensalmente uns 800 rublos com cocheiro permanente. Eis aí os privilégios dos chefes: uns dispõem de cocheiro para buscá-los e levá-los em casa, outros, para as suas necessidades funcionais.

Mas, à esquerda, sobre uma terra cor de café, já aparecia o campanário da Igreja da Trindade, ao lado da qual ficava o Boiárskaia, e Fandórin apertou o passo, na expectativa de descobertas importantes.

Meia hora depois, descia a passos derreados e desanimados o bulevar Pokrovski, onde pombos tão nutridos e audaciosos como os do bulevar Tchistoprud eram alimentados por mulheres de comerciantes e não mais por nobres.

A conversa com a testemunha não foi nada auspiciosa. Erast Pietróvitch encontrou a fazendeira no último instante, quando ela já ia subir na carruagem abarrotada de baús e trouxas que a levaria de volta à sua casa na província de Kaluga. Por razões econômicas, Spítsina viajava à moda antiga: usava seus cavalos, não a ferrovia.

Neste sentido, Fandórin teve sorte indiscutível, pois estivesse a fazendeira com pressa de chegar à estação ferroviária, não teria havido nenhuma conversa. No entanto, a conversa com a loquaz testemunha, a quem Erast Pietróvitch abordou sob todas as formas, resumiu-se a uma coisa: Ksavieri Feofiláktovitch estava certo; Spítsina havia mesmo visto Kokórin — ela efetivamente se lembrava da sobrecasaca, do chapéu redondo e até dos sapatos de verniz com pequenos botões, ausentes nos relatos das testemunhas do Jardim de Alexandre.

Toda a esperança limitava-se agora a Kúkin, em relação a quem era mais provável que Grúchin novamente estivesse certo. O caixeiro tinha dado com a língua nos dentes, e Fandórin que saísse por Moscou atrás dele e se expusesse à gozação do chefe do Departamento Secreto.

A Mercearia Bríkin e Filhos tinha uma porta de vidro que ostentava o desenho de um pão doce e dava diretamente para a marginal; dali via-se a ponte como a palma da mão, o que Fandórin logo observou. Notou ainda que as janelas da mercearia estavam escancaradas (talvez por causa do abafamento); logo, Kúkin poderia ter ouvido "o estalo do ferro", pois na ponte o frade-de-pedra mais próximo não distava dali mais de 15 passos. Da porta olhou com ar curioso um homem de uns 40 anos, de camisa vermelha, colete de lã preto, calças de algodão aveludado e botas verde-garrafa.

— O senhor por acaso está procurando alguma coisa? — perguntou o homem. — Parece que está perdido, não?

— Kúkin? — perguntou com ar severo Erast Pietróvitch, sem esperar nada de auspicioso das futuras explicações.

— Exatamente — precaveu-se o caixeiro, movendo as sobrancelhas espessas, mas logo adivinhou. — O senhor deve ser da polícia, não? Fico imensamente grato. Não esperava uma atenção tão rápida da sua parte. O chefe do posto policial disse que a chefia iria examinar o caso, mas eu não esperava, não esperava de maneira nenhuma. Ora, por que estamos na porta? Faça o favor, entremos na mercearia. Estou tão agradecido, tão agradecido!

Ele fez uma reverência, entreabriu a porta e ainda fez com a mão um gesto convidativo, como quem diz — tenha a bondade —, mas Fandórin não se moveu. Disse com ar imponente:

— Eu não sou do posto policial, Kúkin, mas da polícia secreta. Tenho a missão de encontrar o estu... o homem sobre quem o senhor deu informações ao inspetor do posto policial.

— O senhor está falando do *escubante*? — o caixeiro pegou prontamente a deixa. — Como não, eu me lembro perfeitamente dele. Que horror, Deus me perdoe. Foi só eu vê-lo subir no frade-de-pedra e apontar a arma para a cabeça, fiquei morto de medo... é o fim, pensei, se se repetir o que aconteceu no ano passado, a gente não vai atrair mais ninguém para a mercearia. Que culpa temos nós disso? Encheu a cara de hidromel aqui e depois se suicidou? Fosse lá embaixo, até o rio Moscou, lá o chão é mais duro, tem uma ponte, e ainda...

— Espere um pouco, Kúkin — interrompeu-o Erast Pietróvitch. — É melhor o senhor me descrever o estudante. Como estava vestido, que aparência tinha, e de onde o senhor tirou que ele era estudante?

— Ora, um *escubante* tal qual o senhor, com todo o uniforme — surpreendeu-se o caixeiro. — Uniforme, botões, monóculo no nariz.

— Como era o uniforme? — insistiu Fandórin. — Por acaso ele estava de uniforme?

— E como não? — Kúkin lançou um olhar compadecido ao inepto funcionário. — Sem isso, como eu iria saber se era ou não *escubante*? Acaso eu não seria capaz de distinguir um *escubante* de um funcionário de departamento só pelo uniforme?

A essa justa observação Erast Pietróvitch não teve nada que dizer; tirou do bolso uma esmerada agenda com um lápis para anotar depoimentos. Fandórin comprara a agenda antes de ingressar no Departamento Secreto, andara com ela três semanas, e só hoje ela veio a servir — pela manhã o escrevente já havia rabiscado nela algumas linhazinhas.

— Conte como era a aparência daquele homem.

— Um homem como outro qualquer. Sem graça, com muita espinha na cara. E também de monóculo.

— De que tipo era o monóculo, em forma de óculos ou pincenê?

— Daqueles presos num cordão.

— Então era pincenê — rabiscou Fandórin com o lápis. — Mais alguns sinais?

— Era muito encurvado. Por pouco os ombros não ultrapassavam o cocuruto... O que mais posso dizer, um estudante como outro qualquer, já disse tudo...

Kúkin olhava atônito para o "funcionário de departamento", e este ficou muito tempo calado — apertava os olhos, mexia os lábios, remexia no caderninho. No fundo, o homem pensava em alguma coisa.

"Uniforme, espinhento, pincenê, fortemente encurvado" — anotou na agenda. Bem, um pouco espinhento é bobagem. Sobre o pincenê, não havia uma palavra no inventário dos bens de Kokórin. Deixaram escapar? É possível. Nem as testemunhas fizeram qualquer alusão ao pincenê, mas também não lhes perguntaram muita coisa sobre a aparência do suicida — para quê? Encurvado? Hum. No caderno do noticiário do *Moskóvskie Viédomosti*, estou lembrado, descreveram um "rapagão à paisana", mas o repórter não presenciou a ocorrência, não viu Kokórin, de sorte que pode ter inventado o "rapagão" para dar mais efeito à matéria. Resta o uniforme estudantil — isso não dá mais para refutar. Se quem estava na ponte era Kokórin, então deduz-se que no intervalo compreendido entre as 11h e as 12h30 ele trocou de roupa e pôs uma sobrecasaca por algum motivo. Interessante: onde? Da Yauz à Ostojenka e de volta à Sociedade Moscovita de Proteção Contra Incêndios, a distância não é pequena; não dá para percorrê-la em uma hora e meia.

Compreendeu Fandórin angustiosamente que só lhe restava uma única saída: agarrar o caixeiro Kúkin pelo colarinho, levá-lo para a delegacia na Mokhovaia, onde ainda permanecia coberto de gelo o cadáver do suicida, e fazer ali o reconhecimento. Erast Pietróvitch imaginou o crânio destroçado com uma crosta ressequida de sangue e miolos, e por uma associação perfeitamente natural veio-lhe à lembrança o cadáver esfaqueado da comerciante Krupnova, que até então lhe freqüentava os pesadelos. Mas entre o estudante da ponte Máli Yauz e o suicida do Jardim de Alexandre havia uma ligação que precisava forçosamente ser esclarecida. Quem poderia dizer se Kokórin tinha espinhas, era encurvado e usava pincenê?

Em primeiro lugar, a fazendeira Spítsina, mas ela já deve estar chegando à barreira de Kaluga. Em segundo, o camareiro do falecido, como é mesmo o sobrenome dele? Não importa; de qualquer forma, o juiz de instrução o pôs para fora do apartamento, agora vá você encontrá-lo. Restam as testemunhas do Jardim de Alexandre, e acima de tudo as duas mulheres com quem Kokórin conversou no último minuto de sua vida; elas seguramente o examinaram em todos os detalhes. Aqui na agenda está anotado: "Filha do c.s.s.a.,* Elis. Alieksándrovna von Evert-Kolokóltzieva, de 17 anos; a senhorita Emma Gotlíbovna Pful, de 48 anos, rua Málaia Nikítskaia, casa própria".

Já não dava mais para evitar a despesa com o cocheiro.

***

O dia saiu longo. O animado sol de maio, que absolutamente não se cansara de iluminar a cidade das cúpulas

---

* Conselheiro titular. [N. do T.]

douradas, descia a contragosto para a linha dos telhados, quando Erast Pietróvitch, que ficara 20 copeques mais pobre, desceu da carruagem diante de um elegante palacete de colunas dóricas, fachada emoldurada e alpendre de mármore. Ao ver que o passageiro parara indeciso, o cocheiro disse:

— É essa mesmo a casa do general, não tenha dúvida. Não é a primeira vez que estamos em Moscou.

"Ora essa, não vão me deixar entrar" — Erast Pietróvitch tremeu de medo, no íntimo, diante da possível humilhação. Ele segurou a reluzente aldrava de cobre e bateu duas vezes. A porta maciça, ornada de focinhos de leões de bronze, escancarou-se imediatamente e apareceu o porteiro metido num vistoso uniforme com galões dourados.

— Quer falar com o senhor barão? De uma repartição pública? — perguntou ele em tom diligente. — Devo informar de sua presença ou apenas entregar algum papel? Mas vamos entrando.

Na ampla ante-sala, fartamente iluminada por um lustre e bicos de gás, o visitante sentiu-se totalmente intimidado.

— Eu realmente gostaria de falar com Elisavieta Alieksándrovna — explicou. — Erast Pietróvitch Fandórin, da polícia secreta. O assunto é urgente.

— Da polícia secreta? — o guardião das portas fez uma careta de desprezo. — Não será pelo incidente de ontem? Nem pense nisso. A senhorinha passou quase a metade do dia chorando e dormiu mal à noite. Não vou deixá-lo entrar nem informar a sua presença. Sua Excelência até já ameaçou arrancar a cabeça de seus colegas do posto policial porque ontem atormentaram Elisavieta Alieksándrovna com interrogatórios. Rua! Queira pôr-se na rua. — E o canalha ainda ficou a empurrá-lo para a saída com sua barriga volumosa.

— E a senhorita Pful? — gritou em desespero Erast Pietróvitch. — Emma Gotlíbovna, de 48 anos? Ao menos com ela eu gostaria de trocar umas palavras. Assunto oficial.

O porteiro estalou os lábios com imponência.

— Para falar com ela, eu deixo entrar, já que tem de ser. Vá por ali, por baixo da escada. Pelo corredor, terceira porta à direita. É lá que mora a senhora governanta.

Atendendo à batida, uma criatura alta e ossuda abriu a porta, e em silêncio fixou no visitante uns olhos castanhos redondos.

— Polícia, Fandórin. Senhora Pful? — pronunciou inseguro Erast Pietróvitch, e para qualquer eventualidade repetiu em alemão. — *Polizeiamt. Sind Sie Fraülein Pful? Guten Abend.**

— Boa-noite — respondeu severamente aquele feixe de ossos. — *Z*im, *z*ou Emma Pful. Entre. *Z*ente ali naquela cadeira.

Fandórin instalou-se no assento indicado — uma cadeira vienense de espaldar encurvado, ao lado de uma escrivaninha, sobre a qual havia uns manuais arrumados com esmero e pilhas de papel para escrever. O quarto era cômodo, claro, mas muito sem graça, como que sem vida. No peitoril da janela, três vasos de um gerânio exuberante — única mancha viva em todo o recinto.

— O *z*enhor e*z*tá aqui por causa daquele jovem tolo, que atirou em *z*i próprio? — perguntou a senhorita Pful. — Ontem eu re*z*pondi a todas as perguntas do senhor policial, mas se quiser pode perguntar de novo. Eu compreendo perfeitamente que o trabalho da polícia é muito importante. Meu tio Gunter *z*erviu como *Ober-Wachtmeister*** na polícia da *Z*axônia.

---

* Departamento de polícia. A senhorita responde pelo sobrenome Pful? Boa-tarde (em alemão).

** Agente da força pública. [N. do T.]

— Eu sou escrevente — esclareceu Erast Pietróvitch, sem querer também ser tomado por um simples agente da força pública, funcionário de 14ª classe.

— Eu *z*ei entender patente — fez sinal com a cabeça a alemã, apontando o dedo para o galão no uniforme dele. — Então, *z*enhor escrevente, pode falar.

Nesse momento, a porta se abriu sem que batessem e rompeu no quarto uma jovem de cabelos claros, com um rostinho enrubescido e não isento de encantos.

— Fraülein Pful! *Morgen fahren wir nach Kuntsevo!** Palavra de honra! Papai deixou! — matraqueou ela ao entrar, mas, ao ver o estranho, interrompeu a fala e calou-se acanhada; no entanto, seus olhos cor de cinza cravaram-se no jovem funcionário com a mais viva curiosidade.

— Baronesas educadas não correm, andam — disse-lhe a governanta com uma severidade fingida. — Principalmente *z*e têm de*z*e*z*ete anos redondos. *Z*e a zenhora não corre, mas anda, tem tempo de ver homem desconhecido e cumprimentar de*z*entemente.

— Boa-tarde, cavalheiro — murmurou a visão maravilhosa.

Fandórin deu um salto e fez uma reverência, sentindo-se péssimo. A moça o agradou terrivelmente, e o pobre escrevente teve medo de apaixonar-se por ela ali mesmo, à primeira vista, o que não devia acontecer de maneira nenhuma. Já nos prósperos tempos do seu pai, uma princesa como essa nunca seria seu par; agora, menos ainda.

— Boa-tarde — disse ele em tom seco, franziu severamente o cenho e acrescentou mentalmente: "Achou de me imaginar num papel deplorável, não é? Ele conselheiro titular,** ela filha de general? Não, minha jovem, não chegará a

---

* Amanhã iremos para Kúntsevo (em alemão).

** Patente civil de 9ª classe. Os funcionários públicos na Rússia eram classificados com patentes militares. [N. do T.]

me ver com esse título! Para chegar a conselheiro titular, ainda terei de servir uma eternidade."

— Escrevente Fandórin Erast Pietróvitch, Departamento de Polícia Secreta — apresentou-se em tom oficial. — Estou realizando um inquérito suplementar a respeito do triste incidente de ontem no Jardim de Alexandre. Surgiu a necessidade de fazer novas perguntas. Mas, se isso for do seu agrado, pois eu compreendo perfeitamente como a senhora ficou abalada, a mim será suficiente a conversa com a senhora Pful.

— Sim, aquilo foi horrível. — Os olhos da moça, que já eram grandes, ficaram ainda maiores. — É verdade que eu semicerrei os olhos e quase não vi nada, e depois perdi os sentidos... Mas estou achando isso tudo tão interessante! Fraülein Pful, posso ficar também? Por favor! Aliás, eu sou tão testemunha quanto a senhora!

— De minha parte, no interesse da investigação, eu também preferiria que a senhora baronesa estivesse presente — arriscou-se Fandórin.

— Ordem é ordem — fez sinal Emma Gotlíbovna. — Eu, Lishen, sempre lhe repeti: *Ordnung muss sein.** É preciso obedecer à lei. A senhora pode ficar.

Lísanka** (era assim que Fandórin, que a passos céleres rumava para a perdição, já chamava de si para si Elisavieta Alieksándrovna) sentou-se num sofá de couro, olhando de olhos arregalados para o nosso herói.

Ele se controlou e, voltando-se para Fraülein Pful, pediu:

— Descreva-me, por favor, o retrato daquele senhor.

---

* Deve haver ordem (em alemão).
** Variação carinhosa do nome Elisavieta. [N. do T.]

— O zenhor que ze zuizidou? — precisou ela. — *Na já.** Olhos castanhos, cabelos castanhos, estatura bastante grande, zem bigode nem barba, zem zuíças também, rosto bem jovem, mas não muito bom. Agora a roupa...

— Sobre a roupa, depois — interrompeu-a Erast Pietróvitch. — A senhora diz que o rosto não era bom. Por quê? Por causa das espinhas?

— *Pickeln* — interrompeu Lísanka, corando.

— *A já*, as espinhas — a governanta repetiu com prazer a palavra que não compreendeu de imediato. — Não, o tal Zenhor não tinha espinhas. Tinha uma pele boa, zaudável. Mas o rosto não era muito bom.

— Por quê?

— Mau. Ele olhava de um jeito como ze não quisesse matar a zi mesmo, mas outra pessoa. Oh, aquilo foi um pesadelo! — excitou-se Emma Gotlíbovna com as lembranças. — Primavera, um tempo ensolarado, todas as zenhoras e zenhores passeando, um jardim maravilhoso, todo florido!

Diante dessas palavras, Erast Pietróvitch ruborizou-se e olhou de esguelha para Lísanka, mas esta, pelo visto, há muito habituada à pronúncia original de sua *dueña,*** olhava com o mesmo ar crédulo e radiante.

— Ele estava de pincenê? Talvez não no rosto, mas pendendo de um bolso? Com cordão de seda? — Fandórin despejava perguntas. — E ele não lhe pareceu encurvado? Mais uma pergunta. Eu estou sabendo que ele estava de sobrecasaca, mas será que no seu aspecto não havia alguma coisa de estudante, por exemplo, as calças do uniforme? A senhora não notou?

---

* Então é isso (em alemão).

** Na Espanha e em mais alguns países, mulher idosa que cuidava do comportamento e da moral de moças e mulheres jovens e as acompanhava a toda parte. [N. do T.]

— Eu zempre tenho notado tudo — respondeu a alemã com dignidade. — As calças eram pantalonas quadriculadas, de tecido caro. Não havia pincenê nenhum. Também não era encurvado. O tal zenhor tinha uma boa postura. — Ela refletiu, e perguntou inesperadamente: — Encurvado, pincenê e *shtudent*? Por que o senhor falou assim?

— Qual é o problema? — indagou Erast Pietróvitch.

— É estranho. Lá havia um zenhor. Um *shtudent* encurvado de pincenê.

— Como!? Onde!? — Fandórin soltou uma exclamação.

— Eu vi um zenhor assim... *jenseits*... do lado oposto do gradil, na rua. Estava em pé e olhava para nós. Eu ainda pensei que o zenhor *shtudent* iria nos ajudar a enxotar aquele homem horrível. E ele era muito encurvado. Isso eu vi depois, quando o tal zenhor já tinha ze matado. O *shtudent* deu meia-volta e foi embora rapidinho. E aí eu vi como ele era encurvado. Isso acontece quando na infância não ensinam as crianças a zentar corretamente. É muito importante zentar corretamente. Minhas pupilas zempre zentam corretamente. Olhe para a Fraülein baronesa. Está vendo como ela mantém a coluna? Muito bonito!

Eis que nesse ponto Elisavieta Alieksándrovna enrubesceu, e com tanta graça que Fandórin perdeu por um instante o fio da meada, embora a informação da senhorita Pful fosse, sem dúvida, de importância excepcional.

Capítulo quarto
Que narra sobre a força funesta da beleza

No dia seguinte, entre 10h e 11h da manhã, Erast Pietróvitch, abençoado pelo chefe e até agraciado com três rublos para despesas extraordinárias, chegou ao pavilhão amarelo da universidade na Mokhovaia. A tarefa não era complicada, mas requeria certa dose de sorte: achar o estudante encurvado, sem nada que o destacasse, um tanto espinhento e de pincenê com cordão de seda. Era bem provável que esse senhor suspeito não estudasse na Mokhovaia, mas na Escola Técnica Superior, na Academia Florestal ou em algum Instituto de Agrimensura; no entanto, Ksavieri Feofiláktovitch (que via seu jovem auxiliar com certa surpresa não desprovida de alegria) estava plenamente de acordo com a hipótese de Fandórin: o mais provável era que tanto o "encurvado" quanto o falecido Kokórin estudassem na universidade e, muito possivelmente, até na mesma faculdade de direito.

Vestido à paisana, Erast Pietróvitch voou num abrir e fechar de olhos pelos gastos degraus de ferro da escada do terraço da entrada principal, evitou um funcionário barbudo de uniforme verde e ocupou uma posição cômoda no vão semicircular da janela, de onde se observava magnificamente o vestíbulo com o guarda-roupa, o pátio e até as entradas para ambas as alas. Desde que o pai morrera e a vida do jovem se desviara do caminho reto e claro, era a primeira vez que Erast Pietróvitch olhava para as sagradas paredes amarelas da universidade sem aquela tristeza no coração pelo que devia ter-se realizado, mas não se realizara. Ainda não se sabia que existência seria mais atraente e mais útil para a sociedade — decorar nomes como faziam os estudantes ou a vida dura de agente do serviço secreto, encarregado de um caso perigoso. (Vá lá que não fosse perigoso, mas assim mesmo era algo de responsabilidade, muito sigiloso.)

Aproximadamente um entre cada quatro estudantes que caíam no campo de visão do observador atento usava pincenê, e ainda por cima muitos deles com cordão de seda. Aproximadamente um em cada cinco tinha no rosto certo número de espinhas. Havia alguns bastante encurvados. No entanto, os três sinais juntos não queriam de maneira nenhuma coincidir em um único sujeito.

Entre uma e duas horas, Fandórin, já faminto, tirou do bolso um sanduíche de salame e matou a fome sem abandonar o posto. A essa altura, Erast Pietróvitch já conseguira estabelecer relações perfeitamente amistosas com o porteiro barbudo, que mandou que o chamasse de Mitritch e conseguiu dar ao jovem alguns conselhos valiosíssimos sobre como ingressar na "nivirsidade". Fandórin, que ao velhote falastrão pareceu um provinciano sonhando com os queridos botões da farda que continham o escudo da universidade, já estava pensando se não seria o caso de mudar a versão e interrogar Mitritch sem rodeios sobre o "encurvado" e espinhento, quando o porteiro voltou a agitar-se, tirou o quepe da cabeça e escancarou a porta. Mitritch procedia assim quando ao lado passava algum professor ou estudante rico, pelo que vez por outra ganhava ora um copeque, ora cinco. Erast Pietróvitch olhou ao redor e viu caminhando em direção à porta um certo estudante, que acabara de receber no guarda-roupa uma luxuosa capa de veludo com fechos que pareciam patas de leão. Na cara do janota brilhava um pincenê, na testa rosava-se uma mina de espinhas. Fandórin ficou tenso, tentando distinguir que tipo de postura tinha o estudante, mas a maldita capa e a gola levantada lhe impediram o diagnóstico.

— Boa-tarde, Nicolai Stiepánitch. Não quer que eu chame um cocheiro? — indagou o porteiro fazendo uma reverência.

— Então, Mitritch, a chuvinha já passou? — perguntou com voz fina o espinhento. — Bem, sendo assim, vou caminhando; fiquei muito tempo sentado. — E dois dedos em luvas brancas deixaram cair uma moeda na mão estirada.

— Quem é? — murmurou Erast Pietróvitch, olhando tenso para as costas do almofadinha. Parecia encurvar-se?

— Akhtírtziev, Nicolai Stiepánitch. O maior dos ricaços, sangue de príncipes — informou Mitritch em tom reverente. — Sempre me dá uma moeda de no mínimo cinco copeques.

Um ardor apossou-se de Fandórin. Akhtírtziev! Não me digam que é o próprio que no testamento foi nomeado testamenteiro!

Mitritch fez reverência a mais um professor, um mestre de física, de cabelos longos e, quando se voltou, uma surpresa o aguardava: o respeitoso provinciano havia desaparecido como que por encanto.

Via-se de longe a negra capa de veludo, e Fandórin alcançou o suspeito em dois tempos, mas não se atreveu a olhar para ele: no fundo, o que ele poderia apresentar a esse Akhtírtziev? Bem, suponhamos que ele fosse reconhecido pelo caixeiro Kúkin, pela senhorita Pful (aí Erast Pietróvitch deu um suspiro pesado, tornando a lembrar-se — quantas vezes! — de Lísanka). Ora, em que isso vai dar? Segundo a ciência do grande Fouché, chefe insuperável do serviço secreto, não seria melhor manter esse indivíduo sob vigilância?

Dito e feito. Ainda mais porque não foi nada difícil vigiá-lo: sem pressa, Akhtírtziev caminhava em direção à Tvierskáia como quem passeia, sem olhar para trás, só vez por outra acompanhando com o olhar modistas bonitinhas. Várias vezes Erast Pietróvitch, tomado de ousadia, chegava-se bem perto e até ouvia como o estudante assobiava despreocupadamente a ária de Smith da ópera "La jolie fille de Perth". Parece que o suicida frustrado (se é que era ele) estava no mais radiante estado de espírito. O estudante parou ao lado da tabacaria de Korf e, durante muito tempo, examinou na vitrine caixas de charutos, mas não entrou. Começou a formar-se em Fandórin a convicção de que o "indivíduo" estava arrastando o tempo até uma hora marcada. Essa convicção reforçou-se quando Akhtírtziev tirou o relógio de ouro, bateu a tampa e, a passos acelerados, movimentou-se rua acima pela calçada, passando a uma execução mais decidida de "O coro dos meninos", da ópera *Carmen*, a nova moda.

Depois de guinar para a Kamerguerski, o estudante parou de assobiar e apressou o passo com tanto ímpeto que Erast Pietróvitch foi forçado a abrandar o seu — senão acabaria chamando atenção. Por sorte, antes de chegar ao Darzans, salão de moda feminina, o "indivíduo" retardou o passo e logo parou de vez. Fandórin atravessou a rua e montou guarda ao lado de uma padaria, de onde vinha o aroma de pãezinhos doces da última fornada.

Uns 15 ou 20 minutos depois, Akhtírtziev, que demonstrava cada vez mais nervosismo, caminhava de um lado para o outro junto à porta de carvalho ornada de figuras, por onde não paravam de entrar senhoras e de onde os jovens entregadores saíam com embrulhos e caixas elegantes. Ao longo da calçada, várias carruagens aguardavam, algumas até com brasões nas portas envernizadas. Às 2h17 (Erast Pietróvitch notou esse detalhe pelo relógio da vitrine), o estudante ficou agitado e precipitou-se para uma dama esbelta que saía da loja com um pequeno véu sobre o chapéu. Tirou o quepe, começou a falar alguma coisa, sacudindo os braços. Fandórin atravessou a calçada com ar de enfado — sabe-se lá se ele também não estava precisando dar uma olhada na Darzans!

— Neste momento, não tenho tempo para o senhor — ouviu-se a voz sonora da dama, trajada na última moda parisiense, vestido de seda com chamalote e cauda. — Depois. Apareça às 8h, como de costume, e então tudo se resolverá.

Afastando os olhos do excitado Akhtírtziev, ela rumou para uma carruagem aberta, de dois lugares.

— Mas Amália! Amália Kazimírovna, com licença! — lançou-se o estudante em seu encalço. — Em certo sentido, eu esperava uma explicação particular!

— Depois, depois! — lançou a dama. — Agora estou com pressa.

Uma leve brisa levantou o fino véu de seu rosto, e Erast Pietróvitch pasmou. Aqueles lânguidos olhos da noite, aquela feição egípcia do rosto, aquela curva caprichosa dos lábios ele já havia visto, e um rosto daqueles, uma vez visto, nunca mais se esquece. Aí está ela, a misteriosa A. B. que pediu ao infeliz Kokórin que não renegasse o seu amor! A história parecia tomar um sentido e um colorido bem diversos.

Akhtírtziev ficou imóvel, com ar perdido na calçada, a cabeça afundada desgraciosamente nos ombros (encurvado, sem dúvida nenhuma, encurvado, persuadiu-se Erast Pietrióvitch), enquanto a carruagem levava com sucesso a rainha egípcia para os lados da rua Pietrovka. Era preciso decidir alguma coisa, e Fandórin, julgando que agora o estudante não teria mesmo onde se meter, desistiu dele — correu à frente, para a esquina da Bolcháia Dmítrovka, onde havia uma fila de carruagens.

— Polícia — cochichou ele a um *vanka** sonolento de quepe e longa túnica de algodão. — Rápido, atrás daquela carruagem! Ande logo! E nada de tremer, você vai receber por todo esse serviço.

O *vanka* tomou ares de valente, arregaçou as mangas com um zelo exagerado, sacudiu os arreios e ainda por cima gritou, e o cavalo malhado saiu batendo estrepitosamente os cascos pelo calçamento.

Na esquina da Rojdiéstvenka, uma carroça de madeira cruzou de tal jeito a rua que acabou bloqueando toda a passagem. Tomado de extremo nervosismo, Erast Pietróvitch deu um salto e até se pôs na ponta dos pés, acompanhando com o olhar a carruagem aberta que conseguira passar com êxito. Ainda bem que conseguiu, ao menos ela guinava para a Bolcháia Lubianka.

Não foi nada, graças a Deus alcançaram a carruagem em plena rua Sriétenka, e a tempo — a carruagem mergulhou num beco estreito que tinha a forma de uma grande lombada. As rodas saltavam nos buracos. Fandórin viu a carruagem parando e cutucou as costas do cocheiro — que continuasse em frente, mas sem dar na vista. Ele mesmo virou-se de propósito para um lado, mas com o rabo do olho viu, à entrada de um gracioso palacete de pedra, como um homem alto de uniforme recebia com reverência uma senhora

* Cocheiro de coche de passeio atrelado a cavalo ruim com arreios pobres. [N. do T.]

vestida de lilás. Depois da primeira esquina, Erast Pietróvitch liberou o cocheiro e caminhou de volta vagarosamente, como se estivesse passeando. Ali estava o palacete — agora podia examiná-lo devidamente: um mezanino de telhado verde, cortinas nas janelas e um toldo no pátio da entrada principal.

Em compensação, num banco junto à parede estava sentado um porteiro de avental amassado, com ar de tédio. Foi a ele que Erast Pietróvitch se dirigiu.

— Diga aqui uma coisa, meu amigo — foi logo falando, enquanto tirava do bolso uma moeda de 20 copeques. — De quem é essa casa?

— Todo mundo sabe de quem é — respondeu o porteiro lacônico, observando com interesse os dedos de Fandórin.

— Pode ficar com isso. Quem é essa dama que chegou há pouco?

Depois de receber a moeda, o porteiro respondeu com gravidade:

— É a casa da generala Máslova, só que ela não mora aqui, mas a aluga. E quem chegou foi a inquilina, a senhora Biejétskaia, Amália Kazimírovna.

— Quem é ela? — atacou Erast Pietróvitch. — Mora aqui há muito tempo? Recebe muita gente?

O porteiro olhava para ele calado, mexendo os lábios. Em seu cérebro, desenvolvia-se um trabalho incompreensível.

— Preste atenção, cavalheiro — disse ele levantando-se, e subitamente agarrou Fandórin firme pelo braço. — Espere para ver o que vai lhe acontecer.

E arrastou Erast Pietróvitch, que resistia, para o pátio e puxou o badalo da sineta de bronze.

— O que está fazendo?! — apavorou-se o agente secreto, tentando inutilmente libertar-se. — Ora, eu lhe... O senhor sabe com quem...?!

A porta escancarou-se e no limiar apareceu o homenzarrão de uniforme, com enormes suíças cor de areia e o queixo barbeado — logo se via que não era de sangue russo.

— Pois é, tem gente por aqui interessada em Amália Kazimírovna — informou o vil porteiro com voz de deboche. E ofereceu dinheiro. Eu não aceitei. Preferi resolver desse jeito, John Carlitch...

O mordomo (ele tinha de ser mordomo, já que era inglês) mediu a presa com o olhar impassível de uns olhos miúdos e ferinos, deu em silêncio uma moeda de 50 copeques de prata ao judas e afastou-se um pouco.

— Olhe, o que está acontecendo de fato aqui é o mais completo mal-entendido! — Fandórin não encontrava meio de reconsiderar o acontecido. — *It's ridiculous! A complete misunderstanding!** — passou a falar em inglês.

— Não, não adianta, faça o favor, faça o favor — zumbia de trás o porteiro e, segurando Fandórin pelo outro braço para se fazer mais preciso, empurrou-o para dentro.

Erast Pietróvitch viu-se numa ampla ante-sala, bem diante de um urso empalhado que segurava uma bandeja de prata — para que ali pusessem o cartão de visita. Os olhos de vidro da fera peluda olhavam sem qualquer simpatia para o escrevente que se metera em confusão.

— Quem? Para quê? — perguntou o mordomo sucintamente e com forte sotaque, ignorando completamente o inglês bastante sofrível de Fandórin.

Erast Pietróvitch mantinha-se em silêncio, não queria por nada revelar a sua incógnita.

— *What's the matter, John?*** — ouviu-se indagar uma voz sonora já conhecida de Fandórin.

---

* Isso é ridículo! Um total mal-entendido (em inglês).

** O que está acontecendo, John?

Na escada atapetada, que sem dúvida levava ao *mezanino*, estava a dona da casa, desembaraçando-se do chapéu.

— Ah, aquele jovem moreno — disse ela dirigindo-se a Fandórin que a devorava com os olhos. — Eu o notei ainda na Kamerguerski. Isso lá é jeito de grudar os olhos em senhoras desconhecidas? É astuto, não se pode negar. Seguiu-me! Estudante ou apenas desocupado.

— Fandórin, Erast Pietróvitch — apresentou-se ele, sem saber como continuar sua apresentação, mas, ao que parece, a Cleópatra já havia interpretado a seu modo o aparecimento dele.

— Gosto dos audaciosos — sorriu ela. — Especialmente se são bonitinhos assim. Mas espionar é feio. Se minha pessoa lhe interessa tanto, apareça à noite... quem não vem me procurar! Então, você poderá satisfazer perfeitamente sua curiosidade. Sim, e ponha um fraque: em minha casa, o tratamento é livre, mas os homens, se não são militares, devem estar forçosamente de fraque; esta é a lei.

***

Ao anoitecer, Erast Pietróvitch estava de prontidão. É verdade que o fraque do pai ficou meio folgado nos ombros, mas a boa Agrafiena Kondrátievna, secretária provincial de quem Fandórin alugava um quarto, prendera as costuras com alfinetes, e tudo ficara perfeitamente bem, desde que não precisasse desabotoá-lo. O vasto guarda-roupa, que só de luvas brancas guardava cinco pares, era o único bem que o filho herdara do falido banqueiro. O que tinha melhor aparência era o colete de seda da loja de Burguess e também os sapatos de verniz de Pironnet. Também não lhe ficava mal a cartola de Blanc, só que lhe caía um pouco sobre os olhos. Mas isso não era problema — ele a entregaria ao criado na entrada e o problema estaria resolvido. Erast Pietróvitch preferiu não levar a bengala — podia ser de mau tom. Deu umas voltas diante do espelho chanfrado na ante-sala escura e ficou satisfeito, principalmente com a cintura, que o severo "Lord Byron" mantinha na forma ideal. No pequeno bolso do colete, mantinha o rublo de prata recebido de Ksavieri Feofiláktovitch para o buquê ("decente, mas sem ostentação"). Que ostentação poderia haver ali com um rublo, suspirou Fandorin, e resolveu que acrescentaria 50 copeques do próprio bolso, e então daria para as violetas.

Por causa do buquê, teve de sacrificar o cocheiro; e, ao palacete de Cleópatra (esse apelido era o que melhor combinava com Amália Kazimírovna Biejétskaia), Erast Pietróvitch só chegou às 8h15.

As visitas já estavam reunidas. Conduzido para dentro pela arrumadeira, ainda da ante-sala o escrevente ouviu o rumor de uma infinidade de vozes masculinas, mas de quando em quando ouvia *aquela*, a de prata e cristal, a mágica. Depois de demorar-se um pouco à entrada, Erast Pietróvitch tomou coragem e apresentou-se com certo desembaraço, na esperança de produzir a impressão de um homem mundano e experiente. Inútil o seu empenho — ninguém se voltou para o recém-chegado.

Fandórin viu-se numa sala repleta de confortáveis sofás de marroquim, cadeiras de veludo, mesas elegantes — tudo com muito esmero e muito moderno. No centro, com os pés pisando uma pele de tigre estendida, estava a anfitriã, engalanada de espanhola, trajando um vestido vermelho vivo com corpete e com uma camélia escarlate nos cabelos. Estava tão bonita que Erast Pietróvitch perdeu o fôlego. Não observou logo os hóspedes; notou apenas que só havia homens e que Akhtírtziev estava ali, sentado um pouco a distância e muito pálido.

— Eis um novo admirador — disse Biejétskaia, olhando para Fandórin e dando um risinho. — Agora temos uma dúzia de 13. Não vou apresentar todos, isso demoraria muito; vocês mesmos se apresentem. Lembro-me que é estudante, mas esqueci o sobrenome.

— Fandórin — arriscou Erast Pietróvitch com uma voz traiçoeiramente trêmula e tornou a repetir, com mais firmeza — Fandórin.

Todos olharam para ele, mas assim meio por alto; pelo visto, não se interessaram pelo jovem recém-chegado. Logo ficou claro que o centro do interesse nessa sociedade era apenas um. Os visitantes quase não conversavam entre si, dirigindo-se, sobretudo, à anfitriã, e todos, até um velhote de ar imponente e com uma estrela que reluzia no peito, tentavam sem cessar uma única coisa — atrair para si a atenção dela e ao menos por um instante ofuscar os demais. Só dois se comportavam de outro modo — o calado Akhtírtziev, que não cessava de sorver champanhe de um cálice, e um oficial hussardo, rapazola vigoroso, de olhos alucinados, meio saltados, e um sorriso que expunha os dentes brancos sob um bigode negro. Ele parecia bastante entediado e quase não olhava para Amália Kazimírovna; observava as outras visitas com um risinho de desdém. Cleópatra distinguia notoriamente esse "atrevido" e o chamava de "Ippolit", e ocasionalmente lançou em sua direção um olhar tal que Erast Pietróvitch sentiu uma melancólica fisgada no coração.

De repente, ele estremeceu. Um senhor rechonchudo, que trazia uma cruz branca no peito, acabava de comentar, aproveitando uma pausa:

— A senhora Amália Kazimírovna há pouco proibiu bisbilhotice sobre Kokórin, mas eu fiquei sabendo de algo bem curioso.

Ele fez silêncio, satisfeito com o efeito que produzira — todos se voltaram para ele.

— Deixe de lengalenga, Anton Ivánovitch, fale — não se conteve um gorducho de testa redonda, pelo visto advogado emergente.

— Isso mesmo, sem lengalenga — emendaram os outros.

— Ele não só se suicidou, mas seu método foi o da "roleta americana"; assim me sussurraram hoje no escritório do governador-geral — informou com imponência o gorducho. — Sabem o que é isso?

— Todo mundo sabe — deu de ombros Ippolit. — Você pega um revólver, põe um cartucho. É tolice, mas excita. É uma pena que seja invenção americana, não nossa.

— E o que a roleta tem a ver com isso, conde? — indagou o velhote da estrela.

— Ímpar ou par, vermelho ou negro, contanto que não seja zero! — gritou Akhtírtziev e deu uma gargalhada artificial, olhando para Amália Kazimírovna com ar de desafio (pelo menos foi assim que pareceu a Fandórin).

— Eu avisei: ponho para fora quem tagarelar sobre esse assunto! — zangou-se de verdade a anfitriã. — E nego acesso à minha casa de uma vez por todas! Que assunto vocês foram arranjar para bisbilhotices!

Pairou no ar um silêncio desanimador.

— No entanto, a mim a senhora não se atreverá a negar acesso à sua casa — declarou Akhtírtziev no mesmo tom atrevido. — Eu, ao que parece, fiz por merecer o direito de dizer tudo o que penso.

— Posso saber por quê? — perguntou um capitão em uniforme da guarda.

— Porque encheu a cara, o fedelho. — Ippolit, que o velhote havia chamado de "conde", estava levando decididamente a questão para o terreno do escândalo. — Se me permitir, Amélie,* eu o boto para fora.

---

* Afrancesado, no original russo. [N. do T.]

— Quando eu precisar da sua proteção, Ippolit Aliek-sándrovitch, não deixarei de avisar — respondeu Cleópatra com veneno, e o confronto foi esmagado em seu nascedouro.

— E, senhores, já que não se pode esperar uma conversa interessante da sua parte, o melhor é jogarmos prendas. Da outra vez, foi engraçado como Frol Lúkitch, depois de perder, coseu uma flor em uma tapeçaria e ainda picou todos os dedos com a agulha.

Todos riram alegremente, exceto um senhor barbudo de cabelo cortado em forma de cuia, cujo fraque estava bastante torto.

— E a senhora, minha cara Amália Kazimírovna, ainda se divertiu às minhas custas. O idiota aqui fez por merecer — pronunciou ele humildemente, acentuando o "o". — Aliás, só numa transação honesta é que amor com amor se paga. Nesses últimos dias, nós arriscamos com a senhora; agora, não seria mal que fosse a sua vez de arriscar conosco.

— É, o conselheiro de comércio está certo! — exclamou o advogado. — Senhores! Que Amália Kazimírovna mostre ousadia. Senhores, eis uma sugestão: quem entre nós puxar a prenda exigirá da nossa esplendorosa... bem... alguma coisa especial.

— Correto! Bravo! — ouviu-se de todos os lados.

— Isso está parecendo uma rebelião! Como a de Pugatchóv!* — pôs-se a rir a deslumbrante anfitriã. — O que os senhores estão mesmo querendo de mim?

— Eu sei! — interveio Akhtírtziev. — Resposta franca a qualquer pergunta. Para evitar rodeios, brincadeira de gato e rato. E, forçosamente, olho no olho.

— Por que olho no olho? — protestou o capitão. — Todos aqui estão curiosos por ouvir.

---

* Emilian Pugatchóv, cossaco do Don, que liderou uma rebelião camponesa contra o czarismo de 1773 a 1774. [N. do T.]

— Quando é "para todos", não há franqueza — a anfitriã virou os olhos. — Está bem, brinquemos de franqueza; que seja como os senhores querem. Só que o felizardo acaso não irá temer a verdade que eu declarar? Essa verdade pode não ser agradável.

O conde emendou com ar de galhofa, arranhando as consoantes à maneira genuinamente parisiense:

— *J'en ai le frisson que d'y penser.** Deixemo-la para lá, senhores. Para quem ela tem serventia? Não seria melhor a gente brincar de roleta americana? Então, não se sentem atraídos?

— Ippolit, parece que eu avisei! — disparou a deusa como um raio. — Não vou repetir. Sobre *aquilo* nenhuma palavra.

Ippolit calou-se no mesmo instante e até levantou os braços, dir-se-ia, mudo como um peixe.

Enquanto isso, o ágil capitão já juntava prendas no quepe. Erast Pietróvitch pôs o lenço de cambraia do pai com o monograma PF.

Para começar, ele tirou do quepe um charuto que ele mesmo havia posto e perguntou com ar fingido:

— O que me dão por esta prenda?

— O buraco de uma rosquilha — respondeu Cleópatra, que se voltara de cara na direção da parede, e todos, exceto o gorducho, caíram numa gargalhada maliciosa.

— E por esta? — Anton Ivánovitch tirou com indiferença uma caneta de prata do capitão.

— A neve do ano passado.

Seguiram-se um relógio-medalhão ("as orelhas de um peixe"), uma carta de baralho ("*mes condoléances*"**), fósfo-

---

* Só de pensar, me dá um tremor (em francês).

** Meus pêsames (em francês).

ros ("o olho direito de Kutúzov"), uma piteira de âmbar ("fazeres vazios"), uma nota de 100 rublos ("três vezes nada"), um pente de tartaruga ("quatro vezes nada"), uma baga de uva ("a cabeleira de Orest Kiríllovitch" — um riso demorado na direção de um senhor totalmente calvo, que ostentava na lapela uma cruz de São Vladimir), um cravo ("nada e nunca"). Restavam no quepe apenas duas prendas — o lenço de Erast Pietróvitch e o anel de ouro de Akhtírtziev. Quando o anel brilhou nos dedos do anunciante, o estudante projetou-se de corpo inteiro para a frente, e Fandórin viu duas gotas de suor brotando da testa espinhenta.

— É a este que vou conceder? — indagou em tom arrastado Amália Kazimírovna, visivelmente aborrecida de divertir o público. Akhtírtziev soergueu-se e, sem acreditar na própria sorte, arrancou o pincenê. — Ah, não, talvez não seja a este, mas ao último.

Todos se viraram para Erast Pietróvitch, examinando-o seriamente pela primeira vez. Já este, à medida que aumentavam as suas chances, passara os últimos minutos decidindo febrilmente como se comportar caso a sorte lhe sorrisse. Pois bem, a dúvida se resolveu. Logo, era o destino.

Nisso, Akhtírtziev despregou-se de onde estava e correu para ele, cochichando com ardor:

— Ceda-me, eu lhe imploro. O que lhe custa... o senhor está aqui pela primeira vez e, no meu caso, é o destino... Venda-me, enfim. Quanto quer? Quinhentos, mil, hein? Mais?

Com uma firmeza serena, surpreendente para si mesmo, Erast Pietróvitch afastou o cochichador, levantou-se, chegou-se à anfitriã e perguntou com reverência:

— Para onde ordena?

Ela olhava para Fandórin com uma alegre curiosidade. Esse olhar à queima-roupa deixou-o tonto.

— Pode ser ali, naquele canto. Senão, pode ser que eu tenha medo de me isolar com um valente como o senhor.

Sem dar atenção à gargalhada de galhofa dos outros, Erast Pietróvitch seguiu-a para um canto afastado da sala e sentou-se num sofá de encosto entalhado. Amália Kazimírovna pôs um cigarro na piteira de prata, acendeu-o na vela e espreguiçou-se gostosamente.

— Então, quanto Nicolai Stiepánovitch lhe ofereceu por mim? Eu sei que ele cochichou alguma coisa.

— Mil rublos — respondeu honestamente Fandórin. — Ofereceu até mais.

Os olhos de ágata de Cleópatra emitiram um brilho funesto.

— Vejam só como ele é impaciente. E o senhor, por acaso, é milionário?

— Não, eu não sou rico — respondeu com modéstia Erast Pietróvitch. — No entanto, considero uma vileza negociar com a sorte.

Os outros ficaram fartos de escutar a conversa deles — não dava para ouvir nada mesmo — e, dividindo-se em grupos, passaram a travar suas conversas, embora cada qual olhasse a todo instante para aquele canto.

Enquanto isso, Cleópatra estudava com franca zombaria seu admirador provisório.

— O que o senhor deseja perguntar?

Erast Pietróvitch vacilou.

— A resposta será honesta?

— A honestidade para os honestos, mas em nossos jogos há pouca honestidade — sorriu Biejétskaia com uma amargura dissimulada. — Mas prometo franqueza. Só não me decepcione, não pergunte bobagens. Eu o tenho na conta de um espécime curioso.

E Fandórin partiu irrefletidamente para o ataque.

— O que a senhora sabe sobre a morte de Piotr Aliek-sándrovitch Kokórin?

A anfitriã não se assustou, não estremeceu, mas Erast Pietróvitch teve a impressão de que, por um instante, os olhos dela haviam se estreitado.

— E por que o senhor quer saber?

— Isso eu explico depois. Primeiro responda.

— Já que é assim, vou dizer. Kokórin foi morto por uma dama muito cruel. — Por um instante, Biejétskaia baixou os cílios negros e espessos e por baixo deles dirigiu ao redor um olhar veloz como um golpe de espada. — E essa dama se chama "amor".

— Amor pela senhora? Ele freqüentava sua casa, não?

— Freqüentava. E, além de mim, acho eu, por aqui não há por quem se apaixonar. A não ser por Orest Kiríllovitch. — Ela riu.

— E a senhora não tem nenhuma pena de Kokórin? — Fandórin admirou-se de tamanha insensibilidade.

A rainha egípcia deu de ombros com total indiferença.

— Cada um é dono do seu próprio destino. Mas, será que já não chega de perguntas?

— Não! — precipitou-se Erast Pietróvitch. — O que Akhtírtziev teve a ver com isso? E o que significa o testamento em nome de Lady Esther?

O rumor de vozes ficou mais alto, e Fandórin olhou irritado para trás.

— Não está gostando do meu tom? — perguntava em voz alta Ippolit, investindo contra o embriagado Akhtírtziev. — Mas disto, seu idiota, você gosta? — E com a mão aberta empurrou o estudante pela testa, parece que com pouca força, mas o mirrado Akhtírtziev voou para a poltrona, caiu escarrapachado e nela continuou sentado, entregue às moscas.

— Com licença, conde, isso não é coisa que se faça! — precipitou-se Erast Pietróvitch. — Se o senhor é mais forte, isso ainda não lhe dá o direito...

Mas suas palavras confusas, para as quais o conde pouco ligou, foram abafadas pela voz estridente da anfitriã:

— Ippolit, fora daqui! E só ponha os pés aqui quando estiver sóbrio!

O conde saiu aos trancos rumo à porta da rua, rogando pragas. Os outros visitantes examinavam com curiosidade o enfraquecido Akhtírtziev, que estava uma lástima só e não fazia a mínima tentativa de levantar-se.

— Aqui o senhor é o único que parece um ser humano — murmurou Amália Kazimírovna para Fandórin, tomando a direção do corredor. — Conduzam-no. E não o atirem pela porta.

Quase no mesmo instante apareceu o gigantesco John, que trocara o uniforme por uma sobrecasaca preta e um peitilho engomado, e ajudou a conduzir o estudante até a porta, enterrando-lhe a cartola na cabeça. Biejétskaia não o acompanhou, e Erast Pietróvitch, depois de olhar para a fisionomia carrancuda do mordomo, compreendeu que precisava ir embora.

Capítulo quinto
No qual o herói esbarra em sérios obstáculos

Na rua, depois de respirar ar fresco, Akhtírtziev reanimou-se um pouco — estava firme sobre as pernas, não cambaleava, e Erast Pietróvitch não achou mais necessário segurá-lo pelo cotovelo.

— Vamos até a Sriétenka — disse ele. — Lá eu o ponho num coche. Sua casa fica longe?

— Minha casa? — À luz irregular do lampião de querosene, o rosto pálido do estudante parecia uma máscara. — Não, não vou para casa por nada! Vamos a algum lugar? Estou com vontade de conversar. O senhor mesmo viu... o que eles fizeram comigo. Como é seu nome? Lembro-me de Fandórin, um sobrenome engraçado. Eu sou Akhtírtziev. Nicolai Akhtírtziev.

Erast Pietróvitch fez uma leve reverência, tentando resolver uma complexa questão moral: se seria decente aproveitar o estado debilitado de Akhtírtziev para arrancar dele as informações necessárias. Ele era bem "encurvado", parecia, e pessoalmente não tinha nada que o indispusesse a abrir-se.

Resolveu que não era nada de mais, que podia fazê-lo. Andava investigando uma paixão secreta demais.

— Indo por aqui, a "Criméia" fica perto — refletiu Akhtírtziev. — E não se precisa de coche, dá para ir a pé. É um antro, é claro, mas tem bons vinhos. Vamos? Que tal? Estou convidando.

Fandórin não se fez de rogado, e os dois caminharam lentamente (ainda assim, o estudante cambaleava um pouco) por um beco escuro para o lugar de onde se via de longe o brilho das luzes da Sriétenka.

— O senhor Fandórin decerto me considera um covarde, não é? — perguntou Akhtírtziev, enrolando levemente a língua. — Porque eu não desafiei o conde para um duelo, suportei a afronta e fingi-me de bêbado? Eu não sou covarde; quando lhe contar o que tenho para dizer, o senhor se convencerá... Ele me provocou de propósito. Vai ver que foi ela quem lhe sugeriu para se livrar de mim e não me pagar a dívida... Oh, ela é um tipo de mulher que o senhor não conhece... Já para Zurov, tanto faz matar um homem como esmagar uma mosca. Todas as manhãs, ele pega a pistola e passa uma hora praticando sua pontaria. Dizem que a 20 passos de distância crava uma bala numa moeda de cinco copeques. Isso lá seria duelo? Ele nem iria correr risco. Isso é assassinato, apenas leva um nome bonito. E, o mais importante, nada lhe aconteceria, ele daria um jeito de livrar a cara. Mais de uma vez ele já livrou a cara. Bem, iria passear no exterior. Só que agora eu quero viver, eu fiz por merecer.

Dobraram da Sriétenka para outro beco sem maiores atrativos, mas já sem lampiões a querosene e, sim, a gás, e adiante havia um prédio de três andares com janelas claramente iluminadas. "Pelo visto, deve ser a 'Criméia'", pensou com ansiedade Erast Pietróvitch, que muito ouvira falar dessa casa de tolerância famosa em Moscou.

No amplo e claro terraço, repleto de lâmpadas, não havia ninguém para os receber. Com um gesto habitual, Akhtírtziev empurrou uma porta alta e entalhada; ela cedeu facilmente e eles receberam um bafo de calor, juntamente com o cheiro de cozinha e álcool, um rumor de vozes e o som estridente de violinos.

Deixando as cartolas no guarda-roupa, os jovens caíram na lábia de um rapazola esperto de camisa rubra, que chamava Akhtírtziev de "senhor conde" e prometia a melhor mesinha, especialmente reservada para ele.

A mesinha ficava junto à parede e, providencialmente, longe do palco, onde um coro cigano cantava e os pandeiros tilintavam.

Erast Pietróvitch, que pela primeira vez ia a um antro de depravação, girava a cabeça para todos os lados. O público era dos mais diversificados e parecia que não havia ninguém sóbrio. Comerciantes e empregados da Bolsa com os cabelos engordurados de brilhantina davam o tom — agora ele sabia com quem andava o dinheiro —, mas também havia senhores de indiscutível origem nobre, e em algum ombro chegou até a reluzir o monograma dourado de um oficial dos dragões. No entanto, quem provocou maior interesse no escrevente foram as moças que se sentavam às mesas ao primeiro gesto. Seus decotes eram tão profundos que Erast Pietróvitch corou, e as saias tinham aberturas pelas quais se insinuavam sem o mínimo pudor os joelhos redondos em meias de rendas.

— Que mulheres são essas que apareceram? — sorriu Akhtírtziev, depois de encomendar vinho e um prato quente a um garçom. — Depois de Amália, eu não as tenho na conta de pessoas do sexo feminino. Quantos anos o senhor tem, Fandórin?

— Vinte e um — respondeu Erast Pietróvitch, aumentando em um ano a sua idade.

— Eu tenho 23, e já vi muita coisa. Não grude nas mulheres que se vendem; elas não valem nem dinheiro nem tempo. E, depois, a gente ainda sente asco. Se for preciso amar, que seja uma rainha! Embora o que eu estou lhe dizendo... O senhor chegou-se a Amália decidido, não foi? Ela o enfeitiçou? Ela gosta disso, de fazer coleção, para que as amostras forçosamente se renovem. Como diz uma opereta, *elle ne pense qu'a exciter les hommes**... Mas tudo tem um preço, e eu paguei o meu. Quer que eu lhe conte uma história? Por algum motivo, eu gosto do senhor; sabe ouvir e calar. E lhe será útil saber que mulher é aquela. Pode ser que o senhor reconsidere, enquanto ela ainda não o sugou como a mim. Ou já o sugou, hein, Fandórin? O que o senhor cochichou com ela naquele canto?

Erast Pietróvitch baixou os olhos.

— Então, escute — começou a contar Akhtírtziev. — Há pouco o senhor suspeitava de que eu fosse um covarde, porque deixei Ippolit para lá, não o desafiei para um duelo. Eu tive um daqueles duelos com que o seu Ippolit jamais sonhou. Ouviu a proibição dela contra qualquer menção a Kokórin? Também, pudera! Ela está com a consciência suja de sangue, está sim. Bem, e eu também, é claro. Só que eu expiei meu pecado com um pavor mortal. Kokórin, meu colega de curso, também freqüentava a casa de Amália. Outrora fomos amigos, e por causa dela nos tornamos inimigos. Kokórin era mais desembaraçado que eu, e de uma fisionomia atraente, mas *entre nous*** comerciante é sempre comerciante, plebeu, ainda que estude na universidade. Amália se divertiu bastante conosco, cercando ora um, ora outro. Chamava-me de Nicolas e me tratava de "você", como

---

* Ela não pensa senão em excitar os homens (em francês).

** Entre nós (em francês).

se eu fosse favorito, depois, por uma bobagem qualquer, eu caía em desgraça: proibía-me de aparecer diante dela uma semana, e outra vez me tratava por "senhor", outra vez "Nicolai Stiepánitch". Ela tem uma política: quem lhe morde a isca desta não escapa.

— Esse Ippolit, o que é dela? — perguntou cauteloso Fandórin.

— O conde Zurov? Não sei ao certo, mas há qualquer coisa de especial entre eles... Ou ele tem poder sobre ela, ou ela sobre ele... E ele não é ciumento, o problema não está nele. Uma mulher como aquela não permite que tenham ciúme dela. Resumindo, ela é uma rainha!

Ele calou, porque à mesa vizinha uma barulhenta turma de comerciantes embriagados começou a fazer algazarra — preparavam-se para sair e discutiam quem pagaria a conta. Os garçons retiraram em dois tempos a toalha suja, puseram uma nova e, um minuto depois, a mesa desocupada já era ocupada por um funcionário público fortemente embriagado, de olhos alvacentos, quase transparentes (devia ser da bebedeira). Uma mulher gorducha de cabelos castanhos chegou-se ao farrista, abraçou-lhe os ombros e cruzou as pernas num gesto rebuscado — Erast Pietróvitch ficou olhando fixo para aquele joelho coberto por uma meia justa de fio da Pérsia vermelho.

O estudante, que secara uma taça cheia de vinho do Reno e espetara o garfo num bife malpassado, prosseguiu:

— O senhor acha que Pierre* Kokórin suicidou-se por causa de um amor infeliz? Não foi bem assim. Fui eu quem o matou.

— O quê?! — Fandórin não acreditou nos próprios ouvidos.

* Na Rússia do século XIX, era costume os membros da aristocracia se tratarem pelo homônimo francês de seus nomes. [N. do E.]

— Isso mesmo que o senhor ouviu — Akhtírtziev fez sinal com a cabeça com ar altivo. — Eu vou lhe contar tudo, mas fique quieto e não interfira com perguntas.

— É verdade, eu o matei e não lamento nem um pouco — começou ele. — Matei por uma questão de honra, num duelo. Sim, por uma questão de honra! Porque, desde tempos imemoriais, não houve um duelo mais honesto que o nosso. Quando dois estão diante da barreira, quase sempre há embuste: um atira melhor, o outro, pior, ou um é gordo e é mais fácil acertá-lo, ou passou uma noite insone e as mãos tremem. Mas, entre mim e Pierre, tudo transcorreu honestamente. Isso aconteceu em Sokólniki;* estávamos os três dando uma volta de carruagem, quando ela nos disse: "Estou farta de vocês dois, meninos ricos, depravados. Se pelo menos vocês se matassem um ao outro!" E Kokórin, canalha, disse a ela: "E eu mato mesmo, se por isso eu receber de vossa parte uma recompensa." Então eu disse: "Por uma recompensa, até eu mato. E a recompensa deve ser de um tipo que não se divide. Logo, a um restará o caminho direto para a terra fria, se ele não desistir." Veja a que ponto as coisas já haviam chegado entre mim e Kokórin. "Então, parece que os senhores me amam mesmo, não?", perguntou ela. E ele: "Mais que a vida." E eu também confirmei. "Está bem", respondeu ela. "Nas pessoas eu só aprecio a audácia, tudo o mais pode ser falsificado. Ouçam a minha vontade. Se um dos senhores matar de verdade o outro, receberá pela audácia uma recompensa, os senhores mesmos sabem qual." E riu: "Só que os dois são uns conversas-fiadas. Não matam ninguém. Não há nada de interessante nos senhores, a não ser o capital dos pais." Eu explodi: "Por Kokórin, não res-

* Lugar aprazível nos arredores de Moscou. [N. do T.]

pondo; mas, por uma recompensa como essa, eu não pouparei nem a minha vida, nem a vida alheia." Mas ela falou, zangada: "Pois aí está: estou farta desse falatório de vocês dois. Está decidido: vão atirar, mas não em duelo, para que depois isso não venha a dar em escândalo. Além disso, o duelo é uma coisa incerta. Um perfura a mão do outro, e aí aparece à minha frente como vencedor. Não, um que fique com a morte e o outro com o amor. Como o destino decidir. Tirem a sorte. A quem ela couber, que se suicide. E deixe um bilhete para que não pensem que foi por minha causa. Então, se acovardaram? Se estiverem acovardados, pelo menos deixem de freqüentar a minha casa, se tiverem vergonha na cara, e isso só me trará vantagem." Pierre olhou para mim e disse: "Não sei como vai ser com Akhtírtziev, mas eu não vou me acovardar..." Foi assim que decidimos.

O estudante calou-se, cabisbaixo. Recobrou ânimo, encheu uma taça até a borda e bebeu de um gole. À mesa vizinha, a moça de meias vermelhas deu uma gargalhada estridente — o homem de olho esbranquiçado lhe cochichava algo no ouvido.

— E o testamento? — perguntou Erast Pietróvitch e mordeu a língua, pois era como se ele não devesse conhecer esse assunto. No entanto, Akhtírtziev, absorto pelas lembranças, limitou-se a menear a cabeça com indolência:

— Ah, o testamento... Foi ela que o inventou. "Os senhores queriam me comprar com dinheiro?", perguntou ela. "Está bem, que seja com dinheiro, só que não os 100 mil, como Nicolai Stiepánitch prometeu (aconteceu de uma vez eu me meter com ela; por pouco não me expulsou). Nem 200. Mas tudo o que os senhores tiverem. A quem couber a morte, que vá nu para o outro mundo. Só que eu mesma", disse ela, "não preciso do dinheiro dos senhores, eu mesma o dou a quem quiser. Deixem que o dinheiro se destine a alguma boa ação: a um mosteiro sagrado ou outro lugar qualquer. Para remir com rezas o pecado mortal. Como, pergunta Pietruchka, acaso seu milhão servirá para acender velas de penitência?" Mas Kokórin era ateu e militante. Por isso, exclamou: "Só não dêem aos popes. Prefiro destiná-lo às moças decaídas, que cada qual compre uma máquina de costura e mude de ofício. Em Moscou, não restará nenhuma mulher no *trottoir* e, então, Piotr Kokórin será lembrado." Então Amália comentou: "Quem se tornou devasso não tem conserto. Isso devia ter sido feito antes, na idade da inocência." Kokórin deu de ombros: "Então para crianças, para algum orfanato." O semblante de Amália clareou: "Por isso, Pietruchka, muita coisa em você seria perdoada. Você merece um beijo." Fiquei morrendo de raiva. "Vão roubar seu milhão no orfanato. Leu o que os jornais escrevem sobre os orfanatos públicos? É melhor dar à inglesa, à baronesa Esther, essa não vai roubar." Amália também me beijou, como quem diz: vamos lá, passe a perna nos nossos patriotas. Isso foi no dia 11, no sábado. No domingo, eu e Kokórin nos encontramos e combinamos tudo. Foi uma conversa maravilhosa. Ele sempre bancando o valentão, andando de farra em farra, eu me esquivando mais, e não nos olhávamos nos olhos. Era como se eu estivesse embotado... Chamamos um advogado, redigimos o testamento segundo toda a praxe. Pierre era minha testemunha e meu testamenteiro, e eu o dele. Cada um de nós deu cinco mil ao advogado para que não abrisse a boca. Aliás, para ele não era vantagem abrir a boca. Eu e Pierre combinamos assim; foi ele mesmo quem propôs. Nós nos encontraríamos às 10h da manhã na Taganka (eu moro na rua Gontchárnaia). Cada um levaria no bolso um revólver de seis tiros com uma bala no tambor. Íamos separados, mas de um jeito que um visse o outro. Quem tirasse a sorte tentaria primeiro. Kokórin havia lido em algum lugar sobre a roleta americana e gostara. E disse: "Por causa de nós dois, Cólia,* vão rebatizá-la de roleta-russa, você vai ver." E ainda disse que era chato duelar em casa; para rematar, faríamos uma caminhada em um jardim. Concordei, para mim dava no mesmo. Para ser franco, eu estava desanimado, achava que ia perder. E batia-me na cabeça: segunda-feira, dia 13, segunda-feira, dia 13. Passei a noite inteira sem dormir, quis ir embora para o exterior, mas quando pensei que ele ficaria com ela e iriam rir de mim... Em suma, fiquei.

— A manhã foi assim — ele continuou. — Pierre chegou, aprumadíssimo, de colete, numa alegria intensa. Era um homem de sorte e, pelo visto, esperava que dessa vez também a sorte lhe sorrisse. Lançamos os dados em meu gabinete. Ele fez nove pontos, eu, três. Eu já estava pronto para isso. "Não vou a lugar nenhum", eu disse. "Melhor morrer aqui." Rodei o tambor, encostei o cano do revólver no coração. "Pára!", ele me disse. "Não atire no coração. Se a bala penetrar enviesada, seu sofrimento será longo. É melhor nas têmporas ou na boca." "Obrigado pela preocupação", eu disse e o odiei tanto naquele instante que acho que eu lhe meteria uma bala sem qualquer duelo. Mas aceitei o conselho. Nunca vou me esquecer daquele estalo, do primeiro. Ele tilintou de tal modo no ouvido que... Ouço então a voz de Pierre: "Bem, agora é a minha vez. Vamos para fora." Só então eu compreendi que estava vivo. Fomos para a ladeira Chvivaia, de onde se vê a cidade. Kokórin à frente, eu, uns 20 passos atrás. Ele parou um pouco à beira de um precipício, eu não lhe via o rosto. Depois levantou a mão com a pistola para que eu visse, girou o tambor e apontou rápido

* Diminutivo ou tratamento íntimo do nome Nicolai. [N. do T.]

para as têmporas: um estalo. Eu sabia que nada ia acontecer a ele, portanto não esperava ver nada. De novo lançamos os dados, de novo foi a minha vez. Desci para a Yauz; não havia vivalma. Subi no frade-de-pedra da ponte, para depois cair logo dentro da água... Mais uma vez, nada. Nós nos afastamos. Pierre disse: "Isso está ficando chato. Vamos acabar assustando os pequeno burgueses, não é?" Ele se portava bravamente, justiça seja feita. Entramos num beco; ali já havia gente, carruagens circulando. Eu me coloquei no lado oposto. Kokórin tirou o chapéu, fez reverências à direita e à esquerda, levantou a mão, girou o tambor... e nada. Mas tivemos de sair dali rapidamente. Gritos, barulho, senhoras berrando. Tomamos o rumo da saída; já estávamos na Marosseika. Lançamos os dados, e o que o senhor acha? Novamente minha vez! Ele estava com duas senas, eu, com um duque, palavra de honra. Acabou, pensei eu, *finito*,* porque coisa mais simbólica é impossível. Para um tudo, para o outro, nada. Da última vez, eu atirei ao lado da Igreja de Cosme e Damião, onde fui batizado. Subi ao adro, onde ficam os pedintes, dei um rublo a cada um, tirei o boné... Abri os olhos... estava vivo. E, então, um *iuródivi*** me disse: "Se a alma tem comichão, em Deus tem o perdão." Se a alma tem comichão, em Deus tem o perdão; gravei isso na memória. Bem, saímos de lá correndo. Kokórin escolheu um lugar mais elegante, bem ao lado da Galeria Galoftiéievski. Na avenida Nieglínni, entrou numa confeitaria, sentou-se; eu fiquei atrás do vidro, do lado de fora. Ele disse algo a uma senhora que estava à mesa vizinha, e ela sorriu.

---

* Em italiano, no original russo. [N. do T.]

** Há duas acepções para o termo *iuródivi*: 1) indivíduo atoleimado, esquisito, que não regula bem; 2) para as pessoas religiosas e supersticiosas, pedinte, louco, com dons de profeta, de adivinho. [N. do T.]

Ele tirou o revólver do bolso, apertou o gatilho... eu vi. A senhora sorriu ainda mais. Ele guardou a pistola,* ainda falou alguma coisa com ela, tomou um café. Eu já estava tomado de torpor, sem sentir nada. Só tinha uma coisa na cabeça: naquele instante, eu ia tirar a sorte mais uma vez. Enveredamos pela Okhotni, ao lado do Hotel Loskútnaia, e pela primeira vez ele tirou a sorte de atirar primeiro. Eu fiz sete pontos, ele seis. Do seis para o sete, a diferença é de apenas um ponto. Fomos juntos até a taberna de Gúrov e nos separamos no lugar em que estão construindo o Museu Histórico; ele foi para o Jardim de Alexandre pela aléia, e eu pela calçada, por fora da grade. A última coisa que ele me disse: "Nós dois somos uns bobos, Cólia. Se falhar agora, mando tudo para o inferno." Eu quis detê-lo, juro, mas não o contive. Eu mesmo não sei por quê. Minto, sei... Tinha-me ocorrido uma idéia infame. Que girasse mais uma vez o tambor, depois a gente veria. Quem sabe se não negaria fogo... Só ao senhor, Fandórin, eu confesso. Estou lhe contando tudo tintim por tintim...

Akhtírtziev bebeu mais; tinha os olhos vermelhos e turvos debaixo do pincenê. Fandórin aguardava, com a respiração suspensa, embora já conhecesse em linhas gerais os acontecimentos subseqüentes. Nicolai Stiepánov tirou um charuto do bolso e acendeu um fósforo com a mão levemente trêmula. O charuto longo e grosso caía surpreendentemente mal em seu rosto feio de menino. Afastando dos olhos uma nuvem de fumaça, Akhtírtziev levantou-se de supetão.

— Garçom, a conta! Não posso mais ficar aqui. Está barulhento, abafado. — Arrancou do pescoço a gravata de seda. — Vamos para outro lugar. Ou ficamos apenas caminhando por aí.

---

* O autor usa ora pistola, ora revólver. [N. do T.]

Pararam em um terraço. O beco era lúgubre e deserto; as janelas estavam apagadas em todos os prédios, exceto no "Criméia". No lampião mais próximo, a luz a gás tremia e bruxuleava.

— Ou *serrá* o caso de ir *prra* casa? — pronunciou mal Akhtírtziev com o charuto entre os dentes. — Ali na esquina deve *terr* ca*r-r*uagem.

Abriu-se uma porta e no terraço apareceu o vizinho de há pouco, o funcionário de olho esbranquiçado e quepe. Soluçando alto, o estudante meteu a mão no bolso do uniforme e tirou um charuto.

— Paardom, alguém pode me dar fogo? — perguntou ele, aproximando-se dos jovens. Fandórin percebeu um leve sotaque, não sabia se finlandês.

Akhtírtziev bateu em um bolso, em outro — os fósforos sacudiram na caixa. Erast Pietróvitch aguardava pacientemente. Súbito uma mudança incompreensível ocorreu no rosto do homem de olho esbranquiçado. Ele como que ficou um pouco mais baixo e inclinou-se levemente para um lado. No instante seguinte, uma lâmina larga e curta apareceu em sua mão esquerda, como se brotasse naturalmente dela, e, com um gesto econômico e de guta-percha,* ele enterrou a lâmina no lado direito de Akhtírtziev.

Os acontecimentos subseqüentes foram muito rápidos, levaram de dois a três segundos, mas Erast Pietróvitch teve a impressão de que o tempo havia parado. Ele conseguiu perceber muita coisa, e sobre muita coisa conseguiu pensar; no entanto, não lhe foi possível mover-se, como se estivesse hipnotizado pelo reflexo da luz na lâmina de aço.

A princípio, Erast Pietróvitch pensou: *ele o atingiu no fígado*, e de repente pulou para dentro de sua memória um

---

* Tal qual no original: *guttapertchevi.* [N. do T.]

trecho do livro de biologia do ginásio: "*Fígado — entranhas no corpo animal, que separam o sangue da bílis.*" Depois viu Akhtírtziev morrendo. Erast Pietróvitch nunca vira antes como se morre, mas por alguma razão logo percebeu que Akhtírtziev estava morto. Era como se os olhos dele estivessem vidrados, os lábios incharam em convulsão, e por eles escorreu um jato de sangue vermelho-cereja. O funcionário puxou com muita lentidão e até, como pareceu a Fandórin, com elegância a lâmina, que já não brilhava, voltou-se bem devagarinho para Erast Pietróvitch, e quase colou seu rosto no dele: tinha os olhos claros e as pupilas com pontinhos negros, os lábios finos e descorados. Os lábios se mexeram e pronunciaram com nitidez: "Azazel". E aí terminou a distensão do tempo, o tempo comprimiu-se em mola e, aprumando-se, deu um murro violento no lado direito de Erast Pietróvitch, aliás, tão forte que ele caiu de costas e bateu dolorosamente com a nuca na quina do parapeito do terraço. *O que é isso? Que história é essa de "Azazel"?*, pensou Fandórin. *Será que estarei dormindo?* E pensou ainda: *Foi ele que acertou uma facada no "Lord Byron". O bigode de baleia. Uma polegada de cintura.*

A porta escancarou-se de supetão, e uma barulhenta turma de comerciantes projetou-se às gargalhadas no terraço.

— Ora vejam só, aqui há todo um Borodinó!* — gritou alegremente a voz embriagada de um comerciante. — Fraquejaram, pobrezinhos. Não sabem beber!

Erast Pietróvitch soergueu-se, com a mão sobre o lado quente e molhado, querendo ver o homem de olho esbranquiçado.

---

* Campo de batalha em que o general Kutúzov derrotou Napoleão em 1812, decidindo a guerra a favor da Rússia. [N. do T.]

Mas, coisa estranha, não havia nenhum homem de olho esbranquiçado. Akhtírtziev jazia inerme onde havia caído — atravessado nos degraus, de rosto para baixo; a uma certa distância estava a cartola que rolara, mas o funcionário desaparecera sem deixar vestígios, evaporara. E não havia vivalma em toda a rua, apenas os lampiões derramavam sua luz baça.

Súbito os lampiões ficaram de um jeito esquisito — começaram a girar, a rodar, primeiro ficou muito claro, depois, completamente escuro.

Capítulo sexto

Em que aparece o homem do futuro

— Ah, meu caro, continue deitado — disse da entrada Ksavieri Feofiláktovitch, quando Fandórin tirou os pés do sofá duro. — O médico lhe recomendou? Estou sabendo de tudo, andei me informando. Duas semanas depois da alta, regime de cama para a cicatriz sarar bem e a comoção cerebral passar, mas o senhor ainda não passou nem dez dias acamado.

Sentou-se e limpou a calvície rubra com um lenço quadriculado.

— Ufa, o sol está quente, quente mesmo. Olhe aqui, eu lhe trouxe maçapão e cereja fresca, sirva-se. Onde eu ponho?

O chefe de polícia examinou o cubículo que o escrevente ocupava como inquilino. Não havia onde pôr o pacote com as guloseimas: o anfitrião ocupava o sofá, na cadeira estava sentado o próprio Ksavieri Feofiláktovitch, livros amontoavam-se na mesa. No quarto não havia outro móvel, nem um armário de roupa — os inúmeros objetos de guarda-roupa pendiam em pregos cravados na parede.

— Então, ainda está doendo?

— De jeito nenhum — mentiu um pouco Erast Pietróvitch. — Podem até tirar os pontos amanhã. Foi só uma coisa leve por cima das costelas, e o resto não foi nada. A cabeça está em perfeita ordem.

— Ora, para que isso? Seria melhor aproveitar a sua doença, os vencimentos estão correndo. — Ksavieri Feofiláktovitch franziu o cenho com ar de culpa. — Não se zangue por eu ter ficado tanto tempo sem aparecer, meu caro. Vai ver que andaram pensando mal do velho: quando precisou fazer o relatório, foi logo correndo para o hospital; no entanto, foi só não precisar mais que não mostrou mais o nariz. Mandei pedir informações ao médico, mas não arranjava tempo para ir visitá-lo. Nosso departamento está de um jeito que passamos lá dias e noites, palavra de honra. — O chefe de polícia balançou a cabeça e baixou a voz em tom confidencial. — O seu Akhtírtziev não era um qualquer, mas vinha a ser neto do príncipe chanceler Kortchakov, nem mais nem menos.

— O que é que o senhor está dizendo! — Fandórin soltou uma exclamação!

— O pai dele é ministro plenipotenciário na Holanda, casado em segundas núpcias, e seu conhecido morava em Moscou com a tia, a princesa Kortchakova, que tem palácio próprio na rua Gontchárnaia. No ano passado, a princesa morreu e deixou um testamento em que legou todos os seus bens para ele, e da própria mãe falecida ele herdou muita coisa. Oh, a desordem começou no nosso departamento, estou lhe informando. Antes de mais nada, o caso passou ao controle pessoal do governador-geral, o próprio príncipe Dolgoruky o exigiu. Só que não existe caso nenhum, nem há por onde começar a abordagem. Além do senhor, ninguém viu o assassino. Biejétskaia, como lhe informei da última vez, desapareceu sem deixar vestígios. A casa está deserta. Nem criados nem papéis. Era uma vez. Quem é ela, não dá para entender; de onde veio, não se sabe. Pelo passaporte, é uma nobre de Vilno. Mandamos uma inquirição a Vilno: por lá não consta semelhante nome. Bem. Sua Excelência mandou me chamar na semana passada. "Não leve a mal, Ksavieri", disse ele, "conheço você há muito tempo e respeito o seu esmero, mas esse caso não é da sua competência. Virá de Petersburgo um juiz de instrução especial, um funcionário para missões especiais junto ao chefe dos gendarmes e diretor do Terceiro Departamento, Sua Alteza general-ajudante Lavrienti Arkádievitch Mizínov. Está percebendo que fugirão? É da gente nova, dos *raznotchínietz*,* homem do futuro. Faz tudo com base na ciência. É mestre em astúcias, não é páreo para nós dois." — Ksavieri Feofiláktovitch fez um "hum" com ar zangado. — Quer dizer que ele é um homem do futuro, e Grúchin um homem do passado. Chega daqui a três dias. Quer dizer que será na quarta-feira, dia 22. Chama-se Ivan Frantziévitch Brilling, conselheiro de Estado. Aos 30 anos de idade! E então a coisa começou a ferver no Departamento. Veja, hoje é sábado, mas estou desde as 9h da manhã no serviço. E ontem, até as 11h da noite mantivemos reuniões e mais reuniões, traçando esquemas. Lembra-se da sala do bufê, onde tomávamos chá? Agora, em vez do samovar, existe lá um aparelho de telégrafo e um telegrafista de plantão 24 horas. Pode-se telegrafar até para Vladivostok, até para Berlim, e a resposta chega na mesma hora. Ele mandou metade dos agentes embora, trouxe de Píter** metade dos seus, que só obedecem a ele. Interrogou-me meticulosamente sobre tudo e ouviu-me atentamente. Pensei que me mandaria pedir demissão, mas não, por enquanto

---

* Entre fins dos séculos XVIII e XIX, intelectual que não pertencia à nobreza, oriundo de outras camadas como comércio, pequena burguesia, clero, campesinato, bem como do baixo funcionalismo. [N. do T.]

** Forma carinhosa do nome Petersburgo. [N. do T.]

preferiu servir-se do chefe de polícia Grúchin. Veja por que propriamente eu vim visitá-lo, meu caro — destacou Ksavieri Feofiláktovitch. — Quero preveni-lo. Ele mesmo queria vir agora visitá-lo, está a fim de interrogá-lo pessoalmente. Não se exalte, você não tem culpa de nada. Foi até ferido no cumprimento do dever. E mais, não complique a situação do velho. Quem poderia saber que a coisa tomaria esse rumo?

Erast Pietróvitch olhou com melancolia em volta do seu mísero cômodo. Que idéia iria fazer dele um grande figurão de Petersburgo...

— E não é melhor que eu mesmo vá ao Departamento? Já estou perfeitamente bem, palavra de honra.

— Nem pense nisso! — abanou as mãos o chefe de polícia. — Está querendo trair-me, dizendo que eu vim preveni-lo? Continue de cama. Ele anotou seu endereço; hoje ele vai aparecer, sem falta.

O "homem do futuro" apareceu à noite, depois das 6h, e Erast Pietróvitch teve tempo de preparar-se devidamente. Disse a Agrafiena Kondrátievna que iria receber a visita de um general, portanto seria bom se Malacha lavasse o chão da ante-sala, tirasse de lá o baú carcomido e, o mais importante, que não pensasse em cozinhar *schi*.* O ferido fez uma faxina geral em seu quarto: pendurou as roupas nos pregos de modo mais agradável, escondeu os livros debaixo da cama, deixando na mesa apenas um romance francês, um *Ensaio de filosofia* de David Hume, em inglês, e *Notas de um agente secreto de Paris*, de Jean Debret. Depois, retirou Debret e o substituiu por um *Guia para uma respiração correta do verdadeiro brâmane indiano sr. Tchandra Johnson*, com o qual ele fazia um exercício de fortalecimento da respiração todas as

* Sopa de repolho. [N. do T.]

manhãs. Era bom que o mestre de astúcias visse que ali morava um homem pobre, mas não desleixado. Para destacar a gravidade do seu ferimento, Erast Pietróvitch pôs na mesa ao lado do sofá um frasquinho com alguma mistura (tomara emprestado de Agrafiena Kondrátievna), deitou-se e envolveu a cabeça com um cachecol branco. Parece que a coisa saíra como devia — com um misto de dor e bravura.

Finalmente, quando já estava farto da cama, ouviu umas batidas curtas na porta e, no mesmo instante, sem esperar resposta, entrou um senhor de ar enérgico, metido num paletó leve e confortável, calças claras e sem chapéu na cabeça. Os cabelos ruivos, cuidadosamente penteados, exibiam uma fronte alta; nos cantos da boca enérgica, duas rugas traiçoeiras haviam-se instalado, e o queixo barbeado e sulcado por uma cova transparecia autoconfiança. Os olhos penetrantes cor de cinza examinaram o quarto, num abrir e fechar de olhos, e se detiveram em Fandórin.

— Estou vendo que não preciso me apresentar — disse o visitante com ar alegre. — O essencial a meu respeito o senhor já sabe, ainda que sob um aspecto desfavorável. Grúchin não se queixou do telégrafo?

Erast Pietróvitch engoliu em seco e nada respondeu.

— Esse é o método dedutivo, caríssimo Fandórin. Restaurar o quadro geral por alguns detalhes mínimos. Neste caso, o principal é não ultrapassar os limites, não chegar à conclusão incorreta, se a informação disponível admite interpretações várias. Mas ainda falaremos disto, haverá tempo. Quanto a Grúchin, é tudo bem simples. Sua senhoria me fez uma reverência quase até o chão e me chamou de "excelência", em primeiro lugar. Como o senhor está vendo, não tenho nenhuma aparência de "excelência" e, por enquanto, ainda não o sou, uma vez que meu título se vincula apenas à categoria de "honrado senhor", em segundo.

A ninguém mais, exceto Grúchin, eu falei de minha intenção de vir visitá-lo, em terceiro. É claro que, sobre minha atividade, o senhor chefe da polícia secreta só pode referir-se de modo nada lisonjeiro, em quarto. Bem, e o telégrafo, sem o qual, o senhor há de convir, o serviço secreto moderno é impossível, produziu em todo o Departamento uma impressão verdadeiramente inesquecível, e sobre ele o nosso sonolento Ksavieri Feofiláktovitch não pode ter calado de maneira nenhuma, em quinto. Não foi?

— Foi — e o comovido Fandórin traiu vergonhosamente o bondosíssimo Ksavieri Feofiláktovitch.

— O senhor, tão jovem, e já com hemorróidas? — perguntou o decidido visitante, observando a mistura em cima da mesa e sentando-se.

— Não! — Erast Pietróvitch corou instantaneamente e renegou também Agrafiena Kondrátievna. — Foi... Foi a senhoria que confundiu. Ela, Sua Excelência, sempre confunde tudo. É uma mulher ignorante...

— Entendo. Pode me chamar de Ivan Frantziêvitch ou, melhor ainda, simplesmente de "chefe", pois vamos trabalhar juntos. Li o seu relatório — continuou Brilling sem qualquer rodeio. — Competente. Observador. Eficaz. Fiquei agradavelmente surpreso com a sua intuição; isso é o que há de mais precioso no nosso trabalho. Ainda não se sabe como a situação irá se desenrolar, e algo nos diz que é hora de tomar medidas adequadas. Como o senhor adivinhou que a visita a Biejétskaia poderia ser perigosa? Por que achou necessário vestir o corpete protetor? Bravo!

Erast Pietróvitch ficou ainda mais vermelho.

— É, foi magistralmente pensado. De bala, é claro, não protege, mas de arma fria protege e até bastante bem. Vou propor a compra de um estoque desses corpetes para os agentes que forem enviados a tarefas perigosas. Qual é a marca?

Fandórin respondeu com acanhamento.

— "Lord Byron".

— "Lord Byron" — repetiu Brilling, anotando em uma pequena agenda de couro. — Agora me diga: quando o senhor poderia voltar a trabalhar? Tenho planos especiais para o senhor.

— Meu Deus, pode ser amanhã mesmo! — exclamou Fandórin com entusiasmo, olhando embevecido para o novo diretor, isto é, chefe. — Dou uma corrida ao médico pela manhã, tiro os pontos, e o senhor poderá dispor de mim.

— Magnífico. Como descreveria Biejétskaia?

Erast Pietróvitch atrapalhou-se e, valendo-se de uma abundante gesticulação, começou de forma bastante desajeitada.

— É... É uma raridade de mulher. Uma Cleópatra. Uma Carmen... Olhar magnético. Não, o olhar não é isso... Eis o principal: sente-se nela uma força enorme. Uma força tamanha que ela parece brincar com todo mundo. E uma brincadeira com umas regras incompreensíveis, mas uma brincadeira cruel. A meu ver, essa mulher é cheia de vícios e, ao mesmo tempo... absolutamente inocente. É como se não a tivessem educado direito na infância. Não sei como explicar... — Fandórin corou, compreendendo que estava dizendo asneiras, mas mesmo assim concluiu. — Acho que ela não é tão má como quer parecer.

O conselheiro de Estado lançou um olhar assustador ao jovem e soltou um assobio travesso:

— Eis como é a coisa... Era o que eu pensava. Agora eu vejo que Amália Biejétskaia é um perigo especial e direto... Especialmente para jovens românticos na fase de amadurecimento sexual.

Contente com o efeito que essa brincadeira surtiu sobre o interlocutor, Ivan Frantziêvitch levantou-se e tornou a olhar ao redor.

— Paga uns dez rublos por esse cubículo?

— Doze — respondeu com dignidade Erast Pietróvitch.

— A decoração me é familiar. Eu também vivi assim há muito tempo. Quando estava no liceu, na magnífica cidade de Khárkov. Veja só, como o senhor, eu também fiquei sem meus pais em tenra idade. Se bem que isso é até útil para a definição de uma personalidade. O senhor recebe 30 rublos de vencimentos, conforme a tabela? — perguntou o conselheiro de Estado mais uma vez sem qualquer rodeio.

— E um acréscimo trimestral por trabalhos extraordinários.

— Vou determinar para que lhe concedam do fundo especial 500 rublos de prêmio. Pelo empenho e o perigo a que se expôs. Então, até amanhã. Compareça, vamos trabalhar as versões.

E a porta fechou-se atrás do surpreendente visitante.

***

O Departamento de Polícia Secreta estava mesmo irreconhecível. Pelos corredores trotavam uns atarefados senhores desconhecidos com pastas debaixo do braço, e até os antigos colegas de serviço já não andavam naquele bamboleado de antes, mas ligeiros, aprumados. Na sala para fumantes — oh, milagre! — não havia vivalma. Por curiosidade, Erast Pietróvitch deu uma olhada na antiga sala do bufê e, de fato, em vez do samovar e das xícaras na mesa, havia um aparelho telegráfico Baudot, e o telegrafista uniformizado lançou sobre o recém-chegado um olhar severo e interrogativo.

O quartel-general da investigação instalara-se no gabinete do chefe do Departamento, uma vez que o senhor coronel estava afastado das funções desde a véspera. Erast Pietróvitch, ainda meio pálido após o doloroso procedimento de retirada dos pontos, bateu à porta e olhou para dentro. O gabinete também estava mudado: os confortáveis sofás de couro tinham desaparecido e dado lugar a três fileiras de cadeiras simples, e junto à parede havia dois quadros-negros inteiramente cobertos de uns estranhos esquemas. Parecia que acabara de terminar uma reunião — Brilling limpava com um pano as mãos sujas de giz, enquanto os funcionários e agentes arrastavam-se para a saída, conversando com visível preocupação.

— Entre, Fandórin, entre, não fique parado na entrada — o novo senhor do gabinete apressava Erast Pietróvitch, agora acanhado. — Já está remendado? Então, ótimo. O senhor vai trabalhar diretamente comigo. Não vou lhe reservar uma mesa; de qualquer maneira, não vai ter como ficar sentado. Foi pena ter chegado tarde, pois acabamos de ter uma discussão interessante a propósito do "Azazel" do seu relatório.

— Mas ele existe? Será que não ouvi mal? — aguçou os ouvidos Erast Pietróvitch. — Eu já estava até com receio de que ele fosse fruto da minha imaginação.

— Não, não é fruto da sua imaginação. Azazel é um anjo decaído. Qual foi a sua nota em catecismo? Lembra-se dos bodes expiatórios? Pois bem, se estiver lembrado, eram dois. Um foi predestinado a Deus para a expiação dos pecados, o outro, a Azazel, para evitar a fúria. No "Livro de Enoque" dos judeus, Azazel ensina toda sorte de malefícios: aos homens, guerrear e fabricar armas; às mulheres, pintar o rosto e exterminar o feto. Em suma, é o demônio rebelde, o espírito do desterro.

— Mas o que é que isso pode significar?

— Um assessor de colégio moscovita desenvolveu aqui toda uma hipótese. Sobre uma organização secreta de judeus. Falou do Sinédrio secreto judeu, e do sangue dos recém-nascidos cristãos. No relato dele, Bajiétskaia é uma filha de Israel, e Akhtírtziev o cordeiro trazido em holocausto ao altar do Deus judeu. Em suma, uma asneira. Eu conheço bem demais esses delírios judófobos que se espalharam por Petersburgo. Se ocorre uma desgraça de causas desconhecidas, vão logo mencionando o Sinédrio.

— E o que o senhor supõe... chefe? — perguntou Fandórin, usando esse tratamento nada comum, mas não sem um certo tremor.

— Faça o favor de dar uma olhada nisso aqui. — Brilling foi a um dos quadros. — Veja esses quatro círculos no alto; são quatro versões. O primeiro círculo, como está vendo, tem uma pergunta. É a versão mais improvável: o assassino agiu só, o senhor e Akhtírtziev foram suas vítimas casuais. Talvez seja um louco com mania de demonismo. Aqui o senhor está num beco sem saída até que ocorram outros crimes semelhantes. Remeti pelo telégrafo inquirições a todas as províncias, querendo saber se não houve por lá assassinatos parecidos. Duvido que tenham êxito: se tal maníaco tivesse aparecido antes, eu saberia disso. O segundo círculo leva às letras AB: significa Amália Biejétskaia. Ela é indiscutivelmente suspeita. Da casa dela à "Criméia" o senhor e Akhtírtziev poderiam ser facilmente seguidos. E ela também fugiu. No entanto, não dá para entender o motivo do assassinato.

— Fugiu, então está implicada — disse Fandórin com ardor. — E o fato é que o homem de olho esbranquiçado de maneira alguma estava só.

— Isso não é um fato, não mesmo! Sabemos que Biejétskaia é uma impostora e vivia com passaporte falso. Provavelmente vivia à custa de protetores ricos. Mas matar, e ainda pelas mãos de um delinqüente tão habilidoso? A julgar pelo seu relatório, não se tratava de um diletante qualquer, mas de um assassino profissional. Que golpe no fígado! Um trabalho de ourivesaria. Eu estive no necrotério, examinei o cadáver de Akhtírtziev. Não fosse o corpete, o senhor também estaria lá agora, e a polícia iria achar que teria havido um assalto ou uma briga entre bêbados. Mas voltemos a Biejétskaia. Ela poderia saber da ocorrência por algum dos criados: a "Criméia" fica a alguns minutos de caminhada da casa dela. Havia muito barulho; e a polícia é um bando de basbaques excitados. Algum criado ou, digamos, o porteiro reconheceu no morto um visitante de Biejétskaia e foi informá-la. Ela escondeu-se imediatamente, temendo com razão o inquérito policial e o desmascaramento inevitável. Para isso, ela dispôs de tempo mais que suficiente: o seu Ksavieri Feofiláktovitch só apareceu com o mandado no dia seguinte, depois do meio-dia. Sei, sei, que o senhor estava em estado de choque, não recobrou logo a consciência. Enquanto ditava o relatório, a chefia coçava a cabeça... Em suma, dei ordem para procurar Biejétskaia. O mais provável é que ela não esteja mais em Moscou. Acho que nem mesmo na Rússia... Não é brincadeira, já transcorreram dez dias. Estamos fazendo uma relação dos freqüentadores da casa dela, mas a maioria é de homens de grande reputação, e aí temos de agir com tato. Só há uma pessoa que me provoca graves suspeitas.

Ivan Frantziêvitch bateu com o indicador no terceiro círculo, onde estava escrito CZ.

— O conde Zurov, Ippolit Alieksándrovitch. Pelo visto, é amante de Biejétskaia. É um homem sem qualquer freio moral, jogador, maníaco por duelos, leviano. Faz o tipo do outro conde famoso no carteado.* Existem provas indiretas

* Alusão ao conde Fiódor Tolstói, famoso adepto do carteado e de duelos. [N. do T.]

contra ele. Saiu fortemente irritado, depois da briga com o falecido, em primeiro lugar. Tinha possibilidade de apanhá-lo, de segui-lo e mandar o assassino às ocultas atrás dele, em segundo. O porteiro declarou no depoimento que Zurov só chegara em casa ao amanhecer, em terceiro. Também existe um motivo, ainda que débil: ciúme ou um espírito morbidamente vingativo. É possível que houvesse mais alguma coisa. O principal é a dúvida: Zurov não é daqueles que matam pelas mãos dos outros. Aliás, segundo informações do Departamento Secreto, ele vive às voltas com tipos obscuros, de sorte que a versão oferece perspectivas. É precisamente dela que o senhor irá ocupar-se. Um grupo inteiro de agentes está cuidando de Zurov, mas o senhor vai agir sozinho, o senhor se sai bem nessa forma de trabalho. Mais tarde acertaremos os detalhes da tarefa; agora, vamos ao último círculo. Deste eu vou cuidar pessoalmente.

Erast Pietróvitch franziu a testa, tentando entender o que poderiam significar as letras ON.

— Organização niilista — explicou o chefe. — Aí existem alguns sinais de conspiração, não de judeus, mas sim de algo mais sério. Foi exatamente por isso que me enviaram para cá. Ou seja, é claro que foi um pedido do próprio príncipe Kortchakov; como o senhor sabe, Nicolai Akhtírtziev era filho da falecida filha dele. No entanto, a coisa aqui pode até nem vir a ser muito simples. Nossos revolucionários russos estão à beira da cisão. O mais decidido e impaciente desses Robespierres está saturado de ilustrar mujique;* trabalho demorado, meticuloso, uma vida só não basta para

* Uma das facções do vasto movimento populista russo tinha como meta ilustrar o camponês, o mujique, e prepará-lo para as mudanças revolucionárias que a sociedade russa iria experimentar. Outras, como a *Naródnaia Vólia* (Vontade do Povo), partiram para o terrorismo aberto, culminando no assassinato do czar Alexandre II em 1º de março de 1881. [N. do T.]

realizá-lo. Bomba, punhal e revólver são muito mais interessantes. Espero para muito breve um banho de sangue. O que aconteceu até agora foram flores. O terror contra a classe governante pode vir a ser de massas. De algum tempo para cá, venho conduzindo no Terceiro Departamento os trabalhos referentes aos grupos terroristas mais agressivos e conspiradores. Meu patrono, Lavrienti Arkádievitch Mizínov, chefe do corpo de gendarmes e do Terceiro Departamento, confiou-me a missão de descobrir que "Azazel" é esse que apareceu em Moscou. O demônio é um símbolo muito revolucionário. Veja, Fandórin, o destino da Rússia está em jogo. — Não havia nenhum vestígio do habitual ar zombeteiro de Brilling; em sua voz soava obstinação. — Se não extirparmos o tumor em pleno embrião, daqui a uns 30 anos, ou até antes, esses românticos farão desabar sobre nós uma revolução de tal monta que a guilhotina francesa parecerá uma inocente travessura. A nós dois não darão paz para envelhecer, lembre-se de minhas palavras. Leu o romance *Os demônios*,* de Dostoiévski? É uma previsão eloqüente.

— Então são quatro versões? — perguntou indeciso Erast Pietróvitch.

— Acha pouco? Estamos omitindo alguma coisa? Fale, fale, no trabalho eu não reconheço posição hierárquica — incentivou o chefe. — E não tenha medo de parecer ridículo; isso acontece na sua idade. É melhor dizer uma bobagem do que deixar escapar algo importante.

Fandórin começou a falar, primeiro com acanhamento, depois com mais veemência.

---

* O romance de Dostoiévski parte do fato real do assassinato de um estudante pelo grupo terrorista de Nietcháiev e traça um vasto painel das tendências essenciais do populismo russo, antecipando de forma genial o que mais tarde viria a ser conhecido como stalinismo. [N. do T.]

— A mim me parece, vossa exce... ou seja, chefe, que o senhor está deixando Lady Esther de fora sem necessidade. Ela, evidentemente, é alguém muito venerável e respeitável, porém... ora, convenhamos, é um testamento milionário! Biejétskaia não ganha nada com isso, o conde Zurov idem, os niilistas, só em termos de bem social... Não sei o que Lady Esther pode ter com isso; talvez não tenha nada, mas, por uma questão de ordem, seria bom... Porque existe um princípio da investigação, *cui prodest*: "quem tiver proveito, que procure".

— *Merci* pela tradução — fez uma reverência Ivan Frantziêvitch, e Fandórin ficou confuso. — A observação é absolutamente justa, porém na história de Akhtírtziev, citada em seu relatório, está tudo definitivamente esclarecido. O nome da baronesa Esther apareceu por acaso. Eu não a incluí no rol dos suspeitos, em primeiro lugar, porque o tempo é precioso e, em segundo, até porque eu conheço um pouco essa senhora, tive a felicidade de encontrar-me com ela. — Brilling deu um sorriso bondoso. — Aliás, Fandórin, formalmente, o senhor tem razão. Não quero lhe impor as minhas conclusões. Pense com a sua própria cabeça, não acredite na palavra de ninguém. Faça uma visita à baronesa, indague sobre o que achar necessário. Estou seguro de que, além de tudo o mais, esse conhecimento ainda lhe dará prazer. No serviço de informações urbanas, o senhor receberá o endereço moscovita de Lady Esther. E mais: antes de sair, vá a um alfaiate que lhe faça um terno sob medida. Não apareça mais de farda no serviço. Minhas reverências à baronesa; quando voltar, já mais bem informado, cuidaremos do caso, isto é, do conde Zurov.

Capítulo sétimo

No qual se afirma que a pedagogia é a mais importante das ciências

Chegando ao endereço fornecido pelo serviço de informações urbanas, Erast Pietróvitch viu um edifício de três andares, à primeira vista meio parecido com um quartel, mas cercado por um jardim e com os portões hospitaleiramente escancarados. Era o externato recém-inaugurado da baronesa inglesa. De uma guarita listrada apareceu um servidor metido numa elegante sobrecasaca azul ornada de galões prateados e explicou com boa vontade que a senhora Milady não morava ali, mas na casa dos fundos, por onde se entrava por um beco contornando a esquina à direita.

De uma das portas do prédio, Fandórin viu brotar um bando de meninos em uniformezinhos azuis correndo e dando gritos estridentes pelo gramado, numa brincadeira de pegar. Nem passou pela cabeça do servidor chamar os travessos à ordem. Percebendo o olhar admirado de Fandórin, ele explicou:

— Não se proíbe. Na hora do recreio, eles podem até virar cambalhota, contanto que não danifiquem os bens. Esta é a ordem.

Pois bem, parecia que ali se dava liberdade aos órfãos, o que não se fazia com os alunos do Liceu da província, entre os quais até bem pouco figurava o nosso escrevente. Contente pelos coitadinhos, Erast Pietróvitch caminhou ao longo do muro na direção indicada.

Depois da esquina, começava um beco sombreado, desses dos quais havia um sem-número ali em Khamóvniki: a calçada empoeirada, palacetes sonolentos com paliçadas, álamos frondosos, de onde brevemente iria voar a penugem branca. A casa de dois andares nos fundos, onde se instalara Lady Esther, ligava-se ao prédio principal por uma longa galeria. Ao lado de um quadro de mármore, onde se lia "*Primeiro Externato Moscovita — Diretoria*", tomava sol um porteiro de suíças lustrosas e penteadas. Fandórin não vira porteiros tão imponentes, de meias brancas e chapéu triangular, nem nas proximidades da residência do governador-geral.

— Hoje não há recepção — disse o janízaro* pondo a mão para fora da cancela. — Venha amanhã. Para assuntos públicos, das 10h às 12h; para particulares, das 2h às 4h.

Não, positivamente, não estava dando certo a relação de Erast Pietróvitch com a classe dos porteiros. Ou porque não tinha lá essas aparências, ou porque havia alguma coisa em seu rosto.

— Polícia secreta. Leve-me a Lady Esther, é urgente — resmungou ele, antegozando vingativamente como o brutamontes de galões dourados iria baixar imediatamente a crista.

Mas o brutamontes não deu a mínima.

— Ver a baronesa? Nem pensar, não deixo entrar. Se quiser, posso informar Mister Canningham.

— Não quero saber de Canningham nenhum — rosnou Erast Pietróvitch. — Sua besta, informe imediatamente

---

* Na Turquia do sultanato, soldado da infantaria regular recrutado entre prisioneiros de guerra e também entre cristãos convertidos ao islamismo. [N. do T.]

a baronesa, senão faço você passar a noite no posto policial! E não deixe de dizer: do Departamento de Polícia Secreta, assunto oficial, urgente.

O porteiro mediu o zangado funcionário com um olhar desconfiado, mas, mesmo assim, sumiu atrás da porta. É verdade que o canalha não sugeriu que entrasse.

Fandórin teve de esperar muito. Já estava querendo entrar sem ser convidado, quando a sombria tromba de suíças apareceu detrás da porta.

— Receber vão receber, mas eles não sabem direito a nossa língua, e Mister Cunningham não tem tempo de traduzir, está ocupado. Só se o senhor se explicar em francês... — Pela voz, dava para entender que o porteiro acreditava pouco nessa possibilidade.

— Posso me explicar até em inglês — falou secamente Erast Pietróvitch. — Qual é o caminho?

— Vou acompanhá-lo. Siga-me.

Fandórin seguiu o janízaro por uma ante-sala limpíssima, forrada por um tapete rústico, e passou por um corredor claro, banhado de sol, na direção de uma porta branca com ornamento dourado.

Conversação em inglês Erast Pietróvitch não temia. Crescera sob os cuidados de *nanny* Lisbeth (nos momentos severos, Miss Jason), verdadeira babá inglesa. Era uma solteirona afetuosa e solícita, afetada ao extremo, que ainda assim cabia ser chamada não de Miss, mas de Mrs. — por deferência à sua respeitável profissão. Lisbeth habituara seu pupilo a levantar-se às 6h30 no verão e às 7h30 no inverno, a fazer exercícios até chegar a primeira gota de suor e, depois, lavar-se em água fria, a escovar os dentes contando até 200, a nunca comer até fartar-se, bem como uma infinidade de outras coisas de *gentleman* absolutamente necessárias.

À batida à porta respondeu uma voz suave de mulher:

— *Come in! Entrez!**

Erast Pietróvitch entregou o quepe ao porteiro e entrou.

Viu-se em um gabinete vasto, ricamente mobiliado, no qual uma escrivaninha de mogno muito larga ocupava a posição central. À escrivaninha estava sentada uma senhora de cabelos grisalhos de aparência não apenas agradável, mas de certo modo sumamente acolhedora. Seus olhinhos azul-claros atrás de um pincenê dourado tinham um brilho de inteligência viva e de amabilidade. O rosto feio e ágil, com um narizinho de pato e uma boca larga e sorridente, logo agradou a Fandórin.

Ele se apresentou em inglês, mas não falou logo do objetivo de sua visita.

— O senhor tem uma pronúncia magnífica, Sir — elogiou Lady Esther na mesma língua, pronunciando com nitidez cada fonema. — Espero que o nosso Timothy... Timofiêi não o tenha assustado demais. Confesso que eu mesma o temo, mas a direção recebe constantemente a visita de funcionários públicos, e aí Timofiêi é insubstituível, é mais eficaz que um criado inglês. Mas, sente-se, jovem. É melhor ali, naquele sofá; ali o senhor se sentirá mais confortável. Quer dizer então que o senhor serve na polícia criminal, não é? Deve ser um trabalho muito interessante. Seu pai trabalha em quê?

— Ele morreu.

— Sinto muito, Sir. E sua mãe?

— Também — resmungou Fandórin, descontente com o rumo da conversa.

---

* Entre (em inglês). Entre (em francês).

— Pobre menino. Eu sei como lhe é difícil ser só. Já faz 40 anos que eu ajudo pobres meninos a livrar-se da solidão e encontrar o seu caminho.

— Encontrar o caminho, Milady? — indagou Erast Pietróvitch, sem entender muito bem.

— É, sim — animou-se Lady Esther —, seguirem seu próprio caminho. Encontrar o próprio caminho é o que há de mais importante na vida de qualquer pessoa. Estou profundamente convencida de que cada pessoa tem um talento singular, cada qual tem um dom dado por Deus. A tragédia da humanidade está em que não conseguimos e, aliás, não procuramos descobrir e acalentar esse dom na criança. Entre nós, o gênio é uma raridade e até um milagre, mas o que é o gênio? O gênio é simplesmente uma pessoa que teve sorte. Seu destino se constitui de tal modo que as próprias circunstâncias da vida a impeliram para a escolha correta do caminho. Mozart é um exemplo clássico. Nasceu numa família de músicos e, desde a tenra infância, viveu em um meio que educou de maneira ideal o talento natural que havia nele. Agora, meu caro Sir, imagine se Wolfgang Amadeus tivesse nascido numa família de camponeses. Teria saído um mísero pastor, que iria distrair as vacas tocando gaita. Nascesse na família de um sargentão e teria sido um oficialzinho reles, adorador de marchas militares. Oh, acredite, meu jovem, cada criança, sem exceção, guarda dentro de si um tesouro, só que é preciso sondar esse tesouro e chegar até ele! Existe um escritor norte-americano muito popular, chamado Mark Twain. Eu sugeri a ele a idéia de um conto em que as pessoas sejam avaliadas não pelas suas conquistas reais, mas pelo seu potencial, pelo talento que a natureza lhes tenha propiciado. E, então, se esclarecerá que o maior chefe militar de todos os tempos será algum alfaiate desconhecido que nunca serviu o Exército, e o maior pintor nunca pôs a mão num pincel porque passou a vida inteira trabalhando como sapateiro. Meu sistema de educação foi construído com vistas a que o grande chefe militar venha forçosamente a fazer o serviço militar, e o grande pintor ganhe a tempo acesso ao pincel. Meus pedagogos sondam com perspicácia e paciência a constituição da alma de cada pupilo, perscrutando nele a chama divina, e a encontram em nove de cada dez casos!

— Então, quer dizer que ela não existe em todos! — Fandórin levantou o dedo com ar triunfal.

— Em todos, amável jovem, absolutamente em todos; a questão é que nós, pedagogos, simplesmente não temos o devido tato. Ou a criança tem um talento que o mundo atual não pode aproveitar. Talvez essa pessoa fosse indispensável na sociedade primitiva ou seu gênio venha a ser solicitado num futuro distante, num campo que hoje nem mesmo podemos imaginar.

— Bem, sobre o futuro, eu não julgo. — Fandórin começava a discutir contra a vontade, envolvido pela palestra. — Mas, sobre a sociedade primitiva, tem alguma coisa aí que não dá para entender. Que talentos são esses que a senhora tem em vista?

— Eu mesma não sei, meu menino — disse Lady Esther com um sorriso apaziguador. — Bem, imaginemos que seja o dom de adivinhar onde existe água debaixo da terra. Ou o dom de pressentir a fera na mata. Talvez a capacidade de distinguir as raízes comestíveis das não comestíveis. Sei apenas uma coisa: naqueles tempos remotos, eram precisamente essas pessoas os grandes gênios, e Mister Darwin ou Herr Schopenhauer, se tivessem nascido numa caverna, haveriam de permanecer na tribo na condição de bobos. A propósito, as crianças que hoje são consideradas mentalmente retardadas também possuem algum dom. Claro que não é um talento de qualidade racional, mas nem por isso é menos precioso. Em Sheffield, eu mantenho um externato especial para aqueles que foram rejeitados pela pedagogia tradicional. Deus, que prodígios de genialidade aqueles meninos revelam! Há uma criança que, por volta dos 13 anos, mal conseguiu aprender a falar, mas com um toque da palma da mão cura qualquer enxaqueca. Outra, totalmente muda, consegue passar quatro minutos e meio sem respirar. Uma outra esquenta um copo de água com o olhar, o senhor pode imaginar?

— É incrível! Mas por que só os meninos? E as meninas?

Lady Esther deu um suspiro; ficou sem saber o que dizer.

— Tem razão, meu amigo. Claro, precisamos trabalhar também as meninas. No entanto, a experiência me diz que os talentos depositados na natureza feminina são freqüentemente de tal qualidade que a moral da sociedade não está preparada ainda para aceitá-los na devida proporção. Nós vivemos no século dos homens e devemos levar em conta isso. Numa sociedade governada por homens, uma mulher talentosa e fora do comum provoca suspeita e animosidade. Eu não gostaria que minhas educandas se sentissem infelizes.

— Mas como é organizado o sistema? Como se faz, por assim dizer, a seleção das crianças? — perguntou Erast Pietróvitch com a mais intensa curiosidade.

— O senhor está realmente interessado? — alegrou-se a baronesa. — Vamos ao pavilhão escolar, lá o senhor mesmo verá.

Com uma agilidade surpreendente para a sua idade, ela se levantou de um salto, pronta para conduzi-lo.

Fandórin fez uma reverência, e Milady conduziu o jovem ao pavilhão central, primeiro por um corredor, depois passando por uma enorme galeria.

A caminho, ela contou:

— Esse estabelecimento é inteiramente novo. Faz três semanas que foi inaugurado, e o trabalho ainda está apenas começando. Meus homens recolheram nos orfanatos e, às vezes, diretamente na rua uns 20 meninos órfãos, entre quatro e 12 anos de idade. Se a criança for mais velha, fica difícil fazer alguma coisa; a personalidade já está formada. Para começar, os meninos foram divididos por grupos etários, e cada um tem seu mestre, um especialista na respectiva faixa etária. A principal obrigação do mestre é observar as crianças e passar-lhes uma variedade de tarefas sem complexidade. Essas tarefas parecem uma brincadeira, mas, graças a elas, é possível determinar a tendência geral da índole. Na primeira etapa, é preciso descobrir onde há mais talento numa criança: no corpo, na cabeça ou na intuição. Depois, as crianças são divididas em grupos não mais por idade, mas pelo perfil vocacional: intelectuais, artistas, artesãos, líderes, atletas e assim por diante. Pouco a pouco, o perfil vocacional vai se estreitando cada vez mais, e os meninos mais velhos são preparados individualmente. Trabalho com crianças há 40 anos, e o senhor não pode imaginar o quanto foram altas as conquistas dos meus pupilos, e nos mais diversos campos.

— Isso é grandioso, Milady — exclamou Erast Pietróvitch. — Mas onde conseguir tantos pedagogos tão hábeis?

— Eu pago muito bem aos meus mestres, porque a pedagogia é a mais importante das ciências — disse a baronesa com profunda convicção. — Além disso, muitos dos meus ex-educandos manifestam o desejo de permanecer nos externatos como educadores. Isso é natural, já que o externato é a única família que eles conheceram.

Os dois entraram numa ampla sala de lazer, que dava acesso às várias salas de aula.

— Aonde devo levá-lo? — pôs-se a pensar Lady Esther. — Bem, vamos à classe de física. Lá, neste momento, está dando uma aula expositiva o doutor Blanck, formado pelo externato de Zurique, físico genial. Eu o atraí para Moscou construindo aqui um laboratório para experiências com eletricidade. Ele, por sua vez, deve mostrar às crianças uma variedade de truques com física, para suscitar o interesse delas por essa ciência.

A baronesa bateu em uma das portas e os dois olharam para dentro da sala. Às carteiras havia uns 15 meninos entre 11 e 12 anos, vestidos de uniformes azuis com letras douradas. E gola. Com a respiração presa, todos observavam um jovem mestre, carrancudo, de suíças enormes, metido numa sobrecasaca algo amarrotada e numa camisa branca não muito limpa, girando uma roda de vidro e fazendo-a vomitar faíscas azuis.

— *Ich bin sehr beschäftigt, Milady!** — gritou zangado o doutor Blanck. — *Später, später!* — E, passando a um russo macarrônico, dirigiu-se às crianças, dizendo: — Agora, méus senhóres, senhóres ver um verdadeira arco-íris! O nome, Blanck Rogenbogen, "Arco-íris de Blanck". Isso eu inventar quando ser jovem como senhóres.

Da estranha roda à mesa, coberta de toda sorte de instrumentos de física, estendeu-se subitamente um pequeno arco-íris de uma claridade incomum, e os meninos ficaram extasiados.

— É meio maluco, mas um verdadeiro gênio — sussurrou Lady Esther a Fandórin.

Nesse momento, ouviu-se um estridente grito de criança vindo da sala vizinha.

---

* Eu estou muito ocupado, Milady! Depois, depois! (em alemão).

— Deus! — Milady pôs a mão no coração. — É da sala de ginástica! Depressa, para lá!

Ela correu para o corredor, Fandórin atrás dela. Juntos os dois irromperam num auditório claro e deserto, cujo piso era inteiramente coberto de esteiras de couro e os mais variados aparelhos de ginástica dispostos ao longo das paredes: espaldeiras suecas, aros, cordas grossas, trampolins. Floretes e máscaras para esgrima ladeavam com luvas de boxe e halteres. Um bando de meninos de uns sete a oito anos agrupara-se em torno de uma das esteiras. Afastando os meninos, Erast Pietróvitch viu um menino contorcendo-se de dor sobre o qual se inclinara um homem ainda jovem, de uns 30 anos, vestido com roupa de ginástica. Tinha os cabelos cacheados de um ruivo da cor do fogo, olhos verdes e um rosto enérgico muito sardento.

— Vamos, vamos, querido — dizia em russo com um leve sotaque. — Mostre sua perna, não precisa ter medo. Não vou causar dor. Seja homem, agüente. *Fell from the rings, m'lady* — explicou ele à baronesa. — *Weak hands. I am afraid, the ankle is broken. Would you please tell Mr. Izyumoff?**

Milady assentiu calada com a cabeça e saiu rápido da sala, pedindo a Erast Pietróvitch que a acompanhasse.

— Vou ao médico, a Mister Iziúmov — informou atropelando as palavras. — Esses contratempos costumam ocorrer; meninos são meninos... Aquele é Gerald Canningham, meu braço direito. Formado pelo externato de Londres. Um pedagogo brilhante. Dirige toda a filial russa. Em meio ano, aprendeu a sua difícil língua, que eu não encontro meio de aprender. No outono passado, Gerald inaugurou o exter-

---

* Ele caiu do aro, Milady. Tem as mãos fracas. Temo que tenha fraturado o tornozelo. Diga ao senhor Iziúmov, por favor (em inglês).

nato de Petersburgo; agora está aqui provisoriamente, ajudando a organizar as coisas. Sem ele, é como se eu não tivesse braços.

Ela parou diante de uma porta com a seguinte inscrição: "Médico".

— Peço desculpas, Sir, mas teremos de interromper a nossa conversa. Fica para outra vez, está bem? Venha amanhã e terminaremos de conversar. O senhor tem algum assunto para tratar comigo, não é?

— Nada de importante, Milady — corou Fandórin. — Na verdade, eu... depois, dá-se um jeito. Desejo êxito em sua nobre atividade.

Ele fez uma reverência desajeitada e saiu a passos rápidos. Erast Pietróvitch estava muito envergonhado.

***

— Então, pegou a malvada com a boca na botija? — o chefe saudou alegremente o envergonhado Fandórin, levantando a cabeça de alguns diagramas complicados. As cortinas do gabinete estavam fechadas; na escrivaninha ardia uma lâmpada, porque lá fora já começava a escurecer. — Deixe-me adivinhar. De Mister Kokórin Milady nunca ouviu falar na vida, de Biejétskaia menos ainda, e a notícia do testamento do suicida deixou-a terrivelmente perturbada. Certo?

Erast Pietróvitch apenas suspirou.

— Eu conheci essa senhora em Petersburgo. Seu pedido para desenvolver uma atividade pedagógica na Rússia foi examinado no nosso Terceiro Departamento. Ela falou dos seus pupilos geniais? Deixe pra lá, vamos ao que interessa. Sente-se à escrivaninha — convidou o chefe. — O senhor tem uma noite fascinante pela frente.

Erast Pietróvitch sentiu uma comichão agradavelmente inquietante no peito — o que produzia nele essa reação era o convívio com o senhor conselheiro de Estado.

— Seu alvo é Zurov. O senhor já o viu, tem alguma noção dele. É fácil chegar ao conde, não há necessidade de recomendações. Na residência dele funciona uma espécie de casa de jogo, e nem é nada muito clandestino. É de praxe haver um hussardo montando guarda, mas qualquer um pode circular à vontade por lá. Zurov mantinha uma casa semelhante em Píter, mas, depois da visita da polícia, mudou-se para Moscou. É um cavalheiro livre de obrigações militares, já faz três anos que está de licença por tempo indeterminado no regimento. Mas vamos à sua tarefa. Procure chegar-se a ele sorrateiramente, observar mais de perto quem anda à sua volta. Quem sabe não vai encontrar por lá seu conhecido de olho esbranquiçado? Só que sem amadorismo, pois o senhor sozinho não vai dar conta de um tipo como esse. Pensando bem, dificilmente ele estará por lá... Não excluo a hipótese de que o conde se interesse pessoalmente pelo senhor, já que vocês se encontraram em casa de Biejétskaia, a quem o conde, ao que parece, não é estranho. Aja de acordo com a situação. Só não ultrapasse os limites. Brincar com esse senhor é mau negócio. Ele não joga honestamente, assim comentam pessoas que fazem parte do círculo, e ele sabe "tirar a carta da manga"; se o apanham, porém, ele arma um escândalo. Tem nas costas uma dezena de duelos, e ainda não se sabe de todos. Mesmo sem duelo, ele pode abrir a cabeça de alguém. Por exemplo, em 72, na feira de Nijni-Nóvgorod, ele brigou com o comerciante Svischov num jogo de baralho e atirou o barbudo pela janela. Do segundo andar. O comerciante ficou todo quebrado; passou um mês de cama, sem conseguir falar; só gemia. E ao conde nada aconteceu, ele deu um jeito. Ele tem parentes influentes nas altas esferas. O que é isso? — perguntou Ivan Frantzêvitch, como sempre, sem mudar de assunto, pondo um baralho na mesa.

— Um baralho — admirou-se Fandórin.

— Joga?

— Não jogo nada. Meu pai me proibia até de pegar em baralho, dizia que se fartara de jogar por si, por mim, por três gerações de Fandórin antecipadamente.

— É uma pena — preocupou-se Brilling. — Sem isso, o senhor não tem o que fazer na casa do conde. Vamos, pegue papel, anote...

Quinze minutos depois, Erast Pietróvitch já conseguia distinguir sem embaraço os naipes e que carta valia mais, que carta valia menos; só com as figuras fazia uma pequena confusão — esquecia quem valia mais, se a dama ou o valete.

— O senhor é um caso perdido — resumiu o chefe. — Mas isso não tem importância. Seja como for, na casa do conde não se joga bridge ou qualquer outro jogo de raciocínio. Lá se gosta do mais primitivo, mais rápido, em que corre mais dinheiro. Os agentes informam que Zurov prefere o *stoss*,* e ainda por cima simplificado. Eu explico as regras. Quem dá as cartas é chamado de banqueiro. O segundo é o *ponter*. Cada um deles tem o seu baralho. O *ponter* escolhe uma carta do seu baralho; digamos, um nove. Ele a coloca com o reverso para cima.

— O reverso é o desenho no dorso? — quis saber Fandórin.

— É. Então, o *ponter* faz a sua aposta; suponhamos, dez rublos. O banqueiro começa a "lançar": mostra a carta que está em cima do baralho à direita (ela se chama "testa"), a segunda, à esquerda (esta se chama "almanaque").

"Testa, direita, almanaque, esquerda" — anotou cuidadosamente no bloco de notas Erast Pietróvitch.

— Depois, o *ponter* mostra o seu nove. Se a "testa" também é um nove, não importa de que naipe, o banqueiro

* Do alemão *stos*, jogo de baralho. [N. do T.]

recolhe a aposta. Isso se chama "matar o nove". Então, cresce a banca, ou seja, a quantia em jogo. Se o nove é "almanaque", isto é, a segunda carta, o ganho é do *ponter*, ele "achou o nove".

— E se não houver nove no par?

— Se no primeiro par não houver nove, o banqueiro distribui o segundo par. E assim por diante, até que apareça o nove. Eis todo o jogo. É elementar, mas pode-se ficar a zero, especialmente sendo *ponter* e dobrando sempre o jogo. Por isso, assimile, Fandórin: o senhor deve jogar apenas como banqueiro. É simples: carta à direita, carta à esquerda; carta à direita, carta à esquerda. O banqueiro não perde mais que a primeira aposta. Não assuma o *ponter* e, se tirar a sorte e lhe couber a vez, marque o jogo em apostas baixas. No *stoss* não é possível dar mais de cinco investidas, depois todo o resto da banca passa ao banqueiro. Agora, receba no caixa 200 rublos para perder.

— Todos os 200? — Fandórin ficou surpreso.

— Não "todos os 200", mas "apenas 200". Cuide para que a quantia dê para a noite toda. Se perder rápido, não é obrigatório sair logo, pode ficar algum tempo conversando. Mas sem provocar suspeitas, entendeu? Vai jogar a noite toda, enquanto não obtiver resultado. Mesmo se constatar que Zurov não está implicado, isso também é um resultado. Uma versão a menos.

Erast Pietróvitch mexia os lábios, olhando as anotações.

— Esses coraçõezinhos vermelhos são copas?

— São. Às vezes também são chamados de "diabos" ou "këri", de *coeur*.* Vá ao setor de trajes. Fizeram uma roupa sob medida para o senhor, e amanhã até a hora do almoço

---

* Em francês, coração.

haverá todo um guarda-roupa para todas as ocasiões. Em marcha, Fandórin, porque eu já tenho afazeres demais. Assim que sair da casa de Zurov, venha para cá. A qualquer hora. Hoje eu pernoito no Departamento.

E Brilling mergulhou o nariz nos seus papéis.

Capítulo oitavo
Em que um valete de espadas escapa de forma despropositada

No salão cheio de fumaça de cigarro, em seis mesas cobertas de verde, homens jogavam concentrados — quatro em uma, dois em outra. Em volta de cada mesa ainda havia espectadores — em menor número quando as apostas eram mais baixas, mais aglomerados quando eram mais altas. Na casa do conde não serviam vinho nem salgados; quem quisesse podia ir à sala de visitas e mandar um criado a uma taberna, mas o mandavam apenas comprar champanhe, a pretexto de comemorar alguma sorte especial. De toda parte, ouviam-se exclamações entrecortadas e de difícil entendimento para quem não fosse jogador:

— *Je coupe!**

— *Je passe.***

— Segundo lance.

— *Retournez la carte!****

— A banca está feita, senhores!

---

* Eu bato! (em francês).

** Eu passo! (em francês).

*** Vire a carta! (em francês).

A maioria se aglomerava em torno da mesa em que as apostas eram altas, e dois jogavam um contra o outro. O próprio anfitrião bancava, e um senhor suado, de sobrecasaca apertadíssima e na moda, era o *ponter*. Pelo visto, o *ponter* não estava com sorte — mordia os lábios, irritava-se, mas em compensação o conde era a própria imagem do sangue-frio e limitava-se a um sorriso açucarado sob o bigode negro, baforando de um encurvado cachimbo turco. Os dedos fortes e bem cuidados, ornados de anéis brilhantes, davam as cartas com destreza — uma à direita, outra à esquerda.

Entre os espectadores, modestamente situado um pouco atrás, havia um jovem de cabelos negros e face rosada que em nada se assemelhava a um jogador. Uma pessoa experiente logo perceberia que era um jovem de boa família que procurava a banca pela primeira vez e não fazia mais que se esquivar. Várias vezes uns senhores experientes, com o cabelo marcado de riscas lustradas de brilhantina, haviam-lhe oferecido "a carta do lance", mas ficaram frustrados — o jovem fazia exclusivamente apostas de cinco rublos, e decididamente não estava interessado em se expor. Grômov, o experiente mestre do carteado, conhecido em toda a Moscou, chegou a dar ao menino uma "isca" — perdeu uma centena de rublos para ele, mas foi uma perda inútil. Os olhos do jovem rosado não se inflamaram e as mãos não tremeram. O cliente não se mostrava nada promissor, antes parecia um "trapaceiro".

Enquanto isso, Fandórin (porque, naturalmente, era ele) decidiu passear pelo salão como uma sombra invisível, sem chamar a atenção de ninguém. É verdade que até então havia andado pouco. Uma vez viu um senhor de aspecto respeitável apanhar sorrateiramente de uma mesa um meio-imperial* de ouro e afastar-se com grande dignidade. Dois

* *Poluimperial*: moeda que existiu na Rússia a partir de 1755 e valia metade do imperial, isto é, cinco rublos. [N. do T.]

oficiais discutiam em altos brados num corredor, mas Erast Pietróvitch nada entendeu da conversa: um tenente de dragões assegurava enfaticamente que não era qualquer um para andar de farra com amigos de negro, enquanto um hussardo alferes da cavalaria o censurava chamando-o de "borrado".

Zurov, ao lado de quem Fandórin aparecia de raro em raro, sentia-se evidentemente um peixe dentro da água nessa sociedade, não, porém, raia miúda, mas um peixe graúdo. Uma palavra sua era suficiente para abafar um princípio de escândalo, e, certa vez, a um gesto do patrão, dois criados rapagões seguraram pelos cotovelos um escandaloso que não parava de gritar e, em dois tempos, o conduziram porta afora. O conde decididamente não reconheceu Erast Pietróvitch, embora diversas vezes Fandórin lhe tenha percebido pousar sobre si o olhar rápido e hostil.

— Quinto, senhor meu — anunciou Zurov, e por algum motivo essa informação deixou o *ponter* extremamente preocupado.

— Dobro o pato! — gritou ele com voz trêmula e dobrou dois cantos em sua carta.

Entre os espectadores correu um sussurro, e o *ponter*, depois de afastar da testa molhada um cacho de cabelo, lançou na mesa um montão de notas que cintilavam.

— O que é "pato"? — perguntou timidamente Erast Pietróvitch à meia voz a um velhote de nariz vermelho, que lhe parecera o mais inofensivo.

— Neste caso, significa quadruplicar a aposta — explicou de bom grado o vizinho. — Estão querendo ir à revanche completa no último lance.

O conde baforou com indiferença uma nuvem de fumaça e virou um ás à direita e um seis à esquerda.

O *ponter* mostrou um ás de copas.

Zurov fez um aceno e no mesmo instante depositou um ás preto à direita e um rei vermelho à esquerda.

Fandórin ouviu alguém murmurar em êxtase:

— É um ourives!

Dava pena olhar para o senhor suado. Ele acompanhou com os olhos o monte de notas, que se transferia para baixo dos cotovelos do conde, e perguntou timidamente:

— Não gostaria de deixar isso como uma pequena dívida?

— Não — respondeu Zurov com indolência. — Quem é o próximo?

Súbito seu olhar deteve-se em Erast Pietróvitch.

— Parece que já nos vimos, não é? — perguntou o anfitrião com um sorriso desagradável. — Senhor Fendórin, se não estou enganado?

— Fandórin — corrigiu Erast Pietróvitch, corando.

— Perdão. Por que fica aí olhando com esse minibinóculo? Isso aqui não é teatro. Já que veio, então jogue. Tenha a bondade. — E indicou uma cadeira vazia.

— Escolha pessoalmente os seus baralhos — murmurou ao ouvido de Fandórin o bondoso velhote.

Erast Pietróvitch sentou-se e, seguindo as instruções, disse em tom muito decidido:

— Só que, senhor conde, permita que eu mesmo banque. Com o direito de novato. E quanto aos baralhos, eu preferiria... este aqui, e este. — E tirou da bandeja dois baralhos lacrados que estavam embaixo dos outros.

Zurov sorriu de modo ainda menos afável.

— Por que não, senhor novato? A condição está aceita, mas com uma ressalva: vou quebrar a banca, o senhor não vai escapar. Depois, deixe-me bancar também. Então, de quanto é a aposta?

— De 100 rublos? — perguntou timidamente.

— Está brincando? O senhor não está numa taberna.

— Está bem, 300. — E Erast Pietróvitch pôs na mesa todo o seu dinheiro, incluindo os 100 que ganhara antes.

— *Le jeu ne vaut pas la chandelle.** — Deu de ombros o conde. — Mas dá para começar.

Ele tirou uma carta do seu baralho, e lançou displicentemente sobre ela três notas de 100.

— Aposto tudo.

"Testa à direita", lembrou-se Erast Pietróvitch, e pôs cuidadosamente à direita uma dama com corações vermelhos e à esquerda um sete de espadas.

Ipollit Alieksándrovitch virou sua carta com dois dedos e franziu levemente o cenho. Era uma dama de ouros.

— Que novato formidável — assobiou alguém. — Esfolou astutamente a dama.

Fandórin mexeu desajeitadamente as cartas.

— Jogo tudo — disse o conde com ar de galhofa, lançando seis notas na mesa. — É bom não bancar o valente, senão vai ficar sem os dentes.

Como se chamava a carta à esquerda? —, Erast Pietróvitch não conseguia lembrar-se. Essa aqui é "testa", e a outra... ô, diabo! Situação desagradável. Mas como perguntar? Consultar a cola não seria coisa séria.

— Bravo! — rumorejaram os espectadores. — Conde, *c'est um jeu intéressant,*** não acha?

Erast Pietróvitch viu que tornara a ganhar.

— Quer parar com esse francesismo? Que hábito mais idiota de meter na fala russa metade de uma frase francesa, francamente! — Zurov olhou irritado para o falante, embora ele mesmo intercalasse expressões francesas a torto e a direito. — Cartas, Fandórin, cartas. Carta não é cavalo, até o amanhecer vai trazer a sorte. Jogo tudo.

---

* Literalmente, "o jogo não vale uma vela", ou "Sai mais cara a mecha que o sebo" (em francês).

** É um jogo interessante (em francês).

Valete à direita é "testa", oito à esquerda é...

Ippolit Alieksándrovitch pôs um dez na mesa. Fandórin o matou com um lance fulminante.

A mesa já estava rodeada de todos os lados, e o sucesso de Erast Pietróvitch recebia o merecido aplauso.

— Fandórin, Fandórin — balbuciava distraidamente Ippolit Alieksándrovitch, tamborilando com os dedos no baralho. Finalmente, tirou uma carta, contou 2.400 rublos.

Um seis de espadas foi para baixo da "testa" já no primeiro lance.

— Que sobrenome! — exclamou o conde, tomando-se de fúria. — Fandórin! Será de origem grega? Fandoraki, Fandoropulo!

— Por que de origem grega? — ofendeu-se Erast Pietróvitch, em cuja memória ainda estavam vivas as galhofas dos seus malandros colegas de turma com a sua antiga família (seu apelido no liceu era Funduk). — Minha família, conde, é tão russa quanto a do senhor. Os Fandórin já serviam no tempo de Alieksiêi Mikháilovitch.*

— Como não? — animou-se o velhote de nariz vermelho de há pouco, amigo de Erast Pietróvitch. — Na corte de Catarina, a Grande, havia um Fandórin que deixou umas memórias curiosíssimas.

— Memórias, memórias, estou correndo risco agora — disse Zurov em tom sombrio, depositando um monte inteiro de papel-moeda. — Aposto tudo! Dê essas cartas, diabos que o carreguem!

— *Le dernier coup, messieurs!*** — ouviu-se na aglomeração.

---

* Alieksiêi Mikháilovitch (1629-1676), czar da Rússia de 1645 a 1676, pai de Pedro o Grande. [N. do T.]

** O último lance, senhores (em francês).

Todos olhavam sequiosos para dois montes igualmente grandes de notas: um diante do banqueiro, o outro, à frente do *ponter*.

No mais completo silêncio, Fandórin abriu dois baralhos novos, pensando sempre na mesma coisa. Framboesa? Limão?

À direita um ás, à esquerda outro ás. Zurov tem um rei. À direita uma dama, à esquerda um dez. À direita um valete, à esquerda uma dama (qual é mesmo o que vale mais: o valete ou a dama?). À direita um sete, à esquerda um seis.

— Não funguem no meu cangote! — gritou enfurecido o conde, e as pessoas recuaram.

À direita um oito, à esquerda um nove. À direita um rei, à esquerda um dez. Um rei.

Ao redor ressoavam urras e gargalhadas. Ippolit Alieksándrovitch parecia petrificado.

"Almanaque!" — lembrou-se Erast Pietróvitch e sorriu satisfeito. A carta à esquerda era um almanaque. Que nome estranho!

De repente, Zurov inclinou-se sobre a mesa e com os dedos de aço apertou os lábios de Fandórin fazendo um canudo.

— Não se atreva a dar risadinhas! Já que arrebatou uma bolada, tenha pelo menos educação e comporte-se com civilidade! — sibilou o conde com fúria na voz, já colado em Fandórin. Seus olhos injetados de sangue eram aterradores. No instante seguinte, ele beliscou o queixo de Fandórin, recostou-se no espaldar da cadeira e cruzou os braços.

— Conde, isso já é demais! — exclamou um dos oficiais.

— Parece que eu não estou fugindo — resmungou Zurov, sem tirar os olhos de Fandórin. — Os ofendidos que se pronunciem!

Reinou um silêncio tumular.

Fazia um ruído terrível aos ouvidos de Erast Pietróvitch, e ele só queria uma coisa: não se acovardar. Aliás, ainda temia que a voz o traísse.

— O senhor é um patife desonesto. Simplesmente não está querendo pagar — disse Fandórin, e, todavia, a voz tremeu; mas isso já não fazia diferença. — Eu o desafio.

— Bancando o herói para o público? — Zurov crispou os lábios. — Quero ver como vai dançar debaixo da mira da pistola. A 20 metros, com barreira. Pode atirar quando lhe der na telha, agora eu quero ver! O senhor não tem medo?

"Isso dá medo mesmo", pensou Erast Pietróvitch. "Akhtírtziev disse que ele acerta a 20 passos de distância até mesmo uma moeda, quanto mais a testa. Ou, pior ainda, a barriga." Fandórin estremeceu. Nunca segurara uma pistola de duelo. Uma vez, Ksavieri Feofiláktovitch o levara a uma carreira de tiro da polícia para atirar de Colt, mas aquilo era algo bem diferente. O conde iria matá-lo, e matá-lo à toa. E seria serviço limpo, impecável. Cheio de testemunhas. Briga de carteado, coisa corriqueira. O conde passaria um mês em prisão domiciliar e depois estaria livre, tinha parentes influentes, enquanto ele, Erast Pietróvitch, não tinha ninguém. Poriam o escrevente num caixão de madeira, abririam uma cova na terra, e ninguém apareceria para o enterro. Talvez apenas Grúchin e Agrafiena Kondrátievna. E Lísanka leria no jornal e pensaria um instante: que pena, era um policial tão gentil e ainda tão jovem. Ah, não, ela não iria ler; certamente Emma não lhe permitia ler jornal. Já o chefe, é claro, iria dizer: eu acreditei nele, no imbecil, e ele caiu como um fedelho tolo. Resolveu trocar tiros em duelo, a fomentar essas manias dos nobres. E ainda era um fedelho.

— Por que ficou calado? — perguntou Zurov com um sorriso cruel. — Desistiu do duelo?

Mas, justamente nesse momento, acabara de surgir uma idéia salvadora na cabeça de Erast Pietróvitch. O duelo não seria imediato; o mais tardar, na manhã seguinte. Claro que fugir e queixar-se ao chefe seria vil e indigno. Mas Ivan Frantziêvitch dissera que ainda havia outros agentes trabalhando no caso Zurov. Era até muito possível que ali mesmo, no salão, houvesse algum dos homens do chefe. Podia aceitar o desafio, conservar a honra e se, por exemplo, na manhã seguinte a polícia irrompesse ali ao raiar do dia e prendesse o conde Zurov pela manutenção de uma casa de jogo, Fandórin não teria culpa nenhuma nisso. Ele nem mesmo iria saber de nada — mesmo sem ele, Ivan Frantziêvitch atinaria como agir.

A salvação estava, pode-se dizer, no bolso, mas súbito a voz de Erast Pietróvitch ganhou vida autônoma, independentemente da vontade do dono, disparatou e, para sua grande surpresa, não mais tremeu:

— Não desisti. No entanto, por que amanhã? Vamos agora mesmo. Dizem, conde, que o senhor de sol a sol treina tiros em moedas, e justamente a 20 passos de distância, certo? (Zurov ficou rubro.) Nós dois podemos fazer diferente, se o senhor não se acovardar. — Eis quando a história de Akhtírtziev veio a calhar! E não precisava inventar nada. Tudo já estava pensado. — A gente lança a sorte, e quem tirá-la irá ao pátio e meterá uma bala na cabeça; assunto corriqueiro. E os senhores darão a palavra de honra que manterão tudo em segredo. Não é verdade, senhores?

Os senhores desataram a falar, e suas opiniões divergiam: uns externaram a imediata disposição de dar a palavra de honra, já outros sugeriram deixar a briga cair no esquecimento e resolver amigavelmente a questão. Um major de bigode espesso chegou inclusive a exclamar: "Mas o menino é um bravo!" — e isso pôs ainda mais lenha na fogueira de Erast Pietróvitch.

— Então, conde? — exclamou ele com uma petulância desesperada, perdendo definitivamente as estribeiras. — Não me diga que é mais fácil acertar uma moeda que a própria testa? Ou tem medo de errar?

Zurov permanecia calado, olhando curioso para o valentão. Parecia estar tramando alguma coisa.

— Pois bem — pronunciou finalmente com um sangue-frio inusitado. — As condições estão aceitas. Jean!

Um criado desembaraçado correu num abrir e fechar de olhos para o conde. Ippolit Alieksándrovitch disse:

— Um revólver, um baralho novo e uma garrafa de champanhe. — E ainda lhe cochichou alguma coisa no ouvido.

Dois minutos depois, Jean voltava com uma bandeja. Teve de abrir caminho, porque agora todos os visitantes do salão estavam reunidos em volta da mesa.

Com um movimento ágil e instantâneo, Zurov abriu o tambor do Faucher* de 12 tiros e mostrou que todas as balas estavam no lugar.

— Eis o baralho. — Seus dedos abriram com um estalo o embrulho compacto. — Agora é a minha vez de dar. — Sorriu, parece que em excelente estado de ânimo. — As regras são simples: o primeiro que tirar uma carta de um naipe preto meterá uma bala na cabeça. De acordo?

Fandórin acenou em silêncio, já começando a entender que havia sido enganado, monstruosamente enganado com habilidade e, pode-se dizer, morto — com mais certeza do que a 20 passos. O astuto Ippolito o havia vencido, e vencido definitivamente! Vai ver que ele tinha um depósito inteiro de baralhos marcados.

---

* De César Faucher (1760-1815), general francês. [N. do T.]

Enquanto isso, Zurov, benzendo-se com um gesto afetado, tirou a carta de cima do baralho. Era uma dama de copas.

— Essa Vênus! — sorriu descaradamente o conde. — Eternamente me salvando. É a sua vez, Fandórin.

Seria humilhante protestar e regatear; e para exigir outro baralho já era tarde. E retardar seu gesto seria vergonhoso.

Erast Pietróvitch estirou a mão e tirou um valete de espadas.

Capítulo nono

No qual se abrem para Fandórin boas possibilidades de carreira

— Mas que fedelho cretino! — exclamou Ippolit e espreguiçou-se gostosamente. — Agora não adianta mais. Será que prefere tomar um gole de champanhe para dar coragem ou vai logo para o pátio?

Erast Pietróvitch estava todo vermelho. A raiva o sufocava — não do conde, mas de si mesmo, o mais completo idiota. Um tipo como esse não tem por que viver.

— Vou direto para lá — resmungou ele no auge da irritação, decidindo que no final das contas pelo menos causaria algum transtorno ao anfitrião. — O astuto do seu empregado que limpe depois o chão. Quanto ao champanhe, poupe-me: me dá dor de cabeça.

Ainda com a mesma raiva e procurando não pensar em nada, Fandórin segurou o pesado revólver, armou o cão e, depois de vacilar por um segundo, atinando onde atirar — tanto faz —, meteu o cano na boca, contou mentalmente "três, dois, um" e puxou o gatilho com tanta força que apertou dolorosamente a língua com o cano. O tiro, porém, falhou — ouviu-se apenas um estalo seco. Sem nada entender, Erast Pietróvitch apertou outra vez — outro estalo, só que desta feita o metal rangeu asquerosamente nos dentes.

— Ora, basta, basta! — Zurov tirou a pistola da mão dele e deu-lhe uma palmada no ombro. — Bravo! Atirou sem fervor, sem histeria. Boa geração está crescendo, não acham, senhores? Jean, sirva champanhe, eu e o senhor Fandórin vamos beber para a *brüderschaft*.*

Tomado de estranha apatia, Erast Pietróvitch, obediente, bebeu com indolência o líquido espumante até o fim, e com indolência beijou-se com o conde, que ordenou que doravante ele o chamasse apenas de Ippolit. Ao redor todos gritavam e riam, mas as suas vozes chegavam a Fandórin como que sem nitidez. Por causa do champanhe, sentia fisgadas no nariz e lágrimas apareceram em seus olhos.

— Que tal o Jean? — gargalhava o conde. — Ele tirou todos os detonadores em um minuto. É esperto, não é, Fandórin?

— Esperto — concordou Erast Pietróvitch com indiferença.

— Pois é. Como é o seu nome?

— Erast.

— Vamos, Erast de Roterdã, vamos conversar no meu gabinete, tomar um conhaque. Estou farto dessas carrancas.

— Erasmo — corrigiu mecanicamente Fandórin.

— O quê?

— Não é Erast, mas Erasmo.

— Perdão, não tinha ouvido direito. Vamos, Erasmo.

Fandórin se levantou obedientemente e seguiu o anfitrião. Eles atravessaram uma série de salas escuras e chegaram a uma sala redonda, onde reinava uma desordem impressionante — por toda a parte havia cachimbos, garrafas vazias, sobre uma mesa brilhavam esporas de prata e, em um canto,

---

* Consolidar a amizade com um ritual especial à mesa, pelo qual dois de seus participantes bebem simultaneamente as suas taças, beijam-se, e a partir desse momento tratam-se mutuamente por "você". [N. do T.]

sabe-se lá para quê, havia uma elegante sela inglesa. Fandórin não entendeu por que aquele cômodo era chamado de "gabinete" — ali não se viam nem livros nem material para escrita.

— Uma selinha magnífica — jactou-se Zurov. — Ganhei ontem numa aposta.

Ele serviu em copos um vinho pardo de uma garrafa bojuda, sentou-se ao lado de Erast e disse em tom muito sério, até afetuoso:

— Desculpe este animal pela brincadeira. Eu sinto tédio, Erasmo. Há muitas pessoas ao meu redor, mas gente de verdade não há. Tenho 28 anos, Fandórin, mas é como se tivesse 60. Especialmente de manhã, quando acordo. À tarde, à noite, ainda vá lá — algazarras, faço-me de tolo. Só que me dá asco. Antes ainda dava para suportar, mas agora está ficando cada vez mais difícil. Você acredita que há pouco, quando a gente estava tirando a sorte, pensei se de repente não seria o caso de me matar de uma vez? E quer saber? A possibilidade pareceu-me sedutora... Por que você fica sempre tão calado? Por favor, Fandórin, não fique zangado. Eu gostaria muito que não guardasse rancor de mim. O que preciso fazer para você me desculpar, hein, Erasmo?

Nesse momento, Erast Pietróvitch pronunciou com uma voz rouca, mas absolutamente nítida:

— Conte alguma coisa sobre ela. Sobre Biejétskaia.

Zurov afastou da testa uma grande mecha de cabelo.

— Ah, sim, eu tinha esquecido. Você pertence ao "séquito".

— Ao quê?

— É uma expressão que eu uso. Porque Amália é uma rainha, ela precisa de um séquito, mas de homens. Quanto maior, melhor. Quer um bom conselho? Procure tirá-la da cabeça, senão você vai ficar perdido. Tente esquecê-la.

— Não consigo — respondeu honestamente Erast Pietróvitch.

— Ainda é um fedelho, Amália vai forçosamente arrastar você para o abismo, como fez com muitos outros. É possível que ela tenha sentido ardor por mim, porque eu não quis ir com ela para o remoinho. Não preciso, já tenho em mim um furacão. Não tão intenso quanto o dela, mas não importa, já me atolei até a cabeça.

— Você a ama? — perguntou diretamente Fandórin na condição de ofendido.

— Eu tenho é medo dela — Ippolit deu um sorriso lúgubre. — Mais medo do que amor. Aliás, não há nada de amor. Você já tentou fumar ópio?

Fandórin balançou a cabeça em sinal de negação.

— Depois da primeira vez, você sentirá necessidade dele pelo resto da vida. É assim que ela é. Não me larga! Mas noto que me despreza, não me dá a mínima importância, porém viu alguma coisa em mim. A minha pobreza! Quer saber de uma coisa? Estou contente por ela ter ido embora, juro. Uma vez cheguei a pensar: vou matá-la, bruxa. Vou esganá-la com as minhas próprias mãos para não me atormentar mais. E ela sentiu bem isso. Oh, meu caro, ela é inteligente! Ela me apreciava porque brincava comigo como se brinca com fogo, ora sopra, ora abafa, mas sempre se lembra que pode provocar um incêndio e pagar com a própria vida. Do contrário, para que eu lhe serviria?

Erast Pietróvitch pensou, com inveja, que o belo Ippolit, estouvado, tinha até muito por que ser amado, e inclusive sem nenhum incêndio. Decerto as mulheres não dão sossego a um rapagão como esse. Como tamanha felicidade chega às pessoas? No entanto, essa reflexão não dizia respeito ao assunto. Era preciso perguntar sobre o que interessava.

— Quem é ela, de onde é?

— Não sei. Ela não gosta de falar sobre si mesma. Sei apenas que nasceu no estrangeiro. Parece que foi na Suíça, e esteve em algum colégio interno.

— E por onde ela anda agora? — perguntou Erast Pietróvitch, mesmo sem contar muito com a sorte.

— Por que tanta pergunta, você está tão oprimido assim? — interessou-se o conde com ar carrancudo, e uma careta instantânea e funesta deformou-lhe o rosto belo e caprichoso.

— Estou!

— É, se a mariposa é atraída pela vela, acaba mesmo se queimando...

Ippolit remexeu uns baralhos em cima da mesa, lenços amarfanhados e contas de lojas.

— Aonde ele foi parar, diabos? Ah, lembrei-me. — Abriu um estojo japonês envernizado, que tinha uma borboleta de madrepérola na tampa. — Segure. Chegou pelo correio urbano.

Com os dedos tremendo, Erast Pietróvitch pegou um envelope estreito, sobre o qual haviam escrito com ímpeto e em letra oblíqua: "À Sua Excelência o conde Ippolit Zurov, rua Yákovo-Apostólski, casa própria". A julgar pelo carimbo, a carta fora enviada em 16 de maio — o dia do desaparecimento de Biejétskaia.

No interior do envelope havia um bilhete sucinto em francês, sem assinatura:

"Fui forçada a viajar sem me despedir. Escreva para Londres, Gray Street, hotel Winter Queen, para Ms. Olsen. Estou esperando. E não se atreva a me esquecer."

— Mas eu me atrevo — ameaçou Ippolit com um gesto arrebatado, porém logo murchou. — Pelo menos, vou tentar... Fique com isto, Erasmo. Faça o que quiser... Para onde você vai?

— Vou indo — disse Fandórin, guardando o envelope no bolso. — Preciso apressar o passo.

— Ande — lamentou o conde com um aceno. — Corra para o fogo. A vida é sua, não minha.

No pátio, Erast Pietróvitch foi alcançado por Jean, que trazia uma trouxa na mão.

— É sua, o senhor tinha esquecido.

— O que é isso? — voltou-se com ar de enfado o apressado Fandórin.

— Está brincando? É o seu ganho. O senhor conde me mandou alcançá-lo sem falta e entregar-lhe.

***

Erast Pietróvitch teve um sonho assustador.

Está sentado na sala de aula, à carteira, em seu liceu de província. Esses sonhos, que costumavam ser inquietantes e desagradáveis, lhe eram bastante freqüentes — é como se ele fosse um colegial de novo e estivesse diante do quadro-negro numa aula de física ou álgebra sem nada entender, só que dessa vez a situação não é apenas melancólica, mas verdadeiramente terrível. Ele não está diante do quadro, mas à carteira, e ao redor estão os colegas de turma: Ivan Franziêvitch, Akhtírtziev, um rapagão bonito, de testa alta e pálida e olhos castanhos e insolentes (Erast Pietróvitch sabe que é Kokórin), duas colegiais de aventais brancos e mais alguém, de costas. Fandórin teme o que está de costas e procura não olhar para ele, e não pára de girar o pescoço a fim de olhar melhor para as mocinhas — uma moreninha, a outra, muito branquinha. Estão sentadas à carteira, com os braços delicados cruzados à frente num gesto aplicado. Uma é Amália, a outra, Lísanka. A primeira com seus olhos negros o envolve com um olhar abrasador e estira a língua; em compensação, a segunda sorri timidamente e baixa os cílios espessos. Nesse momento, Erast Pietróvitch vê Lady Esther diante do quadro-negro com um ponteiro na mão, e tudo se esclarece: é o moderno método de educação inglês, pelo qual meninos e meninas aprendem juntos. É até muito bom. Como se ouvisse o pensamento dele, Lady Esther dá um sorriso triste e diz: "Este não é um aprendizado conjunto, esta é a minha turma de órfãos. Todos vocês são órfãos, e eu devo colocá-los no caminho." "Desculpe, Milady", admira-se Fandórin, "mas eu sei com toda a certeza que Lísanka não é órfã, mas filha de um conselheiro secreto efetivo." "*Oh, my sweet boy*",* e Milady dá um sorriso ainda mais triste. "Ela é uma vítima inocente, e isso é o mesmo que ser órfã." O vulto terrível, que está sentado na frente, volta-se lentamente e, olhando fixamente com seus olhos esbranquiçados e transparentes, sussurra: "Eu sou Azazel, e também sou órfão." Pisca com um jeito conspirador e, tirando o cinto, diz com a voz de Ivan Frantziêvitch: "E, por isso, meu jovem amigo, eu tenho que matá-lo, o que lamento sinceramente..." "Ei, Fandórin, não fique aí sentado como uma estátua. Fandórin!"

— Fandórin! — Alguém sacudiu pelo ombro um Erast Pietróvitch atormentado pelo pesadelo. — Ora, acorde, já amanheceu!

Ele estremeceu, deu um salto, girou a cabeça. Acontece que estava dormindo no gabinete do chefe, pegara no sono ali mesmo, à mesa. Pela janela, de cortinas abertas, via-se lá fora a luz da manhã derramar-se alegremente e, ao lado, Ivan Frantziêvitch, por alguma razão, vestido como um homem comum: de quepe com pala de pano, túnica franzida e botas sanfonadas enlameadas.

— Então, desmaiou, não agüentou esperar? — perguntou alegremente o chefe. — Perdão por esse logro; tive de me afastar durante a noite por uma questão urgente. Mas, vamos, lave esse rosto, chega de bater os olhos. Em frente, marche!

---

* Meu amável menino (em inglês).

Enquanto Fandórin ia lavar-se, vieram-lhe à lembrança os acontecimentos da noite passada; lembrou-se de como saíra em desabalada carreira da casa de Ippolit, subira de um pulo no carro de um cocheiro sonolento e o ordenara que corresse para a Miásnitskaia. Enorme era a sua impaciência para revelar ao chefe seu êxito, mas Brilling não estava em seu lugar. Primeiro Erast Pietróvitch foi ao toalete, depois se sentou no gabinete para esperar, mas não notou como caiu no sono.

Quando ele voltou ao gabinete, Ivan Frantziêvitch já trocara de roupa, vestira um terno claro e tomava chá com limão. Mais um copo fumegava em frente, em um porta-copo de prata, e havia roscas e pãezinhos em uma bandeja.

— Primeiro, a nossa refeição matutina — propôs o chefe —, e logo já podemos conversar. Em linhas gerais, estou a par das suas aventuras da noite passada, mas tenho algumas perguntas.

— Como ficou a par? — afligiu-se Erast Pietróvitch, que antegozara o prazer de contar e, sinceramente, pretendia omitir alguns detalhes.

— Um agente meu esteve em casa de Zurov. Já faz uma hora que voltei, mas tive pena de acordá-lo. Sentei-me e fiquei lendo o relatório. Foi uma leitura fascinante, não consegui nem trocar de roupa.

Ele bateu com a palma da mão nas folhas escritas em letras miúdas.

— É um agente de muito tino, mas abusa dos floreios na escrita. Imagina-se um talento literário, escreve para jornais com o pseudônimo de Maximus Zorki,* sonha com a carreira de censor. Pois bem, ouça; vai achar interessante: "*Descrição do objeto. Nome: Erasmo von Dorn ou von Doren (definido de ouvido). Idade: não tem mais que 20 anos. Retrato*

---

* Penetrante, perspicaz. [N. do T.]

falado: altura, dois archins* *e oito* verchóks; ** *compleição, meio magro; cabelos negros e lisos; sem barba e sem bigode e não parece que os tenha raspado; olhos azul-claros, apertados, levemente vesgos nos cantos; pele clara, limpa; nariz fino, clássico; orelhas coladas, pequenas, com lóbulos curtos. Sinais particulares: o corado não lhe sai das faces. Impressões particulares: típico estudante mimado, filho de pai rico, com inusitadas tendências para duelista. Depois dos acontecimentos acima expostos, sumiu com o jogador para o gabinete deste. Conversaram durante 20 minutos. Falavam baixo, pausadamente. Do outro lado da porta quase não se ouvia, mas eu distingui nitidamente a palavra "ópio" e mais alguma coisa sobre fogo. Achei necessário transferir a vigilância para von Doren, mas pelo visto ele me descobriu — escapou habilmente e se foi num coche. Proponho..."* Bem, o que vem em seguida não é interessante. — O chefe olhou curioso para Erast Pietróvitch. — Quer dizer então que vocês discutiram sobre ópio? Não faça rodeios, estou ardendo de curiosidade.

Fandórin expôs em breves palavras a essência da conversa com Ippolit e mostrou o bilhete. Brilling o ouviu com a maior atenção, fez algumas perguntas específicas e calou-se, olhando fixo pela janela. A pausa foi longa — em torno de um minuto. Erast Pietróvitch aguardou em silêncio, temendo atrapalhar o processo de pensamento, embora tivesse suas próprias considerações.

— Eu estou muito satisfeito com o senhor — declarou o chefe, retornando à vida. — O senhor demonstrou a mais brilhante eficiência. Em primeiro lugar, ficou absolutamente claro que Zurov não está implicado no assassinato e não

* Um *archin* equivale a 0,71 m. [N. do T.]

** Um *verchók* corresponde a 4,4 cm. [N. do T.]

adivinha o gênero da sua atividade. Caso contrário, ele teria lhe dado o endereço de Amália? Isso o libera da versão três. Em segundo, o senhor avançou fortemente na versão Biejétskaia. Agora sabemos onde procurar essa senhora. Bravo! Estou com a intenção de incorporar todos os agentes disponíveis, inclusive o senhor, à versão quatro, que me parece a principal. — Ele apontou o dedo na direção do quadro, onde estavam escritas em giz branco as iniciais ON no quarto círculo.

— Como? — inquietou-se Fandórin. — Desculpe, chefe, mas...

— Na noite passada, consegui encontrar uma pista muito atraente, que leva a uma tal casa de campo nos arredores de Moscou — informou Ivan Frantziêvitch com notória satisfação (estava aí a explicação para as botas enlameadas). — Lá se reúnem revolucionários, e ainda por cima extremamente perigosos. Parece que de lá se estende uma linha até Akhtírtziev. Vamos trabalhar. Para isso, preciso de todos os homens. Quanto à versão Biejétskaia, a meu ver, carece de perspectiva. Em todo caso, não precisamos apressá-la. Enviaremos uma interpelação aos ingleses por via diplomática, solicitaremos que detenham essa Ms. Olsen até que se esclareça o caso, e assunto encerrado.

— Pois é justamente isso que não se deve fazer de maneira nenhuma! — gritou Fandórin, e com tanta veemência que Ivan Frantziêvitch ficou boquiaberto.

— E por que não?

— Será que o senhor não percebe que neste caso uma coisa puxa a outra?! — Erast Pietróvitch falou muito rápido, temendo ser interrompido. — Não estou sabendo dos niilistas, é até muito provável que a questão seja importante, mas o caso aqui também é importante, e também é assunto de Estado! Veja, senhor Ivan Frantziêvitch, o quadro que se apresenta. Biejétskaia escondeu-se em Londres, em primeiro lugar (ele mesmo não se dava conta de como estava copiando a maneira de expressar-se do chefe). O mordomo dela é inglês, e muito suspeito, desses que matam sem pestanejar, em segundo. O homem de olho esbranquiçado, que matou Akhtírtziev, falava com sotaque e também parecia inglês, em terceiro. Agora o quarto: Lady Esther, evidentemente, é um ser nobilíssimo, mas também é inglesa e, diga-se lá o que se disser, o fato é que a herança de Kokórin acabou ficando para ela! Ora, é evidente que Biejétskaia levou deliberadamente seus admiradores a deixarem seus bens em testamento para a inglesa!

— Alto, alto! — Brilling fez uma careta. — Para onde o senhor está levando a coisa? Para a espionagem?

— Mas isso é evidente! — Erast Pietróvitch ergueu os braços. — Artimanhas inglesas. O senhor mesmo sabe quais são as nossas relações atuais com a Inglaterra. Eu não quero dizer nada de mais a respeito de Lady Esther, ela certamente nem sabe de nada, mas podem estar usando o seu estabelecimento como abrigo, como um cavalo-de-tróia para penetrar na Rússia!

— Essa é boa! — sorriu ironicamente o chefe. — A rainha Vitória e o senhor Disraeli estão achando pouco o ouro da África e os diamantes da Índia, e ainda querem a fábrica de tecidos de lã de Pietrucha* Kokórin e três *deciatinas*** de terras de Nicólienca*** Akhtírtziev.

E aí Fandórin apresentou seu trunfo principal:

— Não é a fábrica nem mesmo o dinheiro! O senhor se lembra do inventário dos bens dele? Eu também não prestei

---

* Pietrucha — diminutivo de Piotr. [N. do T.]

** Decíatina — medida agrária russa, correspondente a 1,09 hectare. [N. do T.]

*** Nicólienca — diminutivo de Nicolai. [N. do T.]

logo atenção! Entre outras empresas de Kokórin, há um estaleiro no Líbano, e lá são feitas encomendas militares; eu me informei disso.

— Quando conseguiu isso?

— Enquanto esperava pelo senhor. Mandei uma inquirição pelo telégrafo para o Ministério da Marinha. Lá também trabalham à noite.

— Pois bem. E mais o quê?

— O mais é que Akhtírtziev, além das *deciatinas*, dos prédios e do capital, ainda possuía uma jazida de petróleo em Baku, herdada de uma tia. E eu li em um jornal que os ingleses tramam chegar de mansinho ao petróleo do Cáspio. E aí está a forma perfeitamente legal! E pensada de maneira infalível: seja o estaleiro no Líbano, seja o petróleo, em qualquer dos casos os ingleses acabam levando alguma coisa! Faça como o senhor quiser, Ivan Frantziêvitch — entusiasmava-se Fandórin —, só que eu não vou deixar isso assim.

O chefe voltou a olhar fixo para a janela, e dessa vez seu silêncio foi mais longo que da vez anterior. Erast Pietróvitch contorcia-se de nervosismo, mas revelou caráter.

Brilling, enfim, deu um suspiro e começou a falar — lentamente, embaraçado, ainda acabando de refletir sobre alguma coisa.

— O mais provável é que isso seja uma asneira. Edgar Poe, Eugène Sue. Meras coincidências. Mas numa coisa o senhor está certo: não vamos recorrer aos ingleses... Também não podemos usar os nossos agentes secretos na embaixada de Londres. Se o senhor estiver equivocado, e certamente está, estaremos bancando os bobos perfeitos. Mas vejamos a hipótese de estar certo; ainda assim, a embaixada nada poderá fazer; os ingleses vão esconder Biejétskaia ou recorrer a algum expediente... Além do mais, os nossos agentes na embaixada estão tolhidos; e, pelo visto, muito... Já decidi! — Ivan Frantziêvitch agitou energicamente o punho. — Claro, Fandórin, também neste caso o senhor me seria útil, mas, como diz o povo, não se manda no coração. Li o seu caso, sei que domina não só o francês e o alemão, mas também o inglês. Deus o proteja, vá a Londres ver sua *femme fatale*!* Não vou lhe dar instruções; acredito na sua intuição. Na embaixada, ponho um homem à sua disposição; o sobrenome é Pijov. Serve como um modesto escrevente, como o senhor, mas cuida de outros assuntos. No Ministério das Relações Exteriores, ele consta como secretário de Província, mas no nosso esquema tem outro cargo, bem mais elevado. Ele é um senhor de múltiplos talentos. Chegando lá, vá logo procurá-lo. É muito desembaraçado. No entanto, acho que sua viagem vai ser inútil. Mas, no fim das contas, o senhor merece o direito ao equívoco. Aproveite para ver a Europa, passeie à custa do Estado. Se bem que agora, ao que parece, pode ir por conta própria, não? — O chefe olhou de esguelha para a trouxa abandonada numa cadeira.

Pasmo com o que acabava de ouvir, Erast Pietróvitch ficou agitado.

— Desculpe, esse é o meu ganho. Nove mil e seiscentos rublos, eu contei. Quis entregar ao caixa, mas estava fechado.

— Ora, o diabo que o carregue — esquivou-se Brilling. — O senhor está em sã consciência? O que acha que o caixa iria escrever no livro de receitas? Receita de jogo de *stoss* do escrevente Fandórin?... Hum, espere. Não é seguro ir a serviço ao estrangeiro como escrevente.

Sentou-se à mesa, molhou a pena na tinta e começou a escrever, pronunciando as palavras em voz alta:

* Em francês, no original russo. [N. do T.]

— É. *"Telegrama urgente. Ao príncipe Mikhail Aliek-sándrovitch Kortchakov, pessoalmente. Com cópia para o general-ajudante Lavrienti Arkádievitch Mizínov. Vossa Alteza, no interesse do caso que é do seu conhecimento, bem como no reconhecimento de méritos excepcionais, peço, fora de qualquer ordem e desconsiderando o tempo de serviço, promover o escrevente Erast Pietróvitch Fandórin..."* Sim senhor, vamos arriscar diretamente a posição de titular. Convenhamos que também não é grande coisa, mas ainda assim... *"a conselheiro titular. Solicito ainda incluir provisoriamente Fandórin em um departamento do Ministério das Relações Exteriores no cargo de correio diplomático de primeira categoria."* Isso evitará que você seja retido na fronteira. Pois é. Data, assinatura. A propósito, o senhor vai realmente fazer o correio diplomático na viagem; para Berlim, Viena, Paris. Para manter as aparências e evitar levantar muitas suspeitas. Não tem objeções? — Os olhos de Ivan Frantziêvitch emitiram um brilho travesso.

— De maneira nenhuma — balbuciou Erast Pietróvitch, sem conseguir acompanhar com o pensamento os acontecimentos.

— De Paris o senhor se desloca diretamente para Londres de forma incógnita. Como se chama o tal hotel?

— *Winter Queen*, "Rainha do Inverno".

Capítulo décimo
Em que figura uma pasta azul

No dia 28 de junho pelo calendário ocidental e 16 pelo russo, ao cair da tarde, uma carruagem de aluguel parou diante do Winter Queen, que fica na Gray Street. O cocheiro, de fraque e luvas brancas, saltou da boléia, baixou o degrau da carruagem e com uma reverência escancarou a porta negra e envernizada, onde se lia a inscrição:

DUNSTER & DUNSTER:

SINCE 1848.
LONDON REGAL TOURS

Primeiro, apareceu na porta uma bota de marroquim para viagem, guarnecida de cravos de prata; depois, pulou com agilidade na calçada um *gentleman* jovem e viçoso, de bigode basto, que surpreendentemente não combinava bem com seu semblante jovem, de chapéu tirolês com uma pena e uma folgada capa alpina. O jovem olhou ao redor, viu uma rua tranqüila, sem nada que a destacasse, e olhou inquieto para o prédio do hotel. Era um palacete de quatro andares bastante sem graça em estilo georgiano, que evidentemente havia conhecido tempos melhores. Ele hesitou por instantes, então falou em russo:

— Sim senhor, vamos arriscar.

Depois dessa frase enigmática, ele subiu os degraus e entrou no vestíbulo.

Numa questão de segundos, alguém de capa preta saiu de um *pub* em frente e, depois de puxar o quepe alto com pala brilhante bem para cima dos olhos, pôs-se a circular ao lado da entrada do hotel.

No entanto, essa circunstância digna de nota escapou à atenção do forasteiro, que já estava ao lado do balcão observando o retrato opaco de alguma dama medieval vestida em babados, franzidos e pregas — vai ver que é a tal "Rainha do Inverno". O porteiro, que cochilava atrás do balcão, saudou com indiferença o estrangeiro, mas ao ver que ele dava um xelim inteirinho de gorjeta ao menino que apenas levava a sua maleta, tornou a cumprimentá-lo, e de forma bem mais amistosa, e agora já não o tratava apenas por *Sir*, mas por *your honour.**

O jovem perguntou se havia algum apartamento disponível, exigiu o melhor, com água quente e jornais, e assinou o livro de hóspedes como Erasmus von Dorn, de Helsingfors. Depois disso, o porteiro recebeu com toda a naturalidade mais meio *sovereign*** e passou a chamar o excêntrico estrangeiro de *your lordship.****

Enquanto isso, o "senhor von Dorn" tinha dúvidas seriíssimas. Era difícil imaginar que a brilhante Amália

---

* Sua Excelência (em inglês).

** Um *sovereign* equivalia a uma libra esterlina. [N. do T.]

*** Tratamento dispensado a autoridades e pessoas de elevada condição social na Inglaterra, sem equivalente em português do Brasil. [N. do T.]

Kazimírovna estivesse hospedada nesse hotel de terceira categoria. Alguma coisa claramente não estava casando.

Distraidamente, chegou até a perguntar ao porteiro, que se curvava de tão solícito, se não haveria em Londres outro hotel com o mesmo nome, e o outro assegurou solenemente que não só não havia como nunca houvera, se não se considerasse o antigo Winter Queen que ficara no mesmo lugar e fora devorado por um incêndio havia 100 anos.

Será que ia ser tudo inútil — os 20 dias de viagem pela Europa, o bigode postiço, a carruagem de luxo alugada na estação Waterloo em vez de um *cab** comum e, por último, o meio *sovereign* inutilmente gasto?

"Ah, mas pela propina você vai me retribuir com serviços, meu caro", pensou Erast Pietróvitch (vamos chamá-lo assim, apesar de ele estar incógnito).

— Diga-me uma coisa, meu jovem, acaso não se hospedou aqui uma pessoa, uma certa Ms. Olsen? — perguntou ele com uma falsa displicência, apoiando os cotovelos no balcão.

A resposta, embora perfeitamente previsível, fez o coração de Fandórin ficar melancolicamente apertado.

— Não, *milord*, em nosso hotel não mora nem morou *lady* alguma com esse nome.

Ao ler a ansiedade nos olhos do hóspede, o porteiro fez uma pausa de efeito e informou com honestidade:

— No entanto, o nome que *your lordship* pronunciou não me é inteiramente desconhecido.

— Fale.

O porteiro inclinou-se para a frente e, exalando um cheiro de água-de-colônia barata, cochichou:

---

* Tílburi. [N. do T.]

— Aqui chega correspondência em nome dessa pessoa. Toda noite, às 10h, vem aqui um tal de Mister Morbid, pelo visto criado ou mordomo, e recolhe as cartas.

— De estatura enorme, com grandes suíças claras e dando a impressão de que nunca ri na vida? — perguntou rápido Erast Pietróvitch.

— Sim, *milord*, é ele.

— E as cartas chegam com freqüência?

— Com freqüência, *milord*, quase todo dia, e acontece de não ser só uma. Hoje, por exemplo — o porteiro olhou para a caixa de correio atrás de si com ar significativo —, tem logo três.

A insinuação foi compreendida imediatamente.

— Eu gostaria de dar uma olhada nos envelopes... só por olhar, por curiosidade —, observou Fandórin, batendo no balcão com mais uma moeda de meio *sovereign*.

Um brilho febril iluminou os olhos do porteiro: o efeito, para satisfação de Fandórin, fora algo além da expectativa.

— Em geral, isso é rigorosamente proibido, *milord*, mas... Se é só para dar uma olhada nos envelopes...

Erast Pietróvitch agarrou as cartas com sofreguidão, mas uma frustração o aguardava — os envelopes não traziam o endereço do remetente. Parece que a terceira moeda de ouro havia sido gasta em vão. É verdade que o chefe havia sancionado qualquer gasto "nos limites do racional e no interesse da causa"... Mas o que será que haveria nos carimbos?

Os carimbos fizeram Fandórin meditar: uma carta vinha de Stuttgart, uma de Washington e outra do Rio de Janeiro. Como explicar isso?

— E faz tempo que Ms. Olsen recebe correspondência por aqui? — perguntou Erast Pietróvitch, calculando mentalmente quanto tempo as cartas levavam ao longo do oceano. E ainda por cima era preciso informar o endereço dali ao Brasil!

A coisa parecia meio estranha. Porque Biejétskaia só podia ter chegado à Inglaterra, no máximo, fazia três semanas.

A resposta foi inesperada.

— Há muito tempo, *milord.* Quando eu comecei a trabalhar aqui, e já faz quatro anos, a correspondência já chegava.

— Como assim!? O senhor não está fazendo confusão?

— Eu lhe asseguro, *milord.* É verdade que Mister Morbid trabalha para Ms. Olsen há pouco tempo, talvez desde o início do verão. Em todo caso, antes dele, a correspondência era apanhada por Mister Moebius, e ainda antes por Mister... hum, peço desculpas, esqueci como se chamava. Aquele era um *gentleman* apagado e também do tipo calado.

Ele estava com uma terrível vontade de dar uma olhada nos envelopes. Erast Pietróvitch dirigia olhares perscrutadores para o informante. É possível que não resistisse. Nesse ponto, porém, uma idéia nova e melhor ocorreu ao recém-promovido conselheiro titular e correio diplomático de primeira categoria.

— Diga-me uma coisa, esse Mister Morbid vem toda noite às 10h?

— Como um relógio, *milord.*

Erast Pietróvitch pôs no balcão a quarta moeda de meio *sovereign* e, inclinando-se, cochichou no ouvido do felizardo porteiro.

O tempo que faltava para as 10h foi aproveitado de maneira sumamente produtiva.

A primeira providência de Erast Pietróvitch foi lubrificar e carregar seu Colt de correio diplomático. Em seguida, foi para o banheiro e, apertando alternadamente os pedais de água quente e fria, em 15 minutos encheu a banheira. Durante meia hora ficou entregue à lassidão, e quando a água esfriou o plano das ações subseqüentes já estava definitivamente pronto.

Depois de colar novamente o bigode e admirar-se um pouco diante do espelho, Fandórin vestiu-se como um inglês impecável: chapéu-de-coco preto, paletó preto, calças pretas, gravata preta. Em Moscou, provavelmente o tomariam por coveiro, mas em Londres, era de supor, passaria invisível. Além disso, a noite viria a calhar — era só cobrir a camisa no peito com as lapelas, ajustar os punhos e dissolver-se nos braços da escuridão, e isso era de extrema importância para o plano.

Restava ainda meia hora para um passeio de reconhecimento pelas redondezas. Erast Pietróvitch dobrou a Gray Street e entrou numa rua larga, cheia de carruagens, e quase imediatamente viu-se diante do célebre teatro Old Vic, minuciosamente descrito no roteiro turístico. Caminhou mais um pouco e — oh, maravilha! — avistou os contornos conhecidos da estação Waterloo, de onde a carruagem o levara ao hotel "Rainha do Inverno", percurso não inferior a 40 minutos — o cocheiro, velhaco, cobrou cinco xelins. Depois apareceu o Tâmisa, cinzento, no lusco-fusco e nada acolhedor. Olhando para as suas águas poluídas, Erast Pietróvitch encolheu-se e, sem saber por que, foi tomado de um pressentimento funesto. Em linhas gerais, sentia-se desconfortável nessa cidade estranha. Os passantes olhavam para o lado, nenhum lhe fitou o rosto, o que, convenhamos, seria absolutamente impossível em Moscou. Mas, neste caso, Fandórin não se livrava da estranha sensação de que tinha cravado nas costas o olhar hostil de alguém. Várias vezes o jovem olhou para trás, e uma vez pareceu notar uma figura vestida de preto afastando-se por trás do frade-de-pedra de um teatro. Aí Erast Pietróvitch controlou-se, censurou-se pela cisma e não voltou a olhar para trás. Tudo por causa dos malditos nervos. Chegou até a vacilar — não seria o caso de esperar até amanhã à noite para realizar o plano? Então, será possível fazer uma visita à embaixada pela manhã e encontrar-se com o escrevente secreto Pijov, sobre quem falara o chefe. Mas a precaução covarde é um sentimento vergonhoso e, além disso, ele não queria perder tempo. Mesmo assim, já gastara cerca de três semanas com bobagens.

A viagem pela Europa foi menos agradável do que inicialmente supusera o entusiasmado Fandórin. O território, situado do outro lado do posto fronteiriço de Vierjbolov, desalentara-o pela impressionante dessemelhança com as amplidões de sua terra natal. Erast Pietróvitch olhava pela janela do vagão e não cessava de esperar que aquelas aldeias limpinhas e minúsculas e as cidadezinhas de brinquedo terminassem e começasse uma paisagem *normal*, porém, quanto mais o trem se afastava da fronteira russa, mais brancas ficavam as casinhas e mais pitorescas as cidadezinhas. Fandórin, rigoroso consigo mesmo, não se permitia choramingar. No final das contas, nem tudo o que reluz é ouro, dizia de si para si, mas, ainda assim, sentia na alma um quê de náusea.

Depois ele conseguiu relaxar e se adaptar. Moscou já não lhe parecia muito mais suja que Berlim, e o Krêmlin e as cúpulas douradas de suas igrejas eram coisas com que um alemão nem poderia sonhar. Uma coisa o incomodava — o agente militar da embaixada russa, a quem Fandórin entregara o pacote com impressos, ordenou que ele não continuasse a viagem e aguardasse correspondência secreta para entregá-la em Viena. A espera estendeu-se por uma semana, e Erast Pietróvitch estava farto de andar a esmo pela sombreada Unter den Linden,* estava saturado de cair de ternura pelos cisnes nutridos dos parques de Berlim.

---

* Avenida de Berlim Oriental, que começa nos portões de Brandeburg. [N. do T.]

O mesmo se repetiu em Viena, só que agora ele teve de passar cinco dias esperando um pacote destinado a um agente militar em Paris. Erast Pietróvitch estava nervoso, imaginando que "Ms. Olsen" deixara o hotel sem aguardar uma noticiazinha do seu Ippolit, e agora nunca mais iria achá-la. De tão nervoso, Fandórin passou um longo tempo sentado num café, comeu muitos pastéis de amêndoa e bebeu litros de creme de soda.

Mas, em compensação, em Paris, ele tomou a iniciativa em suas mãos: deu uma passada de cinco minutos pela representação russa, entregou uns papéis a um coronel da embaixada e declarou peremptoriamente que estava em missão especial e não podia deter-se nem uma hora. Como castigo pelo tempo perdido de maneira infrutífera, nem teve tempo de ver Paris, limitando-se a um passeio de carro de praça puxado a cavalos pelos novos bulevares que o barão Hausmann acabara de construir e a uma ida a Gare du Nord. Depois, quando estivesse de volta, haveria tempo para ver a cidade.

Às 9h45 da noite, Erast Pietróvitch já estava sentado no saguão do "Rainha do Inverno", escondendo o rosto atrás de um número do *Times* com um buraco feito para observação. Na rua, o tílburi precavidamente alugado o aguardava. De acordo com a instrução recebida, o porteiro deixava ostensivamente de olhar para o lado ou para o hóspede vestido em traje de verão, e inclusive tratou de virar-se para o lado oposto.

Às 10h03 a sineta tocou, a porta escancarou-se e entrou um homem de estatura gigantesca em uniforme cinza. É ele, "John Carlich"! Fandórin colou o rosto na página que descrevia um baile em casa do príncipe de Gales.

O porteiro olhou de soslaio para Mister Fandórin, que a essa altura se deleitava com a leitura e, canalha, ainda moveu de cima para baixo as sobrancelhas espessas, mas por sorte o indivíduo não o notou ou achou que olhar para trás estava abaixo de sua dignidade.

O *cab* veio a propósito. Verificou-se que o mordomo não viera a pé, mas de *egoistka*,* carruagem de um só lugar, que trazia atrelado um vigoroso cavalo preto. Aliás, começara até a cair uma chuvinha — "John Carlich" levantou a capota de couro e agora, nem que quisesse, conseguiria descobrir que estava sendo seguido.

O *cabman* não ficou nem um pouco surpreso com a ordem de seguir o homem de uniforme cinza; estalou o longo chicote e a primeira fase do plano começou a ser executada.

Estava escuro. Os lampiões ardiam nas ruas, mas Erast Pietróvitch, sem conhecer Londres, logo se desorientou, perdendo-se nos indistinguíveis quarteirões de pedra da cidade estranha, ameaçadoramente silenciosa. Passado algum tempo, os prédios foram ficando mais baixos e agora escasseavam, o contorno das árvores como que flutuavam nas trevas, e uns 15 minutos depois apareceram fileiras de palacetes rodeados de jardins. A *egoistka* parou em um deles, uma silhueta gigantesca veio ao seu encontro e abriu um portão alto e gradeado. Metendo a cabeça para fora do *cab*, Fandórin viu a carruagem entrar muro adentro, após o que o portão tornou a fechar-se.

O perspicaz *cabman* parou por conta própria o cavalo, virou-se para trás e perguntou:

— Eu devo informar à polícia sobre essa corrida, Sir?

— Receba uma coroa e resolva o senhor mesmo essa questão — respondeu Erast Pietróvitch, decidindo que não

---

* Termo antigo russo, que corresponde a breque em português. [N. do T.]

ia pedir ao cocheiro para esperar — ele era esperto além da conta. Além disso, não sabia quando iria retornar. Tinha pela frente o total desconhecido.

Pular o muro não foi difícil; nos tempos de liceu, ele enfrentara muros mais altos.

O jardim assustava com as sombras e, pouco hospitaleiro, metia galhos no seu rosto. Adiante, entre as árvores, branquejavam vagamente os contornos de uma casa de dois andares sob um telhado corcovado. Procurando evitar o ruído da vegetação, Fandórin chegou até os últimos arbustos (estes exalavam um cheiro de lilás, provavelmente era algum tipo de lilás inglês) e fez o reconhecimento. Não é simplesmente uma casa; antes, talvez, uma vila. Há um lampião aceso na entrada. No primeiro andar as janelas estão acesas, mas parece que lá ficam os serviços. Bem mais interessante é a janela acesa no segundo andar (nisso ele se lembrou que, por alguma razão, os ingleses chamam o segundo andar de "primeiro"); no entanto, como chegar até lá? Por sorte, a calha não fica longe e a parede foi coberta por alguma trepadeira que, pelo visto, dá bem para agarrar. As habilidades da infância não muito distante mais uma vez poderiam vir a calhar.

Como uma sombra negra, Erast Pietróvitch deslocou-se na direção da parede e alcançou a calha. Parecia forte e não rangia. Como o silêncio se impunha, a subida foi mais lenta do que ele gostaria. Até que finalmente um pé apalpou um degrau, que por muita sorte circundava todo o segundo andar, e Fandórin, que se agarrara cuidadosamente à hera, a uma videira silvestre, a cipós — o diabo sabe como se chamavam esses caules serpentinos —, foi-se chegando pé ante pé à janela visada.

No primeiro instante, foi tomado de um pungente desencanto — no cômodo não havia ninguém. Uma lâmpada sob um abajur rosa iluminava uma escrivaninha elegante sobre a qual havia alguns papéis; no canto, parecia haver uma cama branca. Não dava para entender se era um gabinete ou um dormitório. Erast Pietróvitch aguardou uns cinco minutos, mas nada aconteceu, apenas uma grande mariposa pousou na lâmpada com as asinhas aveludadas tremendo. "Será que vou ter de descer? Ou expor-me logo ao risco e me infiltrar?" Empurrou levemente o caixilho, e ele se entreabriu. Fandórin vacilou, censurando-se pela indecisão e pela demora, mas, pelo que se viu, fizera bem em demorar — a porta se abriu e no quarto entraram duas pessoas, uma mulher e um homem.

Ao ver a mulher, Erast Pietróvitch por pouco não deixou escapar um brado de triunfo — era Biejétskaia! Com os cabelos negros num penteado liso preso por uma fita rubra, de penhoar rendado sob um colorido xale cigano, ela lhe pareceu de uma beleza deslumbrante. Oh, a uma mulher como essa é possível perdoar qualquer transgressão!

Voltando-se para o homem — o rosto dele ficara na sombra, mas a julgar pela estatura era Mister Morbid —, Amália Kazimírovna disse num inglês impecável (é espiã, com certeza, é espiã!):

— Então é ele, com certeza?

— Sim, *m'am*. Sem a mínima dúvida.

— De onde lhe vem essa certeza? O senhor o viu?

— Não, *m'am*. Hoje quem esteve de plantão lá foi Franz. Ele informou que o rapazola chegou depois das seis. A descrição coincidiu com precisão, a senhora adivinhou até o bigode.

Biejétskaia deu uma sonora gargalhada.

— No entanto, não se deve subestimá-lo, John. O rapaz é favorecido pelo talento e pela sorte, e eu conheço esse tipo de gente; são imprevisíveis e perigosos.

Erast Pietróvitch sentiu uma fisgada no estômago. Não estariam falando dele? Mas não, não era possível.

— Tolices, *m'am*. Basta a senhora dar as ordens... Eu e Franz vamos lá e acabamos de uma vez com o problema. Apartamento 15, segundo andar.

Isso mesmo! Exatamente no apartamento 15, terceiro andar (segundo, pelo sistema inglês), Erast Pietróvitch estava hospedado. Mas como descobriram?! De que jeito?! Com um puxão, apesar da dor, Fandórin arrancou seu bigode vergonhoso e inútil.

Amália Kazimírovna, ou como quer que se chamasse de fato, franziu o cenho; sua voz assumiu uma sonoridade metálica:

— Não se atreva! Eu mesma sou a culpada, eu mesma vou corrigir o meu erro. Uma única vez na vida confiei em um homem... Só me admira uma coisa: por que a embaixada não nos informou da vinda dele?

Fandórin se fez todo ouvidos. Assim estavam também na embaixada. E pensar que Ivan Franzevic ainda duvidava. Diga a ele quem são, diga.

Em seguida, Biejétskaia começou a falar de outra coisa.

— Há correspondência?

— Hoje, chegaram logo três, *m'am*. — E o mordomo entregou com reverência os envelopes.

— Está bem, John, pode ir dormir. Hoje não preciso mais do senhor. — Ela deu um bocejo.

Quando a porta fechou-se atrás de Mister Morbid, Amália Kazimírovna jogou displicentemente as cartas em cima da escrivaninha e foi para a janela. Fandórin recuou para o degrau; seu coração batia freneticamente. Olhando sem ver para a densa escuridão com os olhos imensos, Biejétskaia (se não fosse a vidraça, dava para tocá-la com a mão) resmungou em russo, pensativa:

— Isso sim é que é tédio, Deus me perdoe. Agora fica você aí sentada, azedando...

Em seguida, ela se comportou de modo muito estranho: chegou-se a uma lâmpada em formato de estátua de Eros presa à parede por um braço e apertou com o dedo o umbigo de bronze do jovem deus do amor. Uma gravura pendurada ao lado (aparentemente uma cena de caça) afastou-se silenciosamente para um lado, mostrando uma portinha de cobre com maçaneta redonda. Biejétskaia liberou da maçaneta leve a mão fina e nua, girou uma manivela para lá e para cá, e a portinha se abriu emitindo um som dedilhado. Erast Pietróvitch colou o nariz na vidraça, temendo perder o mais importante.

Parecendo como nunca uma rainha egípcia, Amália Kazimírovna espreguiçou-se graciosamente, tirou algo do cofre e virou-se. Tinha nas mãos uma pasta de veludo azul.

Sentou-se à escrivaninha, tirou da pasta um grande envelope amarelo e de lá uma folha qualquer escrita em letras miúdas. Abriu com uma espátula as cartas recebidas e transcreveu delas alguma coisa para a folha. Isso não levou mais de dois minutos. Depois, tornando a pôr as cartas e a folha na pasta, Biejétskaia acendeu um cigarro fino, deu várias tragadas fundas, olhando pensativa para algum ponto no espaço.

A mão com que Erast Pietróvitch se segurava na calha estava adormecida, a bainha do Colt espetava-o dolorosamente do lado, e os pés desconfortavelmente torcidos começavam a doer. Não iria suportar muito tempo nessa posição.

Por fim, Cleópatra apagou o cigarro, levantou-se e afastou-se para o canto do quarto fracamente iluminado; uma porta baixa abriu-se e tornou a fechar-se e ouviu-se o ruído de água escorrendo.

Sobre a escrivaninha expunha-se de forma sedutora a pasta azul, e as mulheres, como se sabe, gastam muito tempo em sua toalete noturna... Fandórin empurrou o batente da janela, pôs o joelho na soleira e em dois tempos estava dentro do quarto. Olhando a cada instante na direção do banheiro, onde a água continuava seu ruído regular, pôs-se a vasculhar a pasta.

Dentro havia um grande maço de cartas e o envelope amarelo de há pouco. No envelope estava o endereço:

Mr. Nicholas M. Croog, Poste restante, l,
Hôtel des postes, S.-Petersbourg, Russie

É, isso já não é mau. Dentro estavam as folhas pautadas, escritas em inglês com a letra oblíqua bem conhecida de Erast Pietróvitch. Na primeira coluna, havia um número; na segunda o nome do país, na terceira a função ou cargo, na quarta as datas — vários dias de junho em ordem crescente. Por exemplo, as três últimas anotações que, a julgar pela tinta, acabavam de ser feitas, tinham o seguinte aspecto:

Nº 1053F	Brasil	Chefe da guarda pessoal do imperador	Enviada em 30 de maio	Recebida em 28 de junho de 1876
Nº 852F	Estados Unidos da América do Norte	Vice-presidente do comitê do Senado	Enviada em 10 de junho	Recebida em 28 de junho de 1876
Nº 354F	Alemanha	Presidente do tribunal distrital	Enviada em 25 de junho	Recebida em 28 de junho de 1876

Alto lá! As cartas, que hoje chegaram ao hotel para Ms. Olsen, eram do Rio de Janeiro, de Washington e de Stuttgart. Erast Pietróvitch remexeu no maço de cartas, achou a que viera do Brasil. Dentro havia uma folha de papel sem destinatário e uma assinatura, em apenas uma linha.

30 de maio, chefe da guarda pessoal do imperador, Nº 1053F

Pois bem: por alguma razão, Biejétskaia copia o conteúdo das cartas que recebe em folhas e depois envia a Petersburgo a um tal de Monsieur Nicolai Croog, ou mais provavelmente Mister Nicholas Croog. Por quê? Por que a Petersburgo? O que tudo isso significa?

As perguntas se acumulavam, atropelando-se umas às outras, mas não havia tempo para examiná-las — no banheiro a água parara de escorrer. Fandórin meteu apressadamente os papéis e as cartas de volta na pasta, mas não teve tempo de voltar para a janela. No vão da porta, parara estática uma figura branca e esbelta.

Erast Pietróvitch sacou o revólver e ordenou com um sussurro sibilante:

— Senhora Biejétskaia, um único som e eu a mato! Aproxime-se e sente-se! Depressa!

Ela se aproximou em silêncio, olhando enfeitiçada para ele, com uns olhos insondáveis e cintilantes, e sentou-se ao lado da escrivaninha.

— Então, não esperava? — indagou Erast Pietróvitch em tom mordaz. — Estava me tomando por um imbecil?

Amália Kazimírovna permaneceu calada; seu olhar era atento e algo surpreso, como se estivesse vendo Fandórin pela primeira vez.

— O que significa essa lista? — perguntou ele, sacudindo o Colt. — O que o Brasil faz aqui? Quem está se escondendo atrás dos números? Vamos, responda!

— Ficou adulto — pronunciou inesperadamente Biejétskaia com uma voz baixa e sonhadora. — E parece que amadureceu.

Ela deixou cair o braço, e o penhoar deslizou do ombro arredondado, tão branco que Erast Pietróvitch ia se perdendo de vez.

— Um tolinho ousado e levado da breca — disse ela com a mesma voz baixa, e olhou direto nos olhos dele. — E muito, muito bonitinho.

— Se resolveu me seduzir, está perdendo seu tempo — balbuciou ele, corando. — Não sou o tolo que a senhora imagina.

Amália Kazimírovna pronunciou com ar triste:

— O senhor é um pobre rapaz, que nem entende no que se meteu. Pobre menino bonito. E agora não serei eu que vou salvá-lo...

— Devia antes pensar na própria salvação! — Erast Pietróvitch procurava não olhar para o maldito ombro, ainda mais descoberto. Por acaso existiria outra pele tão resplandecente, com essa brancura nevada?

Biejétskaia levantou-se num ímpeto, e ele recuou, com o cano da arma apontado para a frente.

— Sente-se!

— Não tenha medo, bobinho. Como o senhor é corado. Posso tocá-lo?

Ela estendeu o braço e tocou levemente a face dele.

— Está quente... O que eu devo fazer com o senhor?

A segunda mão dela pousou suavemente nos dedos dele que apertavam o revólver. Os olhos opacos, que não piscavam, estavam tão próximos que Fandórin viu neles dois pequenos reflexos róseos da lâmpada. Uma estranha passividade apoderou-se do jovem; ele se lembrou da advertência de Ippolit contra a mariposa, mas a lembrança foi um tanto distante, como se não lhe dissesse respeito.

Mas eis o que veio em seguida. Com a mão esquerda, Biejétskaia desviou o Colt para um lado; com a direita, agarrou Erast Pietróvitch pelo colarinho e o arrastou para si, e deu-lhe uma cabeçada no nariz. A dor lancinante ofuscou Fandórin, mas de qualquer maneira ele não iria mesmo enxergar nada, porque a lâmpada voou com um estrondo para o chão e trevas profundas reinaram no ambiente. O golpe seguinte — uma joelhada na virilha — fez o jovem dobrar-se, seus dedos se comprimiram de convulsão e o quarto foi iluminado por um clarão, sacudido por um tiro. Amália aspirou o ar convulsivamente, entre um meio soluço e um meio grito, e ninguém mais bateu em Erast Pietróvitch, ninguém mais lhe apertou o pulso. Ouviu-se um baque. Os ouvidos zuniam, dois fios de sangue escorriam-lhe do queixo, os olhos derramavam lágrimas, e no baixo-ventre a situação estava tão ruim que ele só queria uma coisa — dobrar-se e deixar passar, suportar, abafar com gemidos essa dor insuportável. Mas não havia tempo — de baixo chegavam o rumor de vozes altas e o barulho de passos.

Fandórin agarrou a pasta que estava na mesa, lançou-a pela janela, subiu no parapeito e por pouco não despencou, porque a mão continuava apertando a pistola. Não se lembrava de como havia subido pela calha, temia muito não encontrar a pasta no escuro, mas ela estava bem à vista no saibro branco. Erast Pietróvitch a agarrou e correu direto entre os arbustos, balbuciando rapidamente: "Bom correio diplomático... Matou uma mulher... Deus, o que fazer, o que fazer... A culpa foi dela... Eu não queria absolutamente... Para onde vou agora... A polícia vai procurar... Ou esses... Assassino... À embaixada não posso ir... Fugir do país, depressa... Também é impossível... Nas estações ferroviárias, nos portos, vão procurar... Por esta pasta eles virarão a terra ao avesso... Esconder-me... Deus, Ivan Frantziêvitch, o que fazer, o que fazer?..." Na correria, Fandórin olhou para trás e viu algo que o fez tropeçar e por pouco não caiu. No meio dos arbustos, imóvel, estava uma figura negra de capa longa. À luz da lua branquejava um rosto imóvel e estranhamente conhecido. O conde Zurov.

Erast Pietróvitch, que no fim estava aturdido, soltou um guincho, pulou o muro, arremeteu para a direita, para a esquerda (de onde terá vindo o *cab*?) e, resolvendo que dava no mesmo, correu para a direita.

Capítulo décimo primeiro
Em que se descreve uma noite muito longa

Na Ilha dos Cães, nas estreitas vielas atrás das docas de Millwaukee, a noite chega rápido. Não se tem tempo de dar um ai, e o lusco-fusco já passou de cinza a marrom; os lampiões são fracos e esparsos. Sujeira, desânimo; do Tâmisa sai umidade, do esgoto, um cheiro podre. As ruas ficam desertas, e só em torno dos *pubs* e dos antros suspeitos formiga uma vida nada boa, perigosa.

Nos quartos da Ferry Road moram os marinheiros excluídos das tripulações, os pequenos aventureiros e as prostitutas envelhecidas do porto. Você paga seis peniques por dia e pode levar sua vida num quarto particular com cama — ninguém mete o nariz nos seus assuntos. Mas há uma ressalva: se estragar os móveis, brigar e gritar na noite, o senhorio, o Gordo Hill, aplica multa de um xelim, e quem se nega a pagá-la ele o põe no olho da rua. O Gordo Hill fica de sol a sol no escritório, à entrada. É um lugar estratégico — dali se vê quem entra, quem sai, quem trouxe o quê, ou, ao contrário, quem quer levar algo. O público é diversificado, e dele se pode esperar qualquer coisa.

Veja-se, por exemplo, um pintor francês, ruivo, de madeixas desgrenhadas, que acabou de passar se esgueirando ao lado do senhorio para o quarto do canto. Dinheiro ele tem — sem discutir, pagou uma semana adiantada; não bebe, vive trancado, saiu pela primeira vez durante todo o tempo que está aqui. Hill, é claro, aproveitou a oportunidade, deu uma olhada no quarto dele e sabe o que descobriu? Um pintor, mas no quarto não há nem tinta nem telas. Pode ser um assassino, quem sabe — do contrário, por que esconde os olhos atrás de óculos escuros? Será um *constable*?* Seja como for, pagou adiantado...

Mas o pintor ruivo, sem se dar conta do rumo perigoso que haviam tomado os pensamentos do Gordo Hill, trancou a porta à chave e comportou-se, de fato, de modo mais que suspeito. A primeira coisa que fez foi cerrar a cortina. Em seguida, pôs as compras na mesa — um pão branco, queijo e uma garrafa de *porter*** —, tirou o revólver da cintura e meteu-o debaixo do travesseiro. Mas o desarmamento do estranho francês não terminou aí. Ele tirou do cano da bota um *darringer* — uma pequena pistola de um só tiro, daquelas que costumam ser usadas por senhoras e assassinos de políticos — e pôs essa arma que parecia de brinquedo à vista, ao lado da garrafa de *porter*. Da manga do casaco, o hóspede tirou um estilete estreito e curto, e o enfiou no pão. Só depois acendeu uma vela, tirou os óculos azuis e enxugou os olhos com ar cansado. Olhou para a janela — não estaria a cortina aberta? —, tirou da cabeça uma peruca ruiva e revelou não ser outro senão Erast Pietróvitch Fandórin.

Terminou a comilança em cinco minutos — pelo visto, o conselheiro titular e assassino fugitivo tinha coisas mais importantes para fazer. Depois de sacudir os farelos da mesa,

---

* Policial de baixa patente na Inglaterra e nos EUA. [N. do T.]

** Cerveja preta forte e meio amarga. [N. do T.]

Erast Pietróvitch limpou as mãos no longo blusão de boêmio, foi a uma poltrona esfarrapada, remexeu no revestimento e tirou de lá uma pequena pasta azul. Estava impaciente para continuar o trabalho de que se ocupara o dia todo e que já o havia levado a uma descoberta muito importante.

Depois dos trágicos acontecimentos da noite passada, Erast Pietróvitch, apesar de tudo, teve de dar uma chegada ao hotel a fim de pegar ao menos o dinheiro e o passaporte. Que o amável amigo Ippolit — desgraçado, Judas — fosse agora com seus lacaios procurar Erasmus von Doren nas estações ferroviárias e portos. A quem iria interessar um pobre pintor francês, hospedado em plena cloaca das favelas de Londres? Mas, se mesmo assim ainda teve de se arriscar a uma fugida ao correio, é porque havia um motivo muito especial.

Maldito é Zurov! Seu papel nessa história não estava inteiramente claro, mas em todo caso era indecoroso. Não é brincadeira, o senhor conde, ah, não é brincadeira. Com que astúcia me pôs o endereço debaixo do nariz, como calculou tudo! Numa palavra, um mestre em indiretas. Sabia que o tolo do peixinho ia morder a isca e engoli-la com o anzol. Ou melhor, mais servia a imagem proposta pelo próprio conde, a da mariposa, que voou para o fogo, voou direitinho. E por pouco não foi devorada pelo fogo. Bem feito para o imbecil aqui. Porque estava claro que Biejétskaia e Ippolit tinham algum interesse comum. Só um pateta romântico conselheiro titular (aliás, promovido indevidamente a esse título, preterindo-se outras pessoas mais merecedoras) poderia acreditar seriamente em paixão fatal à maneira de Castela. E ainda enganei Ivan Frantziêvitch. Que vergonha! Quá-quá-quá! O conde Ippolit Alieksándrovitch expôs de um jeito bonito: "Amo-a e temo-a, bruxa, vou esganá-la com minhas próprias mãos!" Vai ver que se divertiu à custa do fedelho! E com que exatidão funcionou; não foi pior do que daquela vez com o duelo. O cálculo foi simples e infalível: ocupar o posto junto ao hotel Rainha do Inverno e esperar tranqüilamente que a mariposa tola que é "Erasmo" se precipite para a vela. Isso aqui não é Moscou — não há nem polícia secreta nem gendarmes; é fácil pegar o Fandórin com a boca na botija. Zurov não seria aquele tal de "Franz" que o mordomo mencionou? Ê, conspiradores torpes. Quem é o líder deles — Zurov ou Biejétskaia? Apesar de tudo, parece que é ela... Erast Pietróvitch encolheu-se ao recordar os acontecimentos da noite passada e o grito de dor com que desabou Amália fuzilada. Ou será que ela foi só ferida, não morta? Mas um melancólico calafrio no coração sugeria que ela estava morta, morta a bela rainha, e Fandórin teria de viver com esse fardo pesado até o fim de seus dias.

Na verdade, é perfeitamente possível que esse fim esteja bem próximo. Zurov sabe que ele é o assassino, ele próprio o viu. A caçada certamente já se faz em toda a Londres, em toda a Inglaterra. Mas por que Zurov o deixou escapar à noite, permitiu que fugisse? Acaso teve medo da pistola na mão dele? Um enigma...

No entanto, havia um enigma ainda mais intrincado — o conteúdo da pasta. Durante muito tempo, Fandórin não conseguiu atinar com o que significava a lista misteriosa. A verificação mostrou que havia tantas anotações nas folhas quantas eram as cartas, e os dados coincidiam. Só que, além da data indicada na carta, Biejétskaia acrescentara ainda a data do recebimento.

Ao todo, eram 45 anotações. A mais antiga datava de 1º de junho; as três últimas apareceram já com Erast Pietróvitch em Londres. As cartas tinham números de ordem diferentes; o menor era o nº 47F (Reino da Bélgica, diretor do departamento, recebida em 15 de junho), o maior, o nº 2347F (Itália, tenente de dragões, recebida em 9 de junho). Eram nove os países remetentes. Os mais freqüentes eram Inglaterra e França. A Rússia aparecia só uma vez (nº 994F, conselheiro efetivo de Estado, recebida em 26 de junho, carimbo de Petersburgo, datado de 7 de junho. Ufa! Não confundir os calendários: 7 de junho é 19 pelo calendário europeu. Logo, havia chegado uma semana antes). No fundo, os cargos e as patentes eram altos — generais, oficiais superiores, um almirante, um senador, até um ministro português —, mas aparecia também raia miúda, como um tenente da Itália, um juiz de instrução da França ou um capitão da guarda fronteiriça da Áustria-Hungria.

Em resumo, parecia que Biejétskaia era uma intermediária, um elo de transmissão, uma caixa postal viva, cuja obrigação era registrar as informações que recebia e passá-las adiante — pelo visto, ao ministro Nicholas Croog, em Petersburgo. Era razoável supor que as anotações fossem passadas adiante uma vez por mês. Estava claro ainda que, antes de Biejétskaia, o papel de "Ms. Olsen" era representado por outra pessoa, coisa de que o porteiro do hotel não suspeitava.

Nesse ponto, os dados corretos se esgotavam e surgia a necessidade premente de um método dedutivo. Ah, se o chefe estivesse ali, ele enumeraria momentaneamente as versões possíveis, tudo se arrumaria como em prateleiras. Mas o chefe estava longe, e se impunha a seguinte conclusão: Brilling estava certo, mil vezes certo. Estavam diante de uma organização secreta ramificada, com integrantes em muitos países, em primeiro lugar. A rainha Vitória e Disraeli nada tinham a ver com a história (senão, por que remeter as informações para Petersburgo?), em segundo. Quanto aos espiões ingleses, Erast Pietróvitch estava em maus lençóis, e a coisa aí tinha cheiro de niilistas, em terceiro. Além disso, os fios não se estendiam a outro lugar senão precisamente à Rússia, onde havia os niilistas mais terríveis e inconciliáveis, em quarto. E entre eles estava o vil lobisomem Zurov.

O chefe podia estar certo; no entanto, Fandórin também decifrou os salvo-condutos. Vai ver que nem em pesadelo Ivan Frantziêvitch imaginaria que essa hidra participava da guerra. Não eram estudantes nem mocinhas histéricas com bombinhas e pistolinhas; estavam diante de uma verdadeira organização secreta, da qual participavam ministros, generais, promotores, e até um conselheiro de Estado de Petersburgo!

Foi aí que Erast Pietróvitch teve um estalo (isso já foi depois do meio-dia). Conselheiro efetivo de Estado e niilista? Isso não fazia sentido na cabeça dele. O chefe da guarda imperial no Brasil, pode ser — desde que se entendia por gente, Erast Pietróvitch nunca estivera no Brasil e não fazia idéia dos costumes de lá; já um general* russo de Estado metido com bomba era uma coisa que sua imaginação se negava terminantemente a aceitar. Fandórin conhecia bem de perto um conselheiro efetivo de Estado, o diretor do liceu de província, onde ele estudara quase sete anos. Ele, terrorista? Absurdo!

Súbito Erast Pietróvitch sentiu um aperto no coração. Não havia terrorista nenhum entre aquela gente, todos eram senhores respeitáveis! E vítimas do terror. Eram os niilistas de diversos países, cada qual codificado em seus números, que informavam o quartel-general revolucionário sobre os atos terroristas praticados!

Claro que não era bem assim; parece que em junho não haviam assassinado ministro algum em Portugal — todos os

---

* Observe-se que alguns funcionários públicos russos eram classificados por patentes militares; logo, o tal conselheiro de Estado certamente era "general". [N. do T.]

jornais teriam forçosamente noticiado... Certo, mas acontece que se tratava de candidatos a vítimas, é isso! Os "números" pediam permissão ao seu quartel-general para a prática de atos terroristas. Mas os nomes não eram mencionados por motivo de conspiração.

E tudo ficou no seu devido lugar, tudo se esclareceu. Ora, Ivan Frantziêvitch referiu-se a algum fio que se estendia de Akhtírtziev a alguma *datcha* nos arredores de Moscou, mas Fandórin não ouvira o chefe até o fim, inflamado por seus delírios de espionagem.

Alto lá! Por que precisariam de um tenente de dragões? Para eles, é uma insignificância! Muito simples, respondeu Erast Pietróvitch. Vai ver que o desconhecido italiano cruzou o caminho deles. Da mesma forma que outrora um jovem escrevente da polícia secreta de Moscou cruzou o caminho do facínora de olhos esbranquiçados.

Então, o que fazer? Ele se escondendo por aqui, e tanta gente importante correndo risco de morte! Fandórin lamentava especialmente pelo desconhecido general de Petersburgo. Na certa é um homem digno, entrado em anos, com méritos, filhos pequenos... E parece que esses revolucionários enviam cada mês a relação de seus delitos. Pois em toda a Europa não se passa um dia sem derramamento de sangue! E as linhas não conduzem a um lugar qualquer, mas a Píter. E vieram à lembrança de Erast Pietróvitch as palavras ditas outrora pelo chefe: "O destino da Rússia está em jogo." Ah, Ivan Frantziêvitch, ah, senhor conselheiro de Estado, não é só o destino da Rússia, mas de todo o mundo civilizado.

Informar o escrevente Pijov. Secretamente, para que o traidor da embaixada não fareje. Mas como? Porque qualquer um pode ser o traidor, e, além do mais, é perigoso Fandórin aparecer por perto da embaixada, mesmo como um francês ruivo trajando um blusão de pintor... Terá de correr o risco.

Mandar uma correspondência pelo correio comum em nome do secretário de Província Pijov e acrescentar "entregar em mãos". Nada de mais, apenas o endereço e uma referência a Ivan Frantziêvitch. Homem inteligente, ele vai compreender. E o correio daqui, dizem, dificilmente deixa de entregar uma carta ao destinatário em menos de duas horas...

Foi o que fez Fandórin; e agora, à noitinha, está aguardando se vão dar uma batida cautelosa na porta.

A batida não aconteceu.

Tarde, já passando de meia-noite, Erast Pietróvitch estava sentado na poltrona esfarrapada, onde se acha a pasta azul, caindo de sono. Na mesa, a vela quase acabou de queimar; nos cantos do quarto concentrava-se uma penumbra funesta e lá fora trovejava inquietantemente uma tempestade que se aproximava. O ar estava nostálgico e abafado, como se alguém pesado, invisível, tivesse se sentado sobre o seu peito e não o deixasse respirar. Fandórin encontrava-se em algum lugar no limite indefinido entre o sonho e a realidade. Pensamentos importantes e práticos transbordaram subitamente num disparate inútil e o jovem se deu conta e sacudiu a cabeça, a fim de não se deixar arrastar pela voragem do sono.

Durante um desses momentos, aconteceu algo estranho. A princípio houve um pio fino e incompreensível. Depois, sem acreditar nos próprios olhos, Erast Pietróvitch viu como a chave, pendurada no buraco da fechadura, começou a virar sozinha. Com um rangido medonho, o batente da porta se arrastou para dentro e no limiar apareceu uma visão singular: um senhor baixo e macilento, de idade indefinida, rosto redondo e barbeado, e olhos apertados com rugas miúdas e raiadas.

Fandórin levantou-se rapidamente, pegou na mesa a pistola *darringer*, e a visão, sorrindo docemente e acenando com satisfação, arrulhou com uma voz de tenor sumamente agradável e suave:

— Pois bem, aqui estou, meu caro adolescente. Porfiri Martínov Pijov, servo de Deus e secretário de Província. Vim correndo ao primeiro sinal. Como o vento a chamado de Éolo.

— Como conseguiu abrir a porta? — murmurou assustado Erast Pietróvitch. — Eu me lembro que dei duas voltas na chave.

— Veja, uma chave falsa magnética — explicou bem-humorado o visitante ansiosamente aguardado e mostrou uma barrinha de ferro, que, aliás, sumiu no mesmo instante no bolso dele. — É uma pecinha muito útil. Copiei de um ladrão daqui. Pelo meu tipo de trabalho, sou levado a entrar em contato com sujeitos terríveis, habitantes do submundo social. Os mais completos miseráveis, posso assegurar-lhe. O senhor Hugo nem sonhou com esses tipos. No entanto, também são almas humanas, e a eles a gente pode chegar com subterfúgios. Chego até a gostar desses monstros e, em parte, eu os coleciono. Disse um poeta: cada um se diverte como pode e só a morte os rende. Ou, como diz um alemão: "*jedes Tierchen hat sein Plaisirchen*" — cada animalzinho tem seus pequenos prazeres.

Ao que tudo indica, o estranho homem tinha a capacidade de soltar a língua sobre qualquer tema, mas seus olhos tenazes não perdiam tempo à toa — percorreram de cima a baixo o próprio Erast Pietróvitch e o mobiliário do mísero cubículo.

— Eu sou Erast Pietróvitch Fandórin. Venho da parte do senhor Brilling. Estou trabalhando em um caso de suma importância — disse o jovem, embora já houvesse indicado na carta o primeiro e o segundo pontos e, quanto ao terceiro Pijov teria adivinhado indubitavelmente. — Só que ele não me deu nenhuma senha. Certamente esqueceu.

Erast Pietróvitch olhou inquieto para Pijov, de quem agora dependia a sua salvação, mas o outro limitou-se a levantar as mãos de dedos curtos:

— E não precisa de nenhuma senha. É tolice e brincadeira infantil. Ora, será que um russo não reconhece outro russo? A mim basta olhar nos seus olhos claros (Porfiri Martínovitch aproximou-se em cheio) para ver tudo como na palma da mão. O senhor é um jovem puro, audacioso, patriota e de aspirações nobres. Nem podia ser diferente: nossa instituição só mantém esse tipo de pessoas.

Fandórin ficou carrancudo — pareceu-lhe que o secretário de Província estava debochando dele, tomando-o por tolo. Por isso, expôs a ele a sua história de forma lacônica e seca, sem emoções.

E então viu-se que Porfiri Martínovitch sabia não só tagarelar, mas também ouvir com atenção — nessa questão ele era simplesmente um talento. Pijov sentou-se na cama, de mãos cruzadas sobre a barriga; seus olhos, que já eram apertados, entrecerraram-se, e foi como se ele não estivesse ali. Ou seja, ele ficou completamente em silêncio. Não interrompeu Fandórin uma única vez, não se mexeu uma só vez. Entretanto, de quando em quando, nos momentos-chave do relato, debaixo das pálpebras cerradas, brilhava uma centelha viva.

Erast Pietróvitch não partilhou sua hipótese a respeito das cartas — iria conservá-la para Brilling, e disse enfim:

— Porfiri Martínovitch, aqui está à sua frente um fugitivo e assassino involuntário. Preciso com urgência atravessar o Canal da Mancha e seguir para Moscou a fim de falar com Ivan Frantziêvitch.

Pijov mexeu os lábios, esperou para ver se não haveria mais alguma coisa a ser dita e depois perguntou baixinho:

— E a pastinha? Não seria o caso de enviá-la com a mala diplomática? Seria mais sensato. Deus nos proteja... Aqueles senhores, ao que tudo indica, são perigosos, vão procurá-lo na Europa também. É claro, meu amigo, que eu vou cuidar de sua travessia pelo estreito, isso é tarefa simples. Se o senhor não tiver nojo de uma miserável canoa de pescador, amanhã mesmo estará navegando com Deus. Estará se distraindo no barco à vela com o bramido do vento.

"Ele perde tempo com esse negócio de vento pra lá, vento pra cá", pensou zangado Erast Pietróvitch, que, na verdade, não tinha a menor intenção de separar-se da pasta, conseguida a tão alto custo. E Porfiri Martínovitch, como se não notasse as vacilações do interlocutor, prosseguiu:

— Eu não me meto em assuntos fora da minha alçada. Porque sou modesto e não tenho curiosidade. No entanto, noto que o senhor está omitindo muita coisa de mim. E está certo, meu jovem, as palavras são de prata, mas o silêncio é de ouro. Ivan Frantziêvitch Brilling é uma ave de altos vôos. Pode-se dizer uma águia mais que altiva no meio de melros, e não confia trabalho importante a ninguém. Então, como é que fica?

— Como é que fica o quê?

— A questão da pastinha! Eu a besuntaria de lacre por todos os lados, faria o portador mais despachado voar a Moscou num abrir e fechar de olhos, como num grande trenó com guizos. E ainda passaria um telegrama codificado, em que eu diria: receba, senhor, um presente inestimável dos céus.

Deus estava vendo que Erast Pietróvitch não era sequioso de honras, nem de medalhas, nem mesmo de fama. Entregaria a Pijov a pasta em prol da causa comum, porque pelo correio diplomático era mesmo mais seguro. Mas a imaginação já lhe desenhara tantas vezes o quadro do regresso triunfal para o chefe, com a entrega pomposa da preciosa pasta e o relato arrebatador das aventuras vividas... Seria possível que nada disso fosse acontecer?

E Fandórin se fez de rogado. Disse em tom sério:

— A pasta está guardada em esconderijo seguro. E eu mesmo vou buscá-la. Porfiri Martínovitch, não fique zangado.

— Ora, sendo assim, sendo assim — Pijov não insistiu. — O senhor é quem sabe. Assim fico mais tranqüilo. E chega de segredos alheios, a mim já bastam os meus. Já que está no esconderijo, que fique no esconderijo... — Levantou-se e deslizou o olhar pelas paredes nuas do quartinho. — Por ora fique aí descansando, meu caro. A mocidade precisa de sono. Já comigo, este velho aqui, é insônia mesmo; portanto, vou cuidar da canoa. Amanhã (aliás, hoje mesmo) estarei aqui assim que começar a clarear. Vou deixá-lo numa praia, dar-lhe um beijo de despedida e abençoá-lo. Enquanto isso, eu mesmo vou continuar vegetando no estrangeiro como um órfão desamparado. Ah, como é cansativo viver no estrangeiro.

A essa altura, parece que o próprio Porfiri Martínovitch deu-se conta de que havia sido muito enfadonho e ficou com ar de culpa, sem saber como agir.

— Confesso que perdi a noção do tempo na conversa. Estava com saudade da minha língua russa viva, sabe como é, a gente acaba sendo levado pelo floreado das palavras. Os nossos sabichões da embaixada preferem falar francês, e a gente fica sem ter com quem abrir o coração.

Lá fora, as trovoadas eram intensas e, ao que parece, a chuva já começava a cair. Pijov agitou-se e tratou de sair.

— Vou indo. Ai-ai-ai, o mau tempo está assolando lá fora.

Da porta olhou para trás, acarinhou Fandórin com um olhar para animá-lo e fez uma reverência profunda, sumindo na escuridão do corredor.

Erast Pietróvitch meteu a tranca na porta e encolheu os ombros com frio — o trovão estrondou quase em pleno telhado.

Está escuro e aterrador no quartinho miserável de uma só janela que dá para um pátio pedregoso, deserto, sem uma única ervinha. Lá fora assola o temporal, e agora é vento e chuva, mas no céu coberto de cinza e negro a lua se insinua entre nuvens rasgadas. Por uma brecha da cortina, uma réstia de luz amarela divide o cubículo em dois, e vai até a cama em que Fandórin se mexe coberto de suor frio, mergulhado num pesadelo. Está todo vestido, calçado e armado; só o revólver continua debaixo do travesseiro.

Premida pelo peso do assassinato, a consciência do pobre Erast Pietróvitch lhe envia uma visão terrível. A falecida Amália está inclinada sobre a cama. Tem os olhos entreabertos, dos quais pinga uma gota de sangue, e uma rosa negra na mão nua.

— O que foi que eu fiz a você? — geme queixosa a morta. — Eu era jovem e bonita, eu era infeliz e só. Envolveram-me em redes, enganaram-me e pregaram-me uma mentira. O único homem que eu amava me traiu. Você cometeu um pecado terrível, Erast, você matou a beleza, e a beleza é um milagre de Deus. Você profanou o milagre de Deus. E isso para quê?

A gota de sangue pinga de sua face e vai cair diretamente na testa do atormentado Fandórin; ele estremece de frio e abre os olhos. Vê que não há Amália nenhuma, graças a Deus. Foi um sonho, apenas um sonho. Mas na testa torna a cair algo gelado.

"O que é isso?", estremece Erast Pietróvitch de pavor, acordando definitivamente, e ouve o uivo do vento, o rumor da chuva, um estrondo nas entranhas da trovoada. Cai uma goteira do teto. "Acalme-se, coração tolo, sossegue."

No entanto, um sussurro baixo, porém nítido, veio do outro lado da porta:

— Para quê? Por quê?

E outra vez:

— Para quê? Por quê?

"É a consciência pesada", diz Fandórin de si para si. "A consciência pesada está me provocando alucinações." Mas o pensamento sadio e racional não o livra de um medo torpe, pegajoso, que se infiltra pelos poros do corpo inteiro.

Parece que a coisa serenou. Um relâmpago ilumina as paredes nuas e cinzentas e o escuro volta.

Um minuto depois, ouve-se uma ligeira batida na janela. Tuc-tuc. E outra vez tuc-tuc-tuc.

"Calma! É o vento. Uma árvore. O galho batendo na vidraça. Nada de mais." Tuc-tuc. Tu-tuc-tuc.

"Árvore? Que árvore?" Fandórin se senta num ímpeto. "Não, lá fora não tem nenhuma árvore! Só um pátio deserto. Deus, o que é isso?"

A réstia amarela no meio da cortina havia-se apagado — pelo visto, a lua tinha-se escondido atrás das nuvens, mas no instante seguinte desliza algo escuro, aterrador, misterioso.

Tudo, menos continuar deitado desse jeito, sentindo mexerem-se todos os fios do seu cabelo. Tudo, menos enlouquecer.

Erast Pietróvitch se levanta e caminha para a janela sobre pernas que não obedecem, sem desviar o olhar da aterradora mancha escura. No instante em que afasta as cortinas, o *flash* de um relâmpago ilumina o céu e ele vê do outro lado da vidraça, bem à sua frente, um rosto lívido com as covas negras dos olhos. A mão, que cintila uma luz do outro mundo, corre pela vidraça, e Erast Petróvitch comporta-se de um modo tolo, infantil: solta um soluço convulso, recua, precipita-se para trás, para a cama, e cai de bruços, cobrindo a cabeça com as mãos.

"Acordar! Acordar, depressa! Pai Nosso, que estais no céu, santificado seja o Vosso nome, venha a nós o Vosso Reino..."

As batidas na vidraça pararam. Ele tirou o rosto do travesseiro, olhou cautelosamente de esguelha na direção da janela, mas não viu nada de terrível — noite, chuva, luzes de relâmpagos. "Tive uma visão. Certamente, tive uma visão."

Por sorte, Erast Pietróvitch lembrou-se das instruções do brâmani indiano Tchandra Johnson, que ensinava a respirar corretamente e a viver corretamente. O sábio livro rezava:

A respiração correta é o fundamento de uma vida correta. Ela o ampara nos momentos difíceis da existência; nela você encontrará salvação, serenidade e prosperidade. Ao aspirar a força vital do prana, *não se apresse em expirá-la de volta; prenda-a em seus pulmões. Quanto mais longa e ritmada for a sua respiração, tanto mais energia vital haverá em você. Obterá a lucidez aquele que, tendo aspirado o* prana *ao anoitecer, não o expirar até o raiar do dia.*

Bem, ainda estava longe a lucidez de Erast Pietróvitch, mas, graças aos exercícios matinais, ele já aprendera a conter a respiração por até 100 segundos. A esse recurso seguro ele apelava também agora. Encheu o peito de ar, parou, "transformou-se em árvore, pedra, mato". E isso o ajudou — os batimentos do coração voltaram pouco a pouco ao ritmo normal, o pavor cedeu. Fandórin soltou a respiração ruidosamente durante 100 segundos, tranqüilizado pela vitória do espírito sobre a superstição.

E, então, ouviu-se um som que fez os seus dentes tiritarem. Alguém arranhava a porta.

— Deixe eu entrar — murmurou a voz. — Olhe para mim. Estou com frio. Deixe eu entrar...

Ora, isso já era demais. Fandórin reuniu suas últimas reservas de orgulho e ficou indignado. "Agora, vou abrir a porta e acordar. Ou... Ou verei que isso não é um sonho."

Com dois saltos ele atingiu a porta, arrancou a tranca e puxou o batente em sua direção. Nesse momento, seu ímpeto desesperado estancou.

No limiar da porta estava Amália. De penhoar branco rendado, como da última vez, apenas com os cabelos emaranhados pela chuva, e com o peito borrado pela mancha de sangue. O mais terrível era seu rosto resplandecendo um brilho do além com os olhos parados, apagados. A mão branca, emitindo centelhas, estendeu-se até o rosto de Erast Pietróvitch e tocou-lhe a face — exatamente como da última vez, só que os dedos transmitiram um frio gelado, o que fez o infeliz Fandórin recuar transtornado.

— Cadê a pasta? — perguntou o fantasma com um cochicho sibilante. — Cadê minha pasta? Por ela eu vendi a alma.

— Não vou entregar! — escapou dos lábios ressecados de Erast Pietróvitch. Ele recuou até a poltrona, dentro da qual estava escondida a pasta raptada, desabou no assento e, para estar seguro, ainda o manteve seguro com ambas as mãos.

O fantasma foi até a mesa. Riscou um fósforo, acendeu a vela e deu subitamente um grito sonoro:

— *Your turn now! He's all yours!**

No quarto irromperam dois homens — Morbid, muito alto, atingindo a altura da porta, e outro mais baixo e ágil.

---

* Agora é a sua vez. Ele é todo seu (em inglês).

Inteiramente desnorteado, Fandórin nem chegou a mexer-se, quando o mordomo lhe encostou uma faca na garganta e o segundo revistou-o e encontrou a pistola *darringer* no cano da bota.

— Procure o revólver — ordenou Morbid em inglês, e o homem ágil não falhou; logo achou o Colt escondido debaixo do travesseiro.

Durante todo esse tempo, Amália permanecera junto à janela, enxugando com um lenço o rosto e as mãos.

— Então, terminado? — perguntou ela com impaciência. — Que porcaria é esse fósforo. E, o principal: todo esse movimento foi desnecessário. Ele não teve nem miolos para esconder direito a pasta. John, procure na poltrona.

Ela não olhava para Fandórin, como se repentinamente ele houvesse se tornado um objeto inanimado.

Morbid arrancou facilmente Erast Pietróvitch da poltrona, ainda apertando a faca contra o pescoço dele, enquanto o homem ágil enfiava a mão dentro do assento e tirava de lá a pasta azul.

— Dê-me. — Biejétskaia, à mesa, verificou o conteúdo. — Tudo no lugar. Não teve tempo de remeter. Graças a Deus. Franz, traga a capa, estou toda gelada.

— Quer dizer então que aquilo era uma representação? — perguntou com voz vacilante Fandórin, criando coragem. — Bravo. A senhora é uma grande atriz. Estou contente por minha bala ter errado o alvo. Senão todo esse talento iria perder-se...

— Não esqueça a mordaça — disse Amália ao mordomo e, depois de pôr nos ombros a capa trazida por Franz, saiu do quarto sem nem mesmo olhar para o desmoralizado Erast Pietróvitch.

O homem mais baixo e ágil — era ele que vigiava o hotel, não Zurov — tirou do bolso um rolo de corda fina e amarrou com força as mãos do prisioneiro à cintura. Depois, agarrou Fandórin pelo nariz com dois dedos e, quando ele sufocado abriu a boca, enfiou nela uma pêra de borracha.

— Tudo pronto — anunciou Franz com um leve sotaque alemão, satisfeito com o resultado. — Eu levo o saco.

Correu para o corredor e retornou com muita rapidez. A última coisa que Erast Pietróvitch viu, antes que lhe enfiassem um saco grosso dos ombros aos joelhos, foi a fisionomia impávida e absolutamente pétrea de John Morbid. Era uma pena, evidentemente, que o mundo se despedisse de Erast Pietróvitch logo com essa sua faceta nada encantadora; no entanto, no escuro poeirento do saco, sua situação ficou ainda pior.

— Deixe que eu amarre por cima com a corda — ouviu-se a voz de Franz. — Para onde nós vamos é perto, e assim fica mais seguro.

— Ora, e em que lugar ele iria se meter? — respondeu Morbid com voz de baixo. — É só ele se mexer e eu lhe enfio a faca na barriga.

— Mas, mesmo assim, vamos prendê-lo — insistiu Franz e passou a corda por cima do saco com tanta força, que Erast Pietróvitch sentiu dificuldade para respirar.

— Ande! — O mordomo empurrou o prisioneiro e Fandórin moveu-se às cegas para a frente, sem entender direito por que não podiam degolá-lo ali mesmo no quarto.

Ele tropeçou duas vezes, por pouco não caiu na entrada do hotel, mas a pata de John o agarrou a tempo pelo ombro.

Cheirava a chuva, cavalos bufavam.

— Terminado o serviço, vocês dois voltem para cá e levem tudo — ouviu-se a voz de Biejétskaia. — Nós estamos voltando.

— Não se preocupe, *m'am* — rosnou o mordomo. — A senhora fez o seu serviço, nós vamos fazer o nosso.

Oh, como Erast Pietróvitch gostaria de dizer a Amália alguma coisa para rematar, algo especial, para que não se lembrassem dele como um menino bobo que havia se acovardado, mas como um valente que tombara valorosamente em combate desigual com todo um exército de niilistas. Mas a maldita pêra o impedia até de realizar esse último desejo.

Nesse ponto, mais um abalo aguardava o pobre jovem, embora, assim se afigurava, depois de tudo o que suportara, o que de pior podia ainda lhe ocorrer?

— Querida Amália Kazimírovna — disse em russo o ágil tenor de voz conhecida. — Permita a este velho dar uma volta com a senhora na carruagem. Conversaremos sobre coisas várias, e também preciso me secar um pouco, pois estou todo encharcado. O seu Patrick pode ir no meu *drójki** e nos seguir. Não faz objeção, não é, querida?

— Suba — respondeu secamente Biejétskaia. — Só que eu, Pijov, não sou nenhuma queridinha do senhor.

Erast Pietróvitch deu um gemido surdo, uma vez que era absolutamente impossível desatar em choro com uma pêra na boca. O mundo todo estava voltado contra o infeliz do Fandórin. Onde arranjaria forças para suportar a luta contra uma multidão de facínoras? Ao redor só há traidores, venenosos como serpentes (deixei-me usar o palavreado oco do maldito Porfiri Martínovitch!). Biejétskaia com seus facínoras, Zurov e até Pijov, vira-casacas — todos inimigos. Nesse momento, Erast Pietróvitch não tinha nem vontade de viver, tamanhos eram o seu asco e o seu cansaço.

Aliás, ninguém em especial constituía uma razão suficiente para ele querer viver. Parece que a escolta tinha tudo sob controle a seu respeito.

---

* Carruagem leve, aberta, de quatro rodas. [N. do T.]

Mãos fortes agarraram o prisioneiro e meteram-no na boléia. À esquerda, amontoou-se o pesado Morbid; à direita, o leve Franz bateu com o chicote e Erast Pietróvitch foi atirado para trás.

— Aonde? — perguntou o mordomo.

— A ordem é ir para o sexto píer. Lá é mais fundo e ainda tem a corrente. O que você acha?

— Para mim, dá no mesmo. Se é para o sexto, que assim seja.

O destino de Erast Pietróvitch parecia mais que definido. Eles o levariam a algum píer ermo, amarrariam uma pedra ao seu pescoço e o despachariam para o fundo do Tâmisa, onde ele iria apodrecer entre amarras enferrujadas e cacos de garrafa. O conselheiro titular desapareceria sem deixar vestígios, pois ninguém mais tinha visto Fandórin depois do agente militar de Paris. Ivan Frantziêvitch possivelmente compreenderia que seu pupilo dera um passo em falso em algum ponto, mas a verdade, mesmo, nunca chegaria a saber. E ao pessoal de lá, de Moscou e Píter, nem passaria pela cabeça que em seu Departamento Secreto havia aparecido um canalha torpe. Eis quem precisava ser desmascarado.

E vai ver que ainda haveremos de desmascará-lo!

Mesmo amarrado e enfiado num saco longo e empoeirado, Erast Pietróvitch sentia-se incomparavelmente melhor do que 20 minutos antes, quando o fantasma fosforescente arregalava os olhos pela janela e a sua razão paralisava-se de pavor.

Mas, apesar de tudo, o prisioneiro ainda tinha chance de salvação. Franz era astuto, mas não se lembrara de apalpar a manga direita. Nessa manga estava o estilete, e neste a esperança. Se Erast Pietróvitch conseguisse levar os dedos à manga... Ah, mas isso não é nada fácil quando as mãos estão presas à cintura. Quanto será que falta para chegar a esse sexto píer? Dará tempo?

— Quieto aí — Morbid deu uma cotovelada no prisioneiro que se contorcia (é bem verdade que de pavor).

— Ah, meu caro, você pode se mexer como quiser, não vai adiantar — observou Franz em tom filosófico.

O prisioneiro no saco ainda se contorceu coisa de um minuto, depois emitiu um som surdo e breve, e calou-se, pelo visto resignado com o destino (antes de ser retirado, o maldito estilete fez-lhe um corte dolorido no pulso).

— Chegamos — anunciou John e levantou-se, examinando ao redor. — Ninguém.

— E quem haveria de estar aqui numa noite de chuva? — deu de ombros Franz. — Vamos, trate de se mexer. Ainda temos de voltar.

— Agarre-o pelos pés.

Seguraram o embrulho amarrado com cordas e o levaram ao píer de tábuas, suspenso sobre a água negra como uma flecha.

Erast Pietróvitch ouviu o rangido das tábuas debaixo dos pés e o marulho do rio. A libertação estava próxima. Tão logo as águas do Tâmisa lhe cobrissem a cabeça, meteria o estilete nas cordas, abriria o saco e emergiria em silêncio debaixo do píer. Esperaria que os outros se fossem, e tudo chegaria ao fim — a salvação, a vida, a liberdade. E isso pareceu tão fácil e tranqüilo, que a voz interior murmurou de repente a Fandórin: não, Erast, na vida não é assim, algo acontecerá para estragar todo o seu plano maravilhoso.

Infelizmente, a voz interior fez mau agouro, trazendo a desgraça. De fato, o desastre não tardou em desenhar-se — e não por parte do detestável Morbid, mas por iniciativa do bonachão Franz.

— Espere, John — disse ele, quando os dois pararam à beira do píer e puseram seu fardo no tablado. — Isso não se faz; pegar um homem vivo e atirá-lo dentro da água como se fosse um filhote de cachorro. Gostaria de estar no lugar dele?

— Não — respondeu John.

— Então? — contentou-se Franz. — É o que estou dizendo. Vai afogar-se no fundo podre e nojento... argh! Eu não desejo uma coisas dessas a ninguém. Então, vamos fazer como manda a lei divina: primeiro você o esfaqueia para que não sofra. Uma facada, e pronto; o que você acha?

Esse humanitarismo fez Erast Pietróvitch se sentir mal; no entanto, o amável, o maravilhoso Mister Morbid resmungou:

— Pois sim... eu vou ensangüentar a faca. E ainda salpicar sangue na manga do casaco. Como se esse cão tivesse dado pouco trabalho. Nada disso, dá para esticar as canelas do jeito que está. Se você é tão generoso, então o asfixia com a corda, pois nisso você é um mestre; enquanto isso, vou ver se acho algum ferro por aí.

Os passos pesados dele se afastaram, e Fandórin ficou a sós com o humano Franz.

— Não devia ter amarrado o saco por fora — comentou ele em tom pensativo. — Gastei a corda toda.

Erast Pietróvitch deu um gemido mais intenso — não há de ser nada, vou arranjar uma saída.

— Ah, coitado — suspirou Franz. — Vejam, está gemendo, de coração partido. Está bem, rapazinho, não precisa ter medo. O tio Franz está preocupado com você.

Ouviram-se passos se aproximando.

— Achei um pedaço de trilho. Vem a calhar — zumbiu o mordomo. — Enfie debaixo das cordas. Em menos de um mês não vem à tona.

— Espere um minuto, eu só vou atá-lo com a corda.

— Ora, vá para o inferno com as suas molezas! O tempo não espera, daqui a pouco vai amanhecer!

— Desculpe, meu jovem — disse Franz com voz de lamento. — Pelo visto, era o seu destino. *Das hast du dir selbst zu verdanken.**

Mais uma vez, eles ergueram Erast Pietróvitch e o balançaram.

— Azazel! — exclamou Franz com uma voz triunfal e severa, e no instante seguinte o corpo enfaixado chapinhou com um estrondo a água podre.

Fandórin não sentiu nem frio, nem mesmo o peso oleoso da couraça da água ao cortar com o estilete a corda molhada. O que mais o atrapalhou foi a mão direita, mas, quando esta ficou livre, tudo fluiu rápido: um! — e a mão esquerda começou a ajudar a direita: dois! — e o saco foi cortado de cima a baixo: três! — e o corte dolorido do pulso mergulhou no lodo macio.

O que não devia acontecer era ele emergir antes do tempo. Erast Pietróvitch deu um impulso com os pés, pôs as mãos para a frente e começou a rasgar a turva escuridão. Por ali, bem perto, deviam ficar as colunas sobre as quais se apoiava o píer. Eis que os dedos tocam a madeira escorregadia, coberta de sargaço. Devagar, sem pressa, subiu pela coluna. Tinha de evitar marulho, ruído.

Debaixo do estrado de madeira do píer reinava a escuridão. Súbito a água negra expeliu silenciosamente de suas entranhas uma mancha branca e redonda. No círculo branco, logo se formou outro círculo, pequeno e negro — era o conselheiro titular Fandórin engolindo com sofreguidão o ar do rio. Cheirava a podridão e a querosene. Era o cheiro mágico da vida.

Enquanto isso, lá em cima, no píer, desenrolava-se uma conversa arrastada. Escondido embaixo, ele ouvia cada pala-

* A culpa é sua (em alemão).

vra. Vez por outra, Erast Pietróvitch ia às lágrimas, imaginando com que termos iriam lembrar-se dele, o herói morto prematuramente, os amigos e inimigos, que discursos iriam soar sobre o túmulo escancarado. Pode-se dizer que toda a sua mocidade se consumiu nesses sonhos. Qual não foi a indignação do jovem ao ouvir as bobagens que tagarelavam aqueles que se consideravam os seus matadores! Nenhuma palavra a respeito do homem sobre o qual se haviam fechado as águas negras — a respeito de um homem inteligente e afetuoso, de alma nobre e elevadas aspirações.

— Oh, esse passeio vai me custar um acesso de reumatismo — suspirou Franz. — Vejam como a umidade pesa. Bem, por que ficar aqui? Vamos, então?

— É cedo.

— Escute, por causa dessa correria, fiquei sem jantar. O que você acha, vão nos dar de comer ou inventar mais algum servicinho?

— Isso não é assunto nosso. Faremos o que disserem para ser feito.

— Pelo menos, lambiscar uma vitela fria. Minha barriga está roncando... Será que vamos morrer esquentando o mesmo lugar? Eu nem bem me aclimatei, e não cheguei a me acostumar a isso. Para quê? Já está tudo acabado.

— Ela sabe para quê. Se mandou, é porque sabia que era preciso.

— Isso é verdade. Ela não se engana. Por ela faço o que for preciso; não pouparia nem meu pai. Claro, se ele fosse vivo. Minha própria mãe não faria tanto por nós quanto ela fez.

— Naturalmente... Agora chega, vamos.

Erast Pietróvitch esperou até que os passos silenciassem ao longe, por uma questão de segurança ainda contou até 300 e só então moveu-se para a margem.

Quando, depois de fracassar várias vezes, subiu em um parapeito baixo, mas quase vertical da margem, a escuridão já começara a desfazer-se e transitava para o alvorecer. O tremor assolava o quase afogado, os dentes tiritavam, aqui e ali vinha uma onda de soluços — via-se que ele havia bebido demais da água bolorenta do rio. Mas, fosse como fosse, viver era maravilhoso. Erast Pietróvitch envolveu com um olhar amoroso o horizonte cinzento do rio (na margem oposta, pequenas luzes derramavam uma iluminação carinhosa), comoveu-se com a solidez de um depósito baixo, aprovou o balanço regular dos rebocadores e barcaças que se estendiam ao longo do píer. Um sorriso sereno iluminou o rosto molhado — que estava com uma lista de resíduo de petróleo na testa — do ressuscitado dos mortos. Espreguiçou-se confortavelmente e congelou nessa pose absurda — do canto do depósito, uma silhueta baixa e ágil destacou-se e precipitou-se a passos rápidos ao seu encontro.

— Eis o carrasco, a besta — lamentou de passagem a silhueta com uma vozinha fina, que se ouvia de longe. — Não se pode confiar em nada, é preciso verificar tudo. Aonde vocês todos pensam que vão sem Pijov, aonde? Vão encher a cara como gambás, vão encher a cara.

Tomado de justa ira, Fandórin avançou para a frente. Parece que o traidor imaginou que sua renegação satânica não havia sido descoberta.

Entretanto, na mão do secretário de Província uma coisa metálica emitiu um brilho mau, e Erast Pietróvitch primeiro parou, depois recuou.

— O senhor raciocinou certo, meu jovem — aprovou Pijov, e deu para notar como o andar dele era elástico, felino. — O senhor é um adolescente sensato, eu logo percebi. O senhor sabe o que é isto que eu tenho na mão? — Ele agitou o ferro e Fandórin notou uma pistola de dois canos de um calibre descomunal. — É um troço terrível. Chama-se "estrondeira", no jargão dos bandidos. Aqui, faça o favor de olhar, a gente coloca duas balinhas explosivas, as mesmas que a convenção de 68 de São Petersburgo proibiu. É que os criminosos, Erástuchka,* são uns malvados. Que importa a eles uma convenção que proclama o amor ao ser humano! E a bala explosiva, quando penetra em algo macio, desabrocha em pérolas. Transforma carne, ossos, veias, tudo em carne moída. O senhor, meu querido, fique calminho, não tenha um tique, senão posso me assustar e atiro, e depois não vou me perdoar por semelhante atrocidade, vou viver arrependido. É muito doloroso, se ela penetra na barriga ou em outra região.

Soluçando, só que não mais de frio e sim de pavor, Fandórin gritou:

— Iscariotes! Vendeu a pátria por 30 moedas! — E tornou a recuar do funesto cano.

— Como disse o grande Dierjávin,** a inconstância é o destino dos mortais. Além disso, é inútil o senhor me ofender, meu caro. Não me deixei tentar por 30 moedas, mas por uma soma muito maior, transferida para um banco suíço de forma cautelosíssima, para garantir minha velhice e eu não acabar por esticar as canelas na miséria. E o senhor, que é um tolo, em que se meteu? Contra quem resolveu latir? Atirar setas em rochas é perder flechas. Isso aqui é força, é como a pirâmide de Queóps. Ninguém vai derrubá-la a cabeçadas.

Enquanto isso, Erast Pietróvitch havia recuado até a borda do píer e foi forçado a parar, sentindo o calcanhar tropeçando na barra inferior do tablado. Tudo indica que era isso que Pijov queria.

---

* Diminutivo de Erast. [N. do T.]

** Dierjávin, Gavril Románovitch (1743-1816), poeta russo. [N. do T.]

— Assim está bem, está uma maravilha — exultou Pijov, parando a dez metros da vítima. — Senão, depois me seria difícil arrastar para a água um jovem tão fornido. O senhor não precisa se assustar, rapaz, Pijov conhece o ofício. Um estalo, e pronto. Em vez de um rostinho vermelho, carne moída vermelha. Se o içarem, não irão reconhecê-lo. Já a alma voa direto para a companhia dos anjos. Alma jovem, ainda não teve tempo de pecar.

Com essas palavras, ele levantou a arma, fechou o olho esquerdo e sorriu com apetite. Não tinha pressa de atirar; pelo visto, deliciava-se com o momento. Fandórin lançou um olhar desesperado para a margem deserta, iluminada pela luz baça do alvorecer. Não havia ninguém, nem vivalma. Agora era mesmo o fim. Ao lado do depósito, algo pareceu mexer-se, mas ele não teve tempo de olhar direito — espocou um tiro muito estridente, mais estridente que o mais estridente dos trovões, e Erast Pietróvitch cambaleou para trás, dando um grito de possesso e desabando no rio, de onde saíra a tanto custo alguns minutos antes.

Capítulo décimo segundo

No qual o herói fica sabendo que tem uma auréola ao redor da cabeça

No entanto, a consciência não abandonou o baleado, e sabe-se lá por que ele não sentia nenhuma dor. Sem nada compreender, Erast Pietróvitch pôs-se a agitar os braços na água. O que está acontecendo? Estará vivo ou morto? Se morto, então, por que tão molhado?

Sobre a orla do cais, apareceu a cabeça de Zurov. Fandórin não teve a mínima surpresa: em primeiro lugar, nesse momento seria difícil alguma coisa surpreendê-lo, e, em segundo, no outro mundo (se este, evidentemente, era mesmo ele) podia acontecer coisa bem diferente.

— Erasmo! Está vivo? Acaso eu lhe fiz algum mal? — gritava com esforço a cabeça de Zurov. — Pegue a minha mão.

Erast Pietróvitch pôs fora da água a mão direita e foi arrancado para terra firme por um só puxão forte. A primeira coisa que ele viu ao se levantar foi a pequena figura estirada de bruços, tendo a mão esticada para a frente com a pistola pesada. Entre os cabelos ralos aparecia um buraco escuro na nuca; abaixo, uma poça escura.

— Você está ferido? — perguntou Zurov preocupado, girando e apalpando o molhado Erast Pietróvitch. Simplesmente uma *révolution dans la balistique.** Mas não, não pode ser.

— Zurov, é o senhor?! — perguntou Fandórin, finalmente atinando que, apesar de tudo, não estava no outro, mas neste mundo.

— Não me chame de "senhor", mas de "você". Esqueceu que nós dois bebemos na *brüderschaft*?

— Mas por quê? — Erast Pietróvitch voltou a sentir umas fisgadas. — O senhor mesmo não está querendo acabar comigo? Esse Azazel não lhe prometeu um prêmio por isso? Vamos, atire, atire, e maldito seja! Estou farto de vocês todos, são piores que mingau de semolina!

Não dava para entender de onde escapou a referência ao mingau de semolina — deve ter sido alguma coisa da infância há muito esquecida. Erast Pietróvitch quis ainda rasgar a camisa no peito — "eis meu peito, atire" —, mas Zurov o sacudiu sem cerimônia pelos ombros.

— Pare de delirar, Fandórin. Que Azazel? Que mingau? Espere que eu vou lhe recuperar os sentidos. — E imediatamente deu dois sonoros tabefes no admirado Erast Pietróvitch. — Ora, sou eu, Ippolit Zurov. Não é de estranhar que depois de tamanhas desgraças os seus miolos tenham ficado encharcados. Pode se apoiar em mim. — Ele envolveu o jovem pelos ombros. — Agora vou levar você para o hotel. Tenho um cavalo amarrado aqui, este (ele chutou o corpo imóvel de Pijov) tem um *drojki.* Voaremos como o vento. Você vai se aquecer, beber um *grog*** e depois me explicar que circo é esse que vocês estão armando por aqui.

Fandórin afastou com força o conde.

---

* Uma revolução na balística (em francês).

** Bebida forte à base de aguardente ou rum, diluída em água quente. [N. do T.]

— Não, você é que precisa me explicar! De onde (soluço) você surgiu? Por que me seguiu? Você não é cúmplice deles?

Zurov torceu o bigode negro, embaraçado.

— Isso não dá para contar em duas palavras.

— Não importa, tempo é o que (soluço) não me falta. Não vou sair do lugar!

— Está bem, escute.

E eis o que contou Ippolit.

***

— Acha que eu dei a você o endereço de Amália por ingenuidade? Não, meu caro Fandórin, nisso há toda uma psicologia. Gostei de você, gostei de verdade. Em você há qualquer coisa... Não sei, uma marca qualquer. Eu tenho faro para pessoas como você. É como se eu visse uma auréola em volta da cabeça da pessoa, um leve resplendor. Essas pessoas, as que têm a auréola, são especiais, o destino as preserva, protege de todos os perigos. E isso nem passa pela cabeça da própria pessoa. Não se pode duelar com gente assim: morre-se. Não se deve sentar à mesa do carteado com elas, pois perde-se, independentemente das cartas que se tenha nas mãos. Eu vi uma auréola em você quando me limpou os bolsos no *stoss* e depois me fez tirar a sorte para ver quem cometeria o suicídio. É raro encontrar pessoas como você. Veja um exemplo: no nosso destacamento que atravessava o deserto do Turquistão, havia um tenente de sobrenome Ulitch. Metia-se em qualquer inferno e não ligava a mínima; limitava-se a ranger os dentes. Acredite que, uma vez, em Khiva, vi com meus próprios olhos os guardas do *khan** descarregando as

* Título de governante feudal em muitos países do Oriente na Idade Média. [N. do T.]

armas contra ele. Não recebeu um arranhão! Mas depois bebeu *kumis** azedo e foi a conta: enterraram Ulitch na areia. Por que Deus o preservava nos combates? É um enigma! Pois bem, Erasmo, você pertence a esse tipo de gente, pode acreditar em mim. Gostei de você naquele momento em que, sem a menor vacilação, apontou a pistola para a cabeça e puxou o gatilho. Só que o meu jeito de gostar, caro Fandórin, tem qualquer coisa de astuto. Eu não posso gostar de quem me é inferior, mas sinto uma inveja mortal de quem é superior. Senti inveja de você. Inveja da sua auréola, da sua sorte incrível. Veja, hoje também você saiu enxuto** da água. Quá-quá-quá, isto é, claro que ficou molhado, mas em compensação vivo e sem um arranhão. Mas, a julgar pela aparência, você é um menino, um fedelho, e sem graça.

Até esse ponto, Erast Pietróvitch ouviu com interesse, ficando mesmo algo rosado de satisfação; por um momento parou de soluçar, mas não gostou nada do "fedelho" e, fechando a carranca, duas vezes soluçou de raiva.

— Ora, não fique ofendido, estou falando como amigo. — Zurov lhe deu uma palmada no ombro. — Resumindo, pensei naquela ocasião: foi o destino que o enviou a mim. Amália não vai deixar de bicar esse rapaz. Primeiro vai fixar bem os olhos nele e seduzi-lo. E será o fim, eu me livrarei de uma vez por todas da alucinação satânica. Ela me deixará em paz, deixará de me atormentar, de me puxar pela corrente. Deixem que ela consuma esse rapazinho com suas torturas egípcias. E, assim, lhe dei um pedacinho da pista; eu sabia que você não iria desistir do que lhe interessa... Vista a capa, tome, beba do cantil. Você não pára de soluçar!

---

* Bebida alimentar de leite de égua fermentado. [N. do T.]

** Leia-se ileso. [N. do T.]

Enquanto Fandórin batia o queixo bebendo de um grande cantil achatado um rum jamaicano que marulhava no fundo, Ippolit lhe atirou nos ombros sua elegante capa preta forrada de cetim vermelho, e depois empurrou com os pés o cadáver de Pijov, que rolou orla abaixo para a beira do cais e caiu na água. Um chapinhado surdo, e do indigno secretário de Província só restou uma poça escura na laje de pedra.

— Oh, Deus, dai paz à alma desse servo, que não sei como se chamava — pronunciou Zurov com devoção.

— Pi-Pijov — tornou a soluçar Erast Pietróvitch que, graças ao rum, não batia mais o queixo. — Porfiri Marínovitch Pijov.

— Não tem importância, não me lembro — Ippolit deu de ombros com ar despreocupado. — Ora, o diabo que o carregue. O homenzinho era um canalha, sem nenhuma dúvida. Atirar num homem desarmado... Essa não! Ora, Erasmo, ele quis matar você. A propósito, eu salvei sua vida, entendeu?

— Entendi, entendi. Pode continuar.

— Se é para continuar, então vamos prosseguir. Eu lhe dei o endereço de Amália, e no dia seguinte bateu-me uma melancolia profunda e tamanha, que Deus me livre. Eu bebia, procurava as mulheres, perdi 50 mil rublos no carteado... e nada de passar. Não conseguia dormir nem comer. É verdade que conseguia beber. Via você e Amália em afagos e rindo-se de mim. Ou pior: nem se lembrando de mim. Passei dez dias sofrendo, sentindo que podia perder o juízo. Jean, meu criado, você se lembra dele?, está hospitalizado. Meteu-se com sermões comigo e, então, eu lhe desloquei o nariz e quebrei duas costelas. É uma vergonha, meu caro Fandórin. Como eu estava agitado. No 11º dia, caí fora. Resolvi: basta; mato os dois e depois dou cabo de mim mesmo. Seja como for, pior do que está agora não pode ficar. Nem que Deus me mate eu saberei dizer como atravessei a Europa. Bebi como um camelo do deserto de Kara-Kum. Quando passava pela Alemanha, botei dois prussianos para fora do vagão. Aliás, não me lembro. Vai ver que foi impressão. Só recuperei os sentidos em Londres. A primeira providência que tomei foi procurar o hotel. Nem ela, nem você. O hotel é uma espelunca; Amália nunca se hospedou num desses desde que se entende por gente. O porteiro, uma besta, não sabe uma palavra de francês; em inglês, sei apenas *bottle whisky* e *move your ass* — um suboficial da Marinha me ensinou. Ou seja, me dá uma garrafa de bebida forte, e rápido. Perguntei ao porteiro, o velhote inglês, por Ms. Olsen, mas ele gaguejou alguma coisa em sua língua, balançando a cabeça e ainda apontando o dedo para trás. Viajou, parece ter dito, mas para onde não se sabe. Então comecei com um rodeio a seu respeito: "Fandórin, digo, Fandórin, *move your ass.*" Aí ele (não fique ofendido) esbugalhou os olhos. Pelo visto, seu sobrenome soa indecente em inglês. Em suma, eu e aquela besta não chegamos a nos entender. Não havia o que fazer; hospedei-me naquele ninho de percevejos, estou lá. A regra é a seguinte: de manhã, dirijo-me ao porteiro e pergunto: "Fandórin?" Ele faz uma reverência e responde: *Morning, Sir.* Ainda não chegou, acho que disse. Atravesso a rua até um boteco onde tenho um ponto de observação. Lugar chatíssimo, com umas caras melancólicas ao redor... pelo menos uma *bottle whisky* e um *move your ass* seriam um bom consolo. O dono do boteco não tirava os olhos de mim, depois se acostumou e agora me recebe como íntimo. Por minha causa, seu negócio está melhor: junta gente para ver como eu sorvo copos de bebida forte. Mas temem se aproximar, ficam olhando de longe. Aprendi novas palavras: "gim", bebida feita de zimbro; "ram", esse é rum; "brandy", um conhaquezinho porcaria. Em suma, eu montaria guarda naquele ponto de observação até ter *delirium tremens*, mas graças a Alá você apareceu no quarto dia. Chegou elegante como um príncipe, numa carruagem envernizada, de bigode. Aliás, fez mal em tirá-lo; com ele você fica até mais charmoso. Vejam só, penso eu, o frangote deixou crescer a barba. Agora, em vez de Ms. Olsen, vão lhe botar na pista errada. Mas com você o velhaco do hotel tratou diferente do modo que fez comigo, e eu decidi que iria me esconder e esperar até que você me pusesse em sua pista, e aí as cartas fariam o resto. Eu, completamente desatinado, o segui furtivamente pelas ruas como um espião da polícia secreta. Que vergonha! Vi como você combinava as coisas com o cocheiro e tomei providências: peguei um cavalo na cocheira, envolvi as patas dele com toalhas do hotel para que não batessem. É assim que fazem os chechênios quando se preparam para incursões. Bem, não com toalhas de hotel, mas com algum trapo, entendeu, não é?

Erast Pietróvitch lembrou-se da noite da antevéspera. Temera tanto perder Morbid de vista que nem pensou em olhar para trás; logo, houve dupla espreita.

— Quando você subiu à janela do quarto dela, dentro de mim um autêntico vulcão começou a se agitar — continuou Ippolit em seu relato. — Mordi a mão tão profundamente que saiu sangue. Veja isso. — Ele meteu debaixo do nariz de Fandórin a mão bem-feita e vigorosa; de fato, entre o dedo médio e o indicador, via-se uma meia-lua perfeitamente igual provocada por uma dentada. — Bem, chega, disse para mim mesmo, agora, de uma só vez vão voar daqui três almas: uma para o céu (essa era a sua) e duas diretamente para o inferno...Você demorou algum tempo à beira da janela, depois mostrou atrevimento e entrou. Eu tinha uma última esperança: de que ela talvez o escorraçasse. Ela não gosta de incursões desse tipo, prefere comandar pessoalmente.

Espero, tremendo de medo. De repente, a luz se apaga, um tiro e o grito dela! Ah, penso, o cabeça quente do Erasmo a matou. Ele arranjou encrenca, quebrou a cara com suas brincadeiras! E assim, amigo Fandórin, súbito eu me senti triste, como se estivesse totalmente só em todo o mundo e não tivesse mais razão para viver... Sabia que ela terminaria mal, eu mesmo quis matá-la, mas nada adiantaria... Você mesmo me viu quando passou ao meu lado correndo, não foi? Eu estava imóvel, como se estivesse paralisado, nem gritei por você. Como se estivesse postado no meio da neblina... Depois vem a maravilha, e quanto mais o tempo passava mais maravilhoso ficava. O primeiro dado esclarecido é que Amália está viva. Vê-se que você errou o tiro no escuro. Ela berra tanto e xinga os criados que as paredes tremem. Ordena alguma coisa em inglês, os criados correm, agitam-se, farejam pelo jardim. Eu estou no meio dos arbustos, escondido. A mais completa desordem na cabeça. Sinto-me como uma barata tonta. Estou à deriva. Ah, não vão investir contra a pessoa errada, penso eu. Nunca na vida Zurov bancou o idiota. No jardim, há uma guarita fechada com tábuas, do tamanho de duas casinhas de cachorro. Arranco uma tábua, sento-me às escondidas, já estou acostumado. Observo, com o olhar atento, de orelha em pé. Um sátiro espreitando Psiqué. Enquanto isso, eles numa balbúrdia só! Parecia o Estado-maior de um regimento do Exército aprumado para a revista de Sua Majestade imperial. Os criados circulam ora para dentro, ora para fora da casa. Amália grita, os carteiros trazem telegramas. Eu não consigo atinar... o que será que meu Erasmo fez? Parece um jovem bem-educado. O que fez com ela? Achou o ombro dela da alvura de um lírio, não é? Mas, não, ela nada tem da pureza de um lírio, nem no ombro nem em qualquer outra parte. Vamos, chega de rodeios.

Erast Pietróvitch limitou-se a agitar as mãos com impaciência, como quem diz: pode continuar, não estou interessado em ouvir bobagens.

— Em suma, você mexeu em um formigueiro. Esse seu defunto (Zurov fez um sinal na direção do rio, onde Porfiri Martínovitch encontrara seu último abrigo) foi duas vezes ao hotel. A segunda, já em pleno anoitecer...

— E você passou a noite toda e o dia todo lá? — indagou Fandórin surpreso. — Sem comer, sem beber?

— Bem, sem comer eu agüento muito tempo, desde que haja o que beber. E havia o que beber. — Zurov bateu no cantil. — É claro, tive de racionar. Dois goles por hora. É difícil, mas eu suportei o cerco de Makhram,* que foi pior, depois eu conto. Para me exercitar, duas vezes tive de sair com dificuldade para olhar o cavalo. Eu o havia atado à cerca de um parque vizinho. Arrancava capim para ele, falava-lhe para não se entediar, e voltava à guarita. No nosso país, teriam raptado em dois tempos uma égua abandonada, mas a gente daqui é mofina, não tem iniciativa. Não passou pela cabeça de ninguém. À noite, minha égua até que me foi muito útil. Quando o falecido (Zurov tornou a fazer um sinal na direção do rio) chegou pela segunda vez, seus inimigos puseram-se a caminho. Imagine o quadro. À frente, como um verdadeiro Bonaparte, Amália na carruagem e dois vigorosos rapagões na boléia. Atrás, o falecido numa *drojki*. Depois, dois criados na carruagem. E a distância, nas trevas da noite, eu na minha égua, como Denis Davídov,** só que com quatro toalhas pra lá e pra cá no escuro. — Ippolit deu uma risada, olhou por alto para a faixa vermelha que a alvorada estendia ao longo do rio. — O bando chegou a um

* Cidade na Ásia Central, fortaleza tomada pelos russos em 1874. [N. do T.]

** Hussardo, herói da guerra de 1812, poeta. [N. do T.]

conglomerado de lúgubres edificações, um verdadeiro esconderijo: uns casebres horríveis, depósitos, sujeira. O falecido subiu à carruagem de Amália, pelo visto para fazer uma consulta. Eu atei a égua à entrada e fiquei observando o que iria acontecer. O falecido entrou na casa com uma tabuleta qualquer, ficou em torno de meia hora por lá. Nisso, o tempo começou a ficar ruim. Começaram as trovoadas e desabou a chuva. Eu esperava, mesmo encharcado, achando tudo interessante. O falecido tornou a aparecer e subiu para a carruagem de Amália. Pelo visto, outra consulta entre os dois. Eu estava molhado até os ossos, e o cantil se esvaziava. Eu já estava querendo incitar o populacho a, em nome de Cristo, dissolver toda aquela malta insana e exigir uma definição de Amália, mas de repente a porta da carruagem escancarou-se e eu vi uma coisa que, valha-me Deus...

— Um fantasma? — perguntou Fandórin. — Fosforescente?

— Isso mesmo. Brr, um frio sobre a pele. Não atinei logo que era Amália. A coisa tornou a ficar interessante. Ela se comportou de maneira estranha. Primeiro entrou pela mesma porta, depois sumiu pela entrada vizinha, tornou a voltar e a mergulhar pela mesma porta. O criado atrás dela. Um pouco depois, trouxeram um saco andando. Só mais tarde entendi que eles haviam agarrado você, na hora isso nem me passou pela cabeça. Em seguida, o exército deles se dividiu: Amália foi na carruagem acompanhada do falecido, a *drojki* os seguiu, e os criados com o saco, isto é, com você meteram-se numa carruagem, indo para outra direção. Deixa pra lá, pensei, o saco não é comigo. Preciso salvar Amália, ela se meteu numa trama fatal. Sigo a carruagem e a *drojki*, as patas da égua fazendo top-top, top-top. Não foram muito longe; pararam. Eu apeei e fiquei segurando a égua pelo focinho para que não relinchasse. O falecido desceu da carruagem e falou (a noite estava calma, dava para ouvir de longe):

"Ah, não, queridinha, é melhor eu verificar. Meu coração não está tranqüilo. O nosso adolescente é muito esperto. Bem, se precisar, sabe onde me encontrar." A princípio, me exasperei: desde quando ela é "queridinha" desse piolho asqueroso? Depois me veio à cabeça: será que não estão falando de Erasmo? — Ippolit balançou a cabeça, visivelmente orgulhoso de sua perspicácia. — Bem, é simples o que veio depois. O cocheiro passou da *drojki* para a boléia da carruagem. Eu segui o falecido. Postei-me ali naquela esquina, procurando entender de que jeito você ia lhe pregar uma peça. Vocês dois falavam baixo, não se ouvia coisa nenhuma. Eu não pensava em atirar, e além do mais estava meio escuro para um bom tiro, mas ele ia matar você, com certeza; eu via pelas costas dele. Meu amigo, nesses casos meu olho é preciso. Que tiro! Agora me diga: é à toa que Zurov acerta uma moeda? A 40 metros e no alto da cabeça, e você ainda deve levar em conta a iluminação.

— Suponhamos que não tenha sido a 40 — disse distraído Erast Pietróvitch, pensando em outra coisa.

— Como não foi a 40?! — exaltou-se Ippolit. — Vamos, conte você mesmo! — E ia até começando a contar os passos (convenhamos que eram meio curtos), mas Fandórin o interrompeu.

— Para onde está indo?

Zurov ficou surpreso:

— Ora, para onde? Vou dar a você aspecto de gente, e você vai me explicar direitinho que diabo está acontecendo aqui, a gente faz a nossa refeição matinal e depois eu vou à casa de Amália. Meto um tiro nela, naquela serpente, e a mando para a mãe do diabo. Ou a levo. Só me diga uma coisa: nós dois somos aliados ou rivais nisso?

— Então é assim — Erast Pietróvitch franziu o cenho, esfregando os olhos com ar cansado. — Em primeiro lugar, não precisa me ajudar. Em segundo, não vou explicar nada a você. Em terceiro, matar Amália a tiros é uma boa coisa, mas vê lá se você mesmo não será morto. Em quarto, não sou nenhum rival; ela me dá nojo.

— Então, o melhor mesmo talvez seja matá-la — disse Zurov com ar pensativo. — Adeus, Erasmo. Se Deus quiser, a gente se vê.

***

Depois das comoções da noite, o dia de Erast Pietróvitch, após tantas tribulações, foi algo excessivo, como que constituído de fragmentos esparsos, mal articulados entre si. Era como se Fandórin refletisse, tomasse decisões ponderadas e até agisse, mas tudo isso acontecia como que automaticamente, fora de um cenário comum. O último dia de junho ficou na lembrança do nosso herói como uma sucessão de quadros vivos, entre os quais se estendia o vazio.

Eis a manhã nas margens do Tâmisa, na região das docas. Tempo sereno, ensolarado, o ar fresco depois da tempestade. Erast Pietróvitch, de ceroulas, acha-se sentado no telhado de zinco de um armazém baixo. Ao lado, vêem-se estendidas a roupa molhada e as botas. O cano de uma delas está rasgado, o passaporte e as notas secam ao sol. Os pensamentos do homem emerso do fundo do rio estão confusos, perdem o fio, mas retornam invariavelmente ao curso principal.

Em primeiro lugar, eles pensam que estou morto, mas estou vivo. Em segundo, pensam que ninguém mais sabe a respeito deles, mas eu sei. Em terceiro, a pasta está perdida. Em quarto, ninguém vai acreditar em mim. Em quinto, vão me internar num manicômio...

Não, vamos pelo começo. Primeiro eles não sabem que eu estou vivo. Segundo, não estão mais à minha procura.

Terceiro, enquanto eles se envolvem com o sumiço de Pijov, o tempo vai passando. Quarto, agora dá para eu ir até a embaixada e enviar um telegrama cifrado ao chefe.

Não. À embaixada eu não posso. E se Pijov não for o único judas de lá? Amália ficará sabendo e tudo recomeçará. Não posso pôr ninguém a par dessa história. Só o chefe. E aqui não cabe telegrama. Ele vai achar que a Europa transtornou a mente de Fandórin. Enviar uma carta a Moscou? Isso é possível, mas acontece que vai chegar atrasada.

Como proceder? Como proceder? Como proceder?

Pelo calendário daqui, hoje é o último dia de junho. Hoje, Amália fará o balanço de sua contabilidade de junho e o pacote seguirá para Petersburgo em nome de Nicholas Croog. O primeiro a morrer será o conselheiro efetivo de Estado, homem de mérito, pai de filhos. Ele está em Petersburgo, eles chegarão a ele em dois tempos. É uma grande tolice da parte deles escrever de Petersburgo a Londres, para receber resposta novamente em Petersburgo. São os custos da conspiração. Evidentemente, as filiais da organização secreta não sabem onde fica o quartel-general. Ou o quartel-general se desloca de país a país? Neste momento, ele está em Petersburgo, mas daqui a um mês poderá estar em outro lugar. Ou não é um quartel-general, mas apenas um homem? Quem, Croog? Isso seria simples demais; no entanto, é preciso deter Croog com o pacote.

De que jeito reter o pacote?

Não há jeito. Isso é impossível.

Alto lá. Ele não pode ser retido, mas podemos antecipar-nos a ele. Quanto tempo leva o correio para chegar a Petersburgo?

A ação seguinte se desenvolve algumas horas depois no gabinete do diretor do Distrito Postal Central do Leste da cidade de Londres. O diretor está lisonjeado — Fandórin apresentou-se como um príncipe russo — e o chama de *Your Highness*,* pronunciando o título com indisfarçável prazer. Erast Pietróvitch usa um fraque elegante e bengala, sem o que um príncipe de verdade é inconcebível.

— Lamento muito, *prince*, mas terá de perder a sua aposta — explica o diretor dos correios ao inepto russo já pela terceira vez. — Seu país é membro da União Postal Universal, que reúne 22 Estados com mais de 350 milhões de habitantes. Nesse espaço, vigoram regulamentos e tarifas únicas. Se a carta foi expedida de Londres hoje, 30 de junho, por via postal expressa, não há como se antecipar a ela; exatamente dentro de seis dias, na manhã do dia 6 de julho, ela estará no correio central de São Petersburgo. Bem, não será no dia 6, mas no que corresponder ao seu calendário.

— Por que ela chegará nessa data e eu não? — Não conseguia atinar o "príncipe". — Ora, ela não chegará lá voando!

O diretor explica com ar imponente:

— Veja, Alteza, os pacotes com o carimbo "expresso" são entregues sem um único minuto de atraso. Imaginemos que Vossa Alteza está tomando na estação Waterloo o mesmo trem pelo qual foi enviada a carta expressa. Em Dover, Vossa Alteza toma a mesma barca. Em Paris, chega à Gare du Nord também simultaneamente.

— Sim, mas o que isso significa?

— Significa que — triunfa o diretor — não existe nada mais rápido do que o correio expresso! Vossa Alteza chegou a Paris e precisa fazer conexão para o trem que vai para Berlim. Precisa comprar a passagem, pois não o fez antecipadamente. Precisa encontrar um cocheiro e ir para a outra estação atravessando todo o Centro da cidade. Precisa esperar o trem

---

* Sua Alteza, príncipe (em inglês).

de Berlim, que parte uma vez por dia. Agora, voltemos à vossa carta expressa. Da Gare du Nord, ela vai em um vagão postal especial; pela estrada de ferro circular é levada ao primeiro trem que segue no sentido leste. Este pode nem ser um trem de passageiros, mas um trem de carga com um vagão postal.

— Mas eu também posso fazer a mesma coisa! — exclamou excitado Erast Pietróvitch.

— É possível que na Rússia semelhante coisa seja admissível, mas não na Europa. Hum, admitamos que um francês ainda se deixe subornar, mas, ao desembarcar na Alemanha, o senhor nada conseguirá; os funcionários postais e ferroviários na Alemanha são famosos por sua incorruptibilidade.

— Será que está tudo perdido? — exclama ao final em russo o desesperado Fandórin.

— O quê? Desculpe.

— Então o senhor acha que eu perdi a aposta? — pergunta desanimado o "príncipe", voltando a falar em inglês.

— A que horas a carta foi expedida? Aliás, isso não importa. Mesmo que Vossa Alteza se precipite daqui direto para a estação ferroviária, já será tarde.

As palavras do inglês produzem um efeito mágico sobre o aristocrata russo.

— A que horas? Ah, sim, é claro! Hoje ainda é junho. Morbid só recolhe as cartas às 10h da noite! Enquanto ela copia... E quanto à codificação? Porque não vai enviá-las assim, em texto aberto! Vai codificá-las, com certeza! Isso significa que o pacote só parte amanhã! E não vai chegar no dia 6, mas um dia depois! Pelo nosso calendário, no dia 25 de junho. Estou com um dia de vantagem!

— Não estou entendendo nada, *prince* — o diretor fica sem saber o que fazer, mas Fandórin já não está no gabinete; a porta acabou de bater atrás dele.

E o diretor corre atrás dele:

— *Your Highness*, vossa bengala!... Oh, esses *boyars** russos!

Enfim, chegou a noite desse dia pesado, como que envolto em neblina, mas muito importante. As águas do Canal da Mancha. O último crepúsculo de junho comete excessos sobre o mar. A barca *Conde Gloster* mantém o curso para Dunquerque. À proa está Fandórin, como um verdadeiro britânico — de quepe, terno xadrez e capa escocesa. Só olha em frente, para a margem francesa, que se aproxima com uma lentidão angustiante. Erast Pietróvitch não olhou uma única vez para os rochedos calcários de Dover.

Seus lábios murmuram:

— Tomara que ela tenha esperado para fazer a remessa amanhã. Tomara que tenha esperado...

---

* Boiardos. [N. do T.]

Capítulo décimo terceiro

No qual são descritos os acontecimentos ocorridos no dia 25 de junho

Um vivo sol de verão desenhou com quadrados dourados o chão na sala de operações do Correio Central de Petersburgo. Ao cair da tarde, o sol, que se transformara em um longo retângulo, chegou ao guichê da Posta-restante e num instante aqueceu o balcão. O ambiente foi logo envolvido pela modorra, que, junto com o zunido de uma mosca, apoderou-se do servidor que atendia no guichê, já que o fluxo de clientes se esgotava pouco a pouco. Mais meia hora e a porta do correio se fecharia, e então era só entregar o livro de registro e ir embora. O servidor (aliás, vamos chamá-lo pelo nome de Kondrati Kondrátievitch Chtúkin, com 17 anos de serviço na repartição postal, uma trajetória gloriosa de simples carteiro ao mais alto cargo) entregou uma encomenda chegada de Revel a uma *tchukhonka** idosa, cujo sobrenome — Pirvu — era simplesmente cômico, e olhou para ver se o inglês ainda estava esperando.

O inglês estava lá, não havia se metido em lugar nenhum. Vejam só que povo persistente. O inglês aparecera

* Nome depreciativo de finlandês. [N. do T.]

de manhã, mal o correio abrira as portas, e do jeito que se sentara com o jornal junto da parede permanecera o dia todo, sem beber, sem comer, nem, perdão, se afastou uma única vez para fazer as necessidades. Uma verdadeira estátua. Pelo visto, alguém marcara um encontro com ele, mas não comparecera — entre nós isso acontece a torto e a direito, mas nem passava pela cabeça do inglês, povo disciplinado, pontual. Quando alguém, sobretudo de aparência estrangeira, se aproximava do guichê, o inglês se aproximava todo sorrateiro e chegava até a deslocar os óculos azuis para a ponta do nariz. Mas nunca era a pessoa que ele esperava. Um russo há muito teria se revoltado, desistido, teria se queixado a todos ao redor, mas aquele homem mergulhara no seu *Times* e ficara ali sentado.

Ou vai ver que o homem não tinha aonde se meter. Viera direto da estação ferroviária — veja, até o terno dele é de viagem, xadrez, e a maleta também — e esperava que o recebessem, mas nada. O que lhe restava fazer? Ao voltar do almoço, Kondrati Kondrátievitch sentiu pena do filho de Albion,* mandou o porteiro Trifon perguntar-lhe se não precisava de alguma coisa, mas o enxadrezado apenas balançou irritado a cabeça e deu uma moeda de dois copeques a Trifon, como quem diz: vê se não me amola. Bem, como quisesse.

No guichê, apareceu um mujique pequeno, pelo visto cocheiro, e enfiou o passaporte amassado:

— Dê uma olhadinha, por gentileza, veja se não tem alguma coisa para Nikola Mitrofánitch.

— De onde vem? — perguntou severamente Kondrati Kondrátievitch, pegando o passaporte.

---

* Assim eram chamados os ingleses na Rússia no século XIX. [N. do T.]

A resposta foi inesperada:

— Da Inglaterra, da cidade de Londres.

O mais surpreendente foi que a carta de Londres apareceu, só que não vinha para alguém com a letra "K" e sim com um "C" latino. Sim, senhor, "Mr. Nicholas M. Croog" apareceu! O que a gente não observa nesta posta-restante.

— Mas é você mesmo? — perguntou Chtúkin não tanto por dúvida quanto por curiosidade.

— Não duvide, sou eu — o cocheiro respondeu de modo bastante grosseiro, meteu o braço pelo guichê e alcançou o pacote amarelo com o carimbo de expresso.

Kondrati Kondrátievitch lhe apresentou o livro de registro.

— Sabe assinar?

— Não *peior* que os outros. — E o bruto pôs um garrancho qualquer na coluna "recebido".

Depois de acompanhar o desagradável visitante com um olhar zangado, Chtúkin, já por hábito, olhou de esguelha para o inglês, mas este havia desaparecido. Devia ter perdido a esperança de que viessem.

Erast Pietróvitch esperou o cocheiro na rua com ansiedade. Eis aí Nicholas Croog! Quanto mais se vai em frente, mais incompreensível vai ficando a coisa. Mas o principal é que os seis dias de marcha e a correria pela Europa não foram em vão. Antecipou-se, alcançou, interceptou! Agora a situação se define. Só não se pode é deixar esse Croog escapar.

O cocheiro contratado para o dia todo cochilava ao lado de um frade-de-pedra. A ociosidade forçada o deixara em total sonolência e ele sofria o diabo; enfim, cobrara do esquisito senhor apenas cinco rublos — se adivinhasse que passaria um suplício de mártir como esse, podia ter cobrado até seis. Ao ver finalmente aparecer o passageiro, o cocheiro tomou ares de valente e pegou as rédeas, mas Erast Pietróvitch nem olhou na direção dele.

Aparecera o seu alvo. Desceu os degraus, meteu na cabeça um boné azul e tomou a direção de uma carruagem parada ali perto. Fandórin o seguiu sem pressa. Junto à carruagem, o indivíduo parou, tornou a tirar o boné e, fazendo uma reverência, estendeu o pacote amarelo. Da janela, estirou-se a mão de um homem em luva branca, que recebeu o pacote.

Fandórin apertou o passo a fim de ver o rosto do desconhecido. E conseguiu.

Na carruagem, um senhor ruivo de penetrantes olhos verdes e uma mina de sardas no rosto pálido examinava os lacres na claridade. Erast Pietróvitch o reconheceu imediatamente — e pudera, pois outro não era senão Mister Gerald Canningham em pessoa, o brilhante pedagogo, amigo dos órfãos e braço direito de Lady Esther.

Estava claro que o cocheiro se consumira em vão, era fácil descobrir o endereço de Mister Canningham. Por ora, havia um assunto mais urgente a tratar.

Uma surpresa aguardava Kondrati Kondrátievitch: o inglês voltou. Agora, ele estava com uma pressa terrível. Correu para a recepção de telegramas, enfiou a cabeça no guichê e passou a ditar alguma coisa muito urgente a Mikhail Nicoláitchik que também ficou bastante agitado, apressado, o que não era muito do seu feitio.

Chtúkin ficou curioso. Levantou-se (já que não havia clientes) e, como se desse uma caminhada, foi para o canto oposto da sala, para o aparelho de telégrafo. Parou ao lado de Mikhail Nicoláitchik, que se concentrara no manipulador, curvou-se levemente e leu o texto garatujado às pressas:

"Ao Departamento Secreto da Polícia de Moscou. Urgente, urgentíssimo. Ao conselheiro de Estado, senhor Brilling. Retornei. Peço entrar em contato comigo sem demora. Aguardo resposta junto ao aparelho. Fandórin."

Eis aí a questão, agora estou entendendo. Chtúkin olhou para o "inglês" de outra maneira. Quer dizer que é da polícia secreta. Pegando bandido. Sim, senhor.

O agente circulou pela sala uns dez minutos, não mais, e Mikhail Nicoláitchik, que ficara aguardando ao aparelho, fez-lhe um sinal com a mão e entregou-lhe a fita com a resposta em telegrama.

Kondrati Kondrátievitch, que estava ali na horinha, leu diretamente da fita:

"AO SR. FANDÓRIN. O SENHOR BRILLING ESTÁ EM S. PETERSBURGO. ENDEREÇO: RUA CATIÉNINSKAIA, EDIFÍCIO SIVERS. FUNCIONÁRIO DE PLANTÃO LOMEIKO."

Por algum motivo, essa informação deixou o homem enxadrezado num contentamento indizível. Ele chegou a bater as mãos e perguntou a Chtúkin, que observava com interesse:

— Onde fica a rua Catiéninskaia? É longe?

— De jeito nenhum — respondeu Kondrátievitch. — Daqui é muito fácil. Pegue uma carruagem e percorra este itinerário, desça na esquina da avenida Nievski com a Litiêini, e depois...

— Está bem, eu estou com um cocheiro — o agente não terminou de ouvir e correu para a saída agitando a maleta.

Erast Petróvitch gostou muito da rua Catiéninskaia. Era como as mais respeitáveis ruas de Berlim ou Viena: asfalto, lâmpadas elétricas modernas, sólidos prédios de vários andares. Numa palavra, a Europa.

O edifício Sivers, com imagens de cavaleiros de pedra no frontão e uma entrada vivamente iluminada apesar da tarde ainda clara, era particularmente vistoso. Ora, onde mais haveria de morar um homem como Ivan Frantziêvitch Brilling? Era inteiramente impossível imaginá-lo habitando algum palacete decadente, com um pátio empoeirado e um pomar de macieiras.

O solícito porteiro tranqüilizou Erast Pietróvitch, disse que o senhor Brilling estava em casa, "fazia cinco minutos que havia chegado". Nesse dia, Fandórin estava se saindo bem em tudo, tudo estava dando certo.

Pulando escada acima de dois em dois degraus, ele atingiu o segundo andar e apertou uma campainha elétrica que, de tão polida, emitia um brilho dourado.

O próprio Ivan Frantziêvitch abriu a porta. Ainda não tivera tempo de trocar de roupa, tinha apenas tirado a sobrecasaca, mas abaixo da gola alta e engomada cintilou o esmalte irisado da cruz de São Vladimir.

— Chefe, sou eu! — anunciou Fandórin contentíssimo de revê-lo.

O efeito superou todas as expectativas.

Ivan Frantziêvitch ficou literalmente boquiaberto e chegou a fazer um gesto com a mão, como se quisesse dizer: "Santo, santo! Isidro, vá de retro, Satanás!"

Erast Pietróvitch riu.

— Então, não me esperava?

— Fandórin! De onde está vindo?! Eu já não o tinha mais por vivo!

— Por quê? — Não foi sem manifesta curiosidade que se interessou o viajante.

— E como não!... O senhor desapareceu sem deixar pista. Foi visto pela última vez em Paris no dia 26. A Londres o senhor não chegou. Inquiri Pijov; ele respondeu que havia desaparecido sem deixar vestígios, que a polícia estava procurando!

— Eu lhe enviei de Londres uma carta minuciosa para o endereço do Departamento Secreto de Moscou. Nela eu falo de Pijov e de todo o resto. Pelo visto, está chegando de hoje para amanhã. Eu não sabia que o senhor estava em Petersburgo.

O chefe franziu o cenho preocupado.

— O senhor está lívido. Anda doente?

— Honestamente, estou com uma fome terrível. Passei o dia inteiro de guarda no Correio Central, não pus nada na boca.

— Montou guarda no Correio Central? Não, não me conte. Vamos fazer assim. Primeiro, eu lhe sirvo chá e bolos. Meu Semeon, aquele infeliz, está há três dias de porre, por isso estou cuidando da casa sozinho. Alimento-me basicamente de bombons e bolos da Filíppov.* O senhor gosta de doces, não gosta?

— Muito — confirmou com entusiasmo Erast Pietróvitch.

— Eu também. Foi a infância de órfão que deixou isso arraigado em mim. Algum problema se comermos na cozinha, à moda de solteiro?

Enquanto os dois caminhavam pelo corredor, Fandórin teve tempo de observar que o apartamento de Brilling, mesmo não sendo muito grande, estava montado de um modo bastante prático e cuidadoso — todo o necessário, mas nada em excesso. O jovem sentiu um particular interesse por uma

* Famosa padaria e confeitaria de Moscou. [N. do T.]

caixa envernizada com dois tubos pretos de metal pendurados na parede.

— Isso é um verdadeiro milagre da ciência moderna — explicou Ivan Frantziêvitch. — Chama-se "aparelho de Bell". Acaba de ser trazido da América, mandado por um agente nosso. Lá existe um inventor genial, o senhor Bell, graças a quem agora se pode manter uma conversa a uma distância considerável, até a algumas verstas. O som é transmitido por fios à semelhança dos telégrafos. Esse aqui é um protótipo experimental, a produção dos aparelhos ainda não começou. Em toda a Europa existem apenas duas linhas: uma se estende do meu apartamento ao secretariado do chefe do Terceiro Departamento; a segunda foi instalada em Berlim, entre o gabinete do *Kaiser* e a chancelaria de Bismarck. Logo, não estamos atrasados em relação ao progresso.

— Ótimo! — exclamou Erast Pietróvitch. — E dá para ouvir bem?

— Não muito, mas dá para entender. Às vezes há muito estalo no fone... Em vez do chá, não gostaria de uma laranjada? Eu não sei lidar muito bem com o samovar.

— E como gostaria — Erast Petróvitch assegurou ao chefe, e Brilling, como um mágico bondoso, pôs diante dele na mesa da cozinha uma garrafa de suco de laranja e um prato com *ecler*,* docinhos de creme, marzipãs e canudinhos de amêndoa polvilhados de açúcar.

— Pode devorar — disse Ivan Frantziêvitch. — Enquanto isso, eu ponho você a par de nossos casos. Depois será a sua vez.

Fandórin assentiu com a cabeça com a boca cheia e o queixo coberto de açúcar.

— Pois bem — começou o chefe. — Até onde eu me lembro, o senhor partiu para Petersburgo em busca do cor-

* Russificação do francês *éclair*: doce de massa recheado de creme. [N. do T.]

reio diplomático, certo? Depois disso, começaram a ocorrer aqui acontecimentos interessantíssimos. Lamentei ter liberado o senhor; contávamos com cada um dos homens. Por intermédio dos agentes, consegui elucidar que, algum tempo atrás, formou-se em Moscou um grupo pequeno, mas extremamente ativo, de revolucionários radicais, verdadeiros loucos. Se os terroristas habituais se propõem a tarefa de exterminar "os que banham as mãos em sangue", isto é, as altas personalidades do Estado, estes decidiram cuidar dos que "se regozijam e tagarelam ociosamente".

— De quem? — indagou Fandórin, que estava envolvido com um *ecler* muito macio.

— Bem, o poema de Niekrássov:* "Dos que se regozijam, tagarelam ociosamente, banham as mãos em sangue, levaram-me para o campo dos que morrem pela grande causa do amor." Pois bem, os nossos "que morrem pela grande causa do amor" dividiram as especialidades. A chefia da organização coube aos "que banham": ministros, governadores, generais. Então, a nossa fração moscovita decidiu cuidar dos "que se regozijam": estes são os "obesos e saciados". Como conseguimos esclarecer por intermédio de um agente que infiltramos no grupo, a fração, que assumiu o nome "Azazel", é de uma valentia indômita. Planejava-se toda uma série de assassinatos entre os jovens ociosos, os "parasitas" e "esbanjadores". À "Azazel" filiara-se também Biejétskaia, ao que tudo indica emissária de uma organização anarquista internacional. O suicídio, mas em realidade assassinato de Piotr Kokórin, organizado por ela, foi a primeira ação da "Azazel". Bem, sobre Biejétskaia eu suponho que o senhor me falará. A vítima seguinte foi Akhtírtziev, que interessava aos cons-

* Niekrássov, Nicolai Alieksiêievitch (1821-1887), poeta, crítico, jornalista e editor. [N. do T.]

piradores ainda mais do que Kokórin, porque era neto do chanceler, príncipe Kortchakov. Veja, meu jovem amigo, a intenção dos terroristas era um desvario, mas ao mesmo tempo foi diabolicamente tramada. Eles calcularam que era bem mais simples chegar aos rebentos das figuras importantes do que às próprias figuras, e o golpe contra a hierarquia do Estado não causou menos impacto. O príncipe Mikhail Alieksándrovitch, por exemplo, anda tão mortificado com o assassinato do neto que se afastou das funções e está pensando seriamente em renunciar. E olhe que se trata de um homem de grandes méritos, que determinou a feição da Rússia contemporânea.

— Que atrocidade! — indignou-se Erast Pietróvitch, e até afastou um marzipã que não terminara de comer.

— Quando, enfim, consegui esclarecer que o objetivo final da atividade da "Azazel" era matar o príncipe herdeiro...

— Não é possível!

— Infelizmente, é. Pois bem: quando isso foi esclarecido, recebi instrução de passar a ações firmes. Tive de obedecer, embora eu preferisse elucidar previamente o quadro de forma completa. Mas, como o senhor mesmo entende, quando está em jogo a vida de Sua Alteza imperial... Realizamos uma operação, mas que não deu lá muito certo. No dia 1º de junho, os terroristas marcaram uma reunião numa dacha em Kuzminki. Lembra-se que eu lhe falei dela? É verdade que na ocasião o senhor estava envolvido com sua idéia. E então? Descobriu alguma coisa?

Erast Pietróvitch tentou falar com a boca cheia, engoliu sem mastigar um pedaço de canudinho de creme, mas Brilling ficou algo constrangido:

— Tudo bem, tudo bem, depois. Coma. Pois bem. Cercamos a dacha por todos os lados. Tive de operar apenas com meus agentes de Petersburgo, sem incorporar a milícia e a polícia de Moscou; era preciso evitar publicidade a qualquer custo. — Ivan Frantziêvitch suspirou com raiva. — Aí a culpa foi minha, exagerei na precaução. Em suma, por falta de homens, não conseguimos realizar uma invasão cuidadosa. Começou o tiroteio. Dois agentes foram feridos, um morto. Nunca vou me perdoar... Não conseguimos prender ninguém vivo; sobraram para nós quatro cadáveres. Pela descrição, um se parece com o seu homem dos olhos esbranquiçados. Bem, olhos assim não restaram nele; com a última bala, o seu conhecido destruiu metade do crânio. No subsolo, foi encontrado um laboratório para produzir máquinas diabólicas, alguns papéis e, como eu já disse, muita coisa dos planos e das ligações de "Azazel" permanece um enigma. Temo que indecifrável... Ainda assim, o soberano, o chanceler e o chefe da gendarmaria elogiaram bastante nossa operação moscovita. Falei com Lavrienti Arkádievitch também a respeito do senhor. É verdade que o senhor não participou do final da operação, mas mesmo assim nos ajudou muito no processo de investigação. Se não tiver objeção, continuaremos a trabalhar juntos. Eu tomo o seu destino em minhas mãos... Matou a fome? Agora é a sua vez de contar. Como estão as coisas em Londres? Conseguiu a pista de Biejétskaia? Que diabo aconteceu com Pijov? Foi morto? E vamos por ordem, por ordem, sem omitir nada.

Quanto mais o relato do chefe se aproximava do fim, tanto mais inveja ardia no olhar de Erast Pietróvitch; e suas próprias aventuras, das quais até recentemente ele se orgulhava tanto, foram desbotando e embaciando em seus olhos. Atentado ao príncipe herdeiro! Tiroteio! Máquina diabólica! O destino havia pregado uma peça maldosa em Erast Pietróvitch, seduzira-o com a glória e o desviara da estrada real para uma mísera estrada vicinal.

Ainda assim ele expôs minuciosamente a Ivan Frantziêvitch a sua epopéia. Apenas sobre as circunstâncias em que ficara sem a pasta azul ele narrou de modo um tanto nebuloso, chegando até a corar levemente, o que, parece, não passou despercebido a Brilling, que ouvia o relato em silêncio e algo sombrio. No desfecho, Erast Pietróvitch recobrou o ânimo, exaltou-se e não se conteve diante de uma frase de efeito:

— E eu vi esse homem! — exclamou, chegando à cena no correio central de Petersburgo. — Eu sei nas mãos de quem está o conteúdo da pasta e todos os elos da organização! "Azazel" está vivo, Ivan Frantziêvitch, e está em nossas mãos!

— Então fale, fale, com os diabos! — gritou o chefe. — Chega de criancice! Quem é esse homem? Onde está?

— Aqui, em Petersburgo — deliciava-se Fandórin com a revanche. — É um tal de Gerald Canningham, principal auxiliar da mesma Lady Esther, para a qual eu chamei reiteradas vezes a sua atenção. — Nesse ponto, Erast Pietróvitch tossiu de leve, com discrição. — A herança de Kokórin também se explica. Agora se compreende por que Biejétskaia desviava seus admiradores precisamente na direção dos externatos. Ora, como se empregou esse ruivo?! Qual é a sua cobertura, hein? Órfãos, filiais espalhadas pelo mundo inteiro, uma patronesse altruísta, perante a qual todas as portas estão abertas. Astuto, não há o que dizer.

— Canningham? — questionou o chefe, visivelmente perturbado. — Gerald Canningham? Mas eu conheço bem esse senhor, freqüentamos o mesmo clube. — Ele ficou sem palavras. — É um sujeito realmente ocupadíssimo; no entanto, não posso imaginar que ele esteja ligado aos niilistas e tenha matado conselheiros efetivos de Estado.

— Claro que não matou, não matou! — exclamou Erast Pietróvitch. — É que, inicialmente, eu pensava que os nomes das vítimas estivessem nas listas. Disse para transmitir ao senhor o curso dos meus pensamentos. Ora, às pressas, a gente não percebe tudo de uma vez. Mais tarde, quando sacudia os ossos nos trens por toda a Europa, eu de repente tive um estalo! Se essa é a relação das futuras vítimas, então por que está datada? E as datas são todas passadas? Não bate! Não, Ivan Frantziêvitch, aqui há outra coisa.

Fandórin chegou até a dar um pulo da cadeira, tão agitado os pensamentos o deixavam.

— Outra coisa? Que outra coisa? — Brilling apertou os olhos claros.

— Acho que é a lista dos membros de uma poderosa organização internacional. E os seus terroristas moscovitas são o seu elo menor, o mais ínfimo. — Diante dessas palavras, o chefe ficou com a fisionomia tão transtornada, que Erast Pietróvitch experimentou uma indigna alegria maldosa; um sentimento do qual se envergonhou no mesmo instante. — A figura central da organização, cujo objetivo principal ainda desconhecemos, é Gerald Canningham. Nós dois o vimos, e trata-se de um senhor muito curioso. "Ms. Olsen", cujo papel vem sendo desempenhado desde junho por Amália Biejétskaia, é o centro de registro da organização, uma espécie de departamento de quadros. Lá chegam do mundo inteiro as notícias sobre a mudança da condição funcional dos membros da comunidade. "Ms. Olsen" envia regularmente, uma vez por mês, novas informações a Canningham, que desde o ano passado fixou residência em Petersburgo. Eu disse-lhe que Biejétskaia tem um cofre secreto no quarto de dormir. É provável que nele esteja guardada a relação completa dos membros da própria organização "Azazel"; parece que o nome é realmente esse. Ou esse é o lema deles, uma espécie de fórmula mágica. Eu ouvi essa palavra duas vezes, e em ambos os casos antes de cometerem um assassinato.

Em suma, tudo isso parece uma sociedade maçônica, só que não dá para entender o que faz aí um anjo caído. A amplitude, talvez, é mais genuína que a dos maçons. O senhor imagine só: 45 cartas em um mês! E que integrantes... um senador, um ministro, um general!

O chefe olhava paciente para Erast Pietróvitch, aguardando a continuidade, uma vez que era óbvio que o jovem não havia terminado o relato — de testa franzida, ele refletia tenso sobre alguma coisa.

— Ivan Frantziêvitch, estou pensando em Cunningham... Veja, ele tem cidadania britânica; a gente não pode, sem mais nem menos, dar uma busca na cada dele, certo?

— Bem, admitamos que sim — o chefe estimulou Fandórin. — Prossiga.

— Até que o senhor receba a sanção, ele vai esconder o pacote, de modo que nada vamos encontrar e nada poderemos provar. Ainda não se sabe quais as suas ligações nas diversas esferas e quem vai interceder por ele. Aqui, pelo jeito, uma cautela especial se impõe. Seria bom, primeiro, deitar a mão na corrente russa e puxá-la elo por elo, não acha?

— E como fazer isso? — perguntou Brilling com o mais vivo interesse. — Com uma vigilância oculta? É razoável.

— Pode ser com vigilância, mas parece que existe um meio mais seguro.

Ivan Frantziêvitch pensou um pouco e ficou sem saber o que dizer, como quem se entrega. Lisonjeado, Fandórin abordou a questão com tato:

— E o conselheiro efetivo de Estado, promovido a esse posto no dia 7 de junho?

— Verificar as ordens imperiais pela emissão. — Brilling deu uma palmada na testa. — Digamos, durante os primeiros dez dias de julho? Bravo, Fandórin, bravo!

— É claro, chefe. Nem precisa ser por todos os dez dias, mas apenas de segunda a sábado, ou seja, do dia 3 ao dia 8. Dificilmente um general recém-promovido iria demorar mais tempo com uma notícia feliz. Em uma semana, aparecem muitos novos conselheiros efetivos de Estado no império?

— Talvez uns dois ou três, se a semana é fértil. Aliás, nunca me interessei por isso.

— Pois bem; vamos pôr todos eles em observação, verificar as folhas de serviço, o círculo de conhecidos e assim por diante. Descobriremos, facilmente, quem é o nosso "azazelista".

— Responda a uma coisa: o senhor me remeteu todas as informações que obteve pelo correio para o endereço do Departamento Secreto de Moscou? — perguntou Brilling fora de propósito, segundo seu eterno hábito.

— Remeti, chefe. De hoje para amanhã, o pacote está chegando ao destino. Por quê? O senhor desconfia de algum funcionário da polícia moscovita? Para efeito de maior importância, eu escrevi no envelope: "A Sua Excelência conselheiro de Estado Brilling, em mãos ou, na sua ausência, a Sua Excelência senhor chefe de polícia". Portanto, ninguém vai se atrever a abri-la. E, lendo-a, o chefe de polícia certamente entrará em contato com o senhor.

— Sensato — aprovou Ivan Frantziêvitch, e ficou muito tempo calado, olhando para a parede. Seu rosto ia ficando cada vez mais sombrio.

Erast Pietróvitch aguardava sentado, prendendo a respiração, sabendo que o chefe pesava cada palavra ouvida e, nesse momento, informaria a decisão — a julgar pela careta, ela estava difícil de sair.

Brilling deu um suspiro ruidoso, riu amargamente de alguma coisa.

— Está bem, Fandórin, eu assumo tudo. Há doenças que só se podem curar por via cirúrgica. É assim que nós dois vamos proceder. O assunto é importante, de Estado, e nesses casos estou no meu direito de não me apegar muito às formalidades. Vamos prender Canningham. Imediatamente, com a mão na massa; isto é, com o pacote. O senhor acha que a mensagem está codificada?

— Sem dúvida. São informações importantes demais. Não obstante, foi remetida pelo correio comum, ainda que por via expressa. Tudo pode acontecer... cair em mãos estranhas, extraviar-se. Não, Ivan Frantziêvitch, essa gente não gosta de se arriscar à toa.

— Ainda mais por isso. Então Canningham decodifica, lê, anota no fichário. Temo que, na carta anexa, Biejétskaia leve ao conhecimento dele as suas aventuras, e Canningham é um homem inteligente; vai perceber em dois tempos que o senhor pode ter enviado um relatório à Rússia. Precisamos prendê-lo agora, sem perda de tempo! E, além disso, seria curioso ler a carta anexa. Pijov não me sai da cabeça. E se ele não for o único que eles subornaram? Com a embaixada inglesa a gente se explica depois. E ainda haverão de agradecer. O senhor afirma que na relação havia súditos da rainha Vitória?

— Sim, perto de uma dúzia — assentiu Fandórin, olhando com emoção para o chefe. — É claro que prender Canningham agora é o melhor, no entanto... E se de repente a gente chega e não encontra nada? Nunca irei me perdoar se por minha causa o senhor... Ou seja, estou pronto a responder em quaisquer circunstâncias...

— Pare de dizer tolices — Brilling girou bruscamente o queixo com irritação. — Será que o senhor acha que, em caso de fiasco, eu vou me esconder atrás de um rapazinho? Eu confio no senhor, Fandórin. E isso basta.

— Obrigado — disse baixinho Erast Pietróvitch.

Ivan Frantziêvitch fez uma reverência sarcástica:

— Não precisa agradecer. E chega de delicadezas. Vamos ao que interessa. Eu sei o endereço de Canningham; ele mora na ilha Aptiékarski, na casa dos fundos do externato de Petersburgo. O senhor tem uma arma?

— Tenho, comprei em Londres um revólver Smith & Wesson. Está na maleta.

— Quero ver.

Fandórin trouxe rapidamente da ante-sala o revólver pesado, do qual gostara imensamente pelo peso e a solidez.

— Porcaria — cortou o chefe, depois de pesar a pistola na palma da mão. — Isso é para os caubóis americanos atirarem em bêbados nos botecos. Para um agente sério não serve. Vou confiscá-lo. Em troca, vai receber algo melhor.

Ele se ausentou por pouco tempo e retornou com um pequeno revólver plano, que cabia quase inteiramente na palma da sua mão.

— Este é um Herstal belga de sete tiros. Novinho em folha, encomenda especial. Usa-se atrás, debaixo da sobrecasaca, num coldre pequeno. É insubstituível no nosso ofício. É leve, não tem muito alcance nem mira concentrada, mas em compensação carrega automaticamente, o que garante uma descarga rápida. Nós não vamos acertar um ouriço no olho, certo? Costuma sair vivo o agente que atira primeiro, e não só uma vez. No lugar do cão aqui há um fecho de segurança; veja aqui este botãozinho. Suficientemente apertado para não disparar por acaso. Dê um piparote nele e pode disparar até os sete tiros seguidos. Entendeu?

— Entendi. — Erast Pietróvitch não conseguia tirar os olhos do brinquedo jeitoso.

— Depois o senhor se delicia; agora não há tempo — Brilling o empurrou para a saída.

— Nós dois vamos prendê-lo? — perguntou Fandórin entusiasmado.

— Não diga bobagens.

Ivan Frantziêvitch parou ao lado do "aparelho de Bell", pegou um tubo em forma de corneta, encostou no ouvido e girou uma manivela qualquer. O aparelho roncou, alguma coisa tiniu dentro dele. Brilling encostou o ouvido em outra corneta pendurada na caixa envernizada, e ouviram-se uns pios na corneta. Fandórin teve a impressão de haver entendido quando uma vozinha fina disse de forma engraçada as palavras "ajudante de plantão" e, depois, "chancelaria".

— Novogoródtziev, é você? — gritou Brilling ao fone. — Sua Excelência está? Não? Não estou ouvindo! Não, não é necessário. Não é necessário, estou dizendo. — Ele juntou mais ar no peito e gritou ainda mais. — Uma patrulha urgente para uma detenção! Enviá-la imediatamente para a ilha Aptiékarski! Ap-tié-kar-ski! Casa dos fundos do externato! Sim! Casa dos fundos do externato! Ex-ter-na-to! Não importa o que isto signifique, eles vão entender! E que venha também um grupo de busca! O quê? Sim, estarei lá. Depressa, major, depressa!

Ele repôs o fone no lugar e enxugou a testa.

— Ufa! Espero que Mister Bell aperfeiçoe o seu invento, senão todos os meus vizinhos ficarão a par das operações secretas do Terceiro Departamento.

Erast Pietróvitch estava sob o impacto da magia que acabava de acontecer perante seus olhos.

— Isso simplesmente parece tirado das *Mil e uma noites*! Uma verdadeira maravilha! E ainda há gente que condena o progresso!

— Sobre o progresso discutiremos a caminho. Infelizmente, eu dispensei a carruagem, e assim vamos ter de procurar outra. Ora, largue essa maleta dos diabos! Vamos!

Entretanto, não conseguiram discutir sobre o progresso — foram à Aptiékarski em completo silêncio. Erast Pietróvitch vibrava de excitação, e várias vezes ele tentou arrastar o chefe para uma conversa, mas em vão: Brilling estava de péssimo humor — pelo visto, acabara mesmo se arriscando fortemente ao empreender uma operação por conta própria.

A pálida noite do norte mal se esboçava sobre a vastidão do Nievá. Fandórin pensou que a clara noite de verão vinha a propósito — de qualquer modo, agora não conseguiria dormir. Mas acontece que na noite anterior, passada no trem, ele também não pregara olho, tomado de nervosismo e com receio de deixar escapar o pacote... O cocheiro apressava a égua, ganhando honestamente o rublo prometido, e chegou rapidamente ao local.

O externato de Petersburgo, um belo edifício amarelo que antes pertencera a uma firma de engenharia, perdia no tamanho para o externato de Moscou, mas em compensação era uma pequena maravilha. Um lugarzinho paradisíaco, cercado de jardins e ricas dachas.

— Mas o que vai ser das crianças? — suspirou Fandórin.

— A elas não vai acontecer nada — respondeu Ivan Frantziêvitch com ar hostil. — Milady nomeará outro diretor e assunto encerrado.

A casa dos fundos do internato era um pequeno palacete dos tempos de Catarina II, e dava para uma rua arborizada e aconchegante. Erast Pietróvitch viu um olmo carbonizado pelo golpe de um raio que arrastava seus ramos mortos na direção das janelas iluminadas do segundo andar. A casa estava em silêncio.

— Ótimo, os gendarmes ainda não chegaram — disse o chefe. — Não vamos esperá-los; para nós, o mais importante é não assustar Cunningham. Eu falo, o senhor fica calado. E fique preparado para quaisquer surpresas.

Erast Pietróvitch enfiou as mãos debaixo da aba do paletó e sentiu o frio tranqüilizante do Herstal. Estava com um aperto no coração — mas não era de medo, pois ao lado de Ivan Frantziêvitch não havia o que temer, mas de impaciência. "Num instante, tudo estará resolvido."

Brilling sacudiu energicamente a sineta de cobre, e ouviu-se um ruído intermitente. Na janela aberta do sobrado apareceu a cabeça ruiva.

— Abra, Cunningham — disse o chefe em voz alta. — Tenho um assunto urgente a tratar com o senhor.

— Brilling, é o senhor? — surpreendeu-se o inglês. — O que está acontecendo?

— Uma ocorrência extraordinária no clube. Preciso lhe dar um aviso.

— Ah! — murmurou Fandórin. — Livrou-se de propósito do criado. Com certeza, está metido com os papéis.

Brilling tamborilava nervosamente os dedos ossudos na porta. Cunningham não parecia apressar-se.

— Será que ele não vai cair fora? — agitava-se Erast Pietróvitch. — Pela porta de serviço, hein? Não seria o caso de eu contornar a casa e me postar do outro lado?

Mas, nesse instante, ouviram-se passos vindos de dentro e a porta se abriu.

No limiar, estava Cunningham de chambre longo. Seus ferinos olhos verdes detiveram-se, por um instante, em Fandórin, e suas pálpebras tremeram levemente. Ele o reconheceu!

— *What's happening?** — perguntou cautelosamente o inglês.

— Vamos ao gabinete — respondeu Brilling em russo. — É muito importante.

---

* O que está acontecendo? (em inglês).

Cunningham vacilou um segundo; depois, com um gesto, convidou-os a segui-lo.

Após subirem por uma escada de carvalho, o anfitrião e os intrusos visitantes acharam-se em um quarto suntuosamente mobiliado, onde nada era supérfluo. As paredes estavam cheias de prateleiras de livros e pastas; à janela, ao lado de uma imensa escrivaninha de bétula da Carélia, via-se um pequeno armário de gavetinhas, em cada uma das quais se destacava uma etiqueta dourada.

No entanto, o que interessou a Erast Pietróvitch não foram, de maneira nenhuma, as gavetinhas (Cunningham não ia guardar documentos secretos em um lugar exposto), mas os papéis que estavam na mesa e haviam sido cobertos às pressas por um número recente do jornal *Birjevie Viédomosti.**

Pelo visto, Ivan Frantziêvitch pensava igual — atravessou o gabinete e colocou-se ao lado da escrivaninha, de costas para uma janela aberta de peitoril baixo.

Compreendendo corretamente a manobra do chefe, Fandórin ficou ao lado da porta. Agora, Cunningham não tinha onde se meter.

Parece que o inglês desconfiou de algo.

— O senhor está se comportando de maneira estranha, Brilling — disse ele em um russo correto. — E por que esse homem está aqui? Eu o vi antes, ele é policial.

Ivan Frantziêvitch olhou de esguelha para Cunningham, mantendo as mãos nos bolsos da larga sobrecasaca.

— Sim, ele é policial. E de um minuto para o outro estarão aqui muitos policiais; por isso eu não tenho tempo para explicações.

A mão direita do chefe emergiu do bolso; Fandórin viu seu Smith & Wesson, mas não teve tempo de admirar-se, porque também pegou o revólver — eis a coisa começando!

---

* *Boletim da Bolsa de Valores.* [N. do T.]

— *Don't!** — levantou a mão o inglês e, no mesmo instante, ouviu-se o estampido.

Canningham caiu de costas. O estupefato Erast Pietróvitch viu os olhos verdes esbugalhados e ainda vivos, e um esmerado buraco escuro no meio da testa.

— Senhor chefe, por quê?!

Virou-se para a janela. Um cano preto estava apontado para ele.

— Foi o senhor quem o arruinou — afirmou Brilling em um tom artificial. — O senhor é um policial secreto bom demais. Por isso, meu jovem amigo, terei de matá-lo, o que lamento sinceramente.

* Não precisa! (em inglês).

Capítulo décimo quarto
Em que a narração toma um rumo inteiramente distinto

Sem nada entender, o pobre Erast Pietróvitch deu alguns passos adiante.

— Parado! — gritou ensandecido o chefe. — E não agite a pistola, ela está descarregada. Devia ao menos ter olhado o tambor! Não se pode ser tão crédulo, diabos que o carreguem! Só se pode acreditar em si mesmo!

Brilling tirou do bolso esquerdo um Herstal igualzinho ao outro e atirou o Smith & Wesson ainda fumegante no chão, bem aos pés de Fandórin.

— E este aqui é o meu revólver inteiramente carregado, conforme pode verificar — disse febrilmente Ivan Frantziêvitch, a cada palavra irritando-se cada vez mais. — Vou colocá-lo na mão do infeliz do Canningham, para parecer que vocês dois mataram um ao outro numa troca de tiros. O senhor terá a garantia de um funeral com honrarias e discursos comovidos. Eu sei que isso é importante para o senhor. E não me olhe desse jeito, fedelho maldito.

Fandórin compreendeu aterrorizado que o chefe estava totalmente fora de si e, numa tentativa desesperada de lhe despertar a razão subitamente turvada, gritou:

— Chefe, sou eu, Fandórin! Ivan Frantziêvitch! Senhor conselheiro de Estado!

— Conselheiro *efetivo* de Estado — sorriu torto Brilling. — O senhor está atrasado em relação à vida, Fandórin. Fui promovido por decreto imperial de 7 de junho. Pelo êxito da operação de neutralização da organização terrorista "Azazel". Portanto, pode me chamar de "Vossa Excelência".

A silhueta escura de Brilling sobre o fundo da janela parecia recortada a tesoura e colada em um papel cinza. Os ramos mortos do olmo projetados sobre as costas dele se estendiam para todas as direções como uma teia de aranha funesta. Veio de relance à cabeça de Fandórin: "A aranha, a aranha venenosa, teceu a teia e eu caí."

O rosto de Brilling estava morbidamente desfigurado, e Erast Pietróvitch compreendeu que o chefe já havia perdido totalmente a razão e ia atirar naquele instante. Sem que se saiba de onde, surgiu-lhe um pensamento impetuoso, que logo se pulverizou num rosário de pensamentos bem ínfimos: desativa-se o fecho de segurança do Herstal, sem isso ele não dispara, o fecho é duro, leva meio segundo ou um quarto de segundo, não vai dar tempo, de jeito nenhum vai dar tempo...

Com um grito de possesso e apertando os olhos, Erast Pietróvitch projetou-se num ímpeto, mirando o queixo e a cabeça do chefe. Não mais que cinco passos separavam os dois. Fandórin não ouviu o estalo do fecho de segurança, e o tiro já estrondeara no teto, porque ambos — tanto Brilling quanto Erast Pietróvitch — voaram por cima do baixo peitoril e baquearam pela janela.

O peito de Fandórin bateu com força contra o tronco do olmo seco e ele despencou, quebrando galhos e esfolando o rosto. Com a batida seca contra o chão, ensaiou perder os sentidos, mas o ardente instinto de sobrevivência não permitiu. Erast Pietróvitch levantou-se de quatro, olhando desesperadamente ao redor.

O chefe não estava em lugar nenhum. Mas, em compensação, o pequeno Herstal negro estava junto à parede. De quatro mesmo, Fandórin deu um bote de gato, agarrou a arma e girou a cabeça para todos os lados.

Mas Brilling sumira.

Erast Pietróvitch só atinou em olhar para cima depois de ouvir um ronco forte.

Ivan Frantziêvitch estava suspenso no ar, na mais absurda e irreal posição. Seus sapatos engraxados se contorciam um pouquinho acima da cabeça de Fandórin. Por baixo da cruz de São Vladimir, de onde uma mancha rubra descia pela camisa engomada, brotava a ponta aguda de um galho quebrado, que traspassara o recém-promovido general. O mais terrível era que os olhos claros se fixavam direto em Fandórin.

— Que droga... — pronunciou com nitidez o chefe, franzindo o cenho não se sabe se de dor ou de nojo. — Que droga... — E, com uma voz roufenha e irreconhecível, soltou: — A-za-zel...

Uma onda de gelo correu pelo corpo de Fandórin; Brilling roncou por cerca de mais um minuto e apagou-se.

Como se esperassem por esse momento, cascos de cavalo bateram na esquina, rangeram rodas de carruagem. Eram os gendarmes que chegavam.

O general-ajudante Lavrienti Arkádievitch Mizínov, diretor do Terceiro Departamento e chefe do corpo de gendarmes, enxugou os olhos, vermelhos de cansaço. As agulhetas douradas no uniforme de gala emitiram um tinido surdo. Nas últimas 24 horas, ele não tivera tempo de trocar de roupa, e menos ainda de dormir. Na véspera, um estafeta tirara Lavrienti Arkádievitch de um baile em homenagem ao príncipe Sierguiêi Alieksándrovitch. E, desde então, as coisas só se complicaram...

O general olhou com aversão para um rapazola sentado ao lado, de cabelos eriçados e o nariz arranhado, mergulhado em uns papéis. Há duas noites não dormia, mas estava viçoso como um pepino fresco. E se comportava como se tivesse passado a vida inteira em altos gabinetes. Bem, vamos deixá-lo com seus mistérios. E Brilling, hein, quem diria? Isso simplesmente não lhe entrava na cabeça!

— Então, Fandórin, ainda vai demorar? Ou está novamente entretido com alguma "idéia"? — perguntou severamente o general, sentindo que, depois de uma noite insone e um dia estafante, a ele mesmo não poderia ocorrer mais nenhuma idéia.

— Agorinha mesmo, Excelência, agorinha mesmo — balbuciou o rapaz. — Ainda faltam cinco anotações. Eu avisei que as anotações podiam estar codificadas. Vejam só que cifra engenhosa, metade das letras não foi decifrada, e eu também não me lembro de todos os que estavam lá... Ah, esse aqui é o nosso diretor dos correios, da Dinamarca, ele mesmo. Bem, e isso aqui, o que é? A primeira letra não foi decodificada... uma cruzinha, a segunda também é uma cruzinha, a terceira e a quarta são dois *M*, depois vem mais uma cruzinha, depois um *N*, depois um *D* interrogativo, as duas últimas foram omitidas. Temos ++MM+ND(?)++.

— Uma bobagem qualquer — Lavrienti Arkádievitch deu um suspiro. — Brilling adivinharia em dois tempos. Então, o senhor está seguro de que não foi um acesso de loucura? Não é possível imaginar que...

— Absolutamente seguro, Excelência — repetiu Erast Pietróvitch sabe-se lá quantas vezes. — E eu ouvi nitidamente como ele pronunciou "Azazel". Pronto! Agora me lembrei! Na relação de Biejétskaia havia um tal *commander*. É de supor que fosse ele.

— *Commander* é uma patente nas frotas britânica e americana — esclareceu o general. Ele começou a caminhar zangado pelo quarto. — Azazel, Azazel, que Azazel é esse que caiu na nossa cabeça! Ora, o fato é que a seu respeito não sabemos nada vezes nada. A investigação conduzida por Brilling em Moscou é um zero! Vejam só, tudo é absurdo, ficção, mentira... os terroristas, o atentado contra o príncipe herdeiro! Eliminar os cabeças, mas acaso é o que se verifica na realidade? Porventura ele meteu alguns cadáveres debaixo do nosso nariz? Ou houve substituições entre esses niilistas cretinos? Ele é bem capaz de... era um homem de muita, muita capacidade... Maldição! No entanto, onde estão os resultados da busca? Já faz 24 horas que estão remexendo!

A porta se entreabriu devagarinho, e na brecha apareceu uma fisionomia descarnada de óculos dourados.

— Excelência, o capitão de cavalaria Bieloziórov.

— Ora, até que enfim! Falando no diabo e ele aparece! Mande entrar.

Entrou no gabinete, apertando os olhos de cansaço, um oficial da gendarmaria já entrado em anos, que na véspera Erast Pietróvitch havia visto na casa de Canningham.

— Resolvido, Excelência, achamos — informou ele em voz baixa. — Dividimos toda a casa e o jardim em quadrados, reviramos tudo, e nada. Então, o agente secreto Eilenzon, dotado de um faro extraordinário, decidiu sondar as paredes no subsolo do externato. E o que o senhor acha, Lavrienti Arkádievitch? Descobrimos um nicho secreto, uma espécie de laboratório fotográfico, e nele 20 caixas, cada qual com aproximadamente 200 fichas. O código é estranho, semelhante a hieróglifos, muito diferente do que está na carta.

Ordenei que as caixas fossem trazidas para cá. Mobilizei todo o departamento de codificação; agora mesmo vão começar a trabalhar.

— Bravo, Bielozióróv, bravo — elogiou o justíssimo general. — E esse agente, o que teve o faro extraordinário, será indicado para condecoração. Então, vamos dar uma chegada no departamento de codificação. Vamos, Fandórin, você também deve estar curioso. Termine isso depois, agora não precisa ter pressa.

Subiram dois andares, depois caminharam rápido por um corredor sem fim. Viraram-se subitamente. Um funcionário correu ao encontro deles, sacudindo os braços.

— Uma desgraça, Excelência, uma desgraça! A tinta clareia aos nossos olhos, não entendemos o que está acontecendo!

Mizínov correu à frente, o que absolutamente não combinava com sua figura pesadona; os fios dourados das dragonas ondulavam como as asas de uma borboleta. Bielozióróv e Fandórin passaram de forma desrespeitosa à frente da alta chefia e foram os primeiros a irromper pelas portas altas e brancas.

O grande salão, todo ocupado por cadeiras, estava em polvorosa. Cerca de uma dezena de funcionários agitava-se sobre montes de fichas brancas bem cuidadas, dispostas em pilhas nas mesas. Erast Pietróvitch agarrou uma, viu caracteres antigos que mal se distinguiam, parecidos com ideogramas japoneses. Bem diante dos seus olhos os ideogramas sumiram e a ficha ficou inteiramente limpa.

— Que diabo está acontecendo?! — exclamou ofegante o general. — Alguma tinta especial?

— Excelência, temo que seja bem pior — disse um senhor com aspecto professoral, examinando uma ficha contra a luz. — Capitão, o senhor disse que a ficha estava guardada em uma espécie de câmara escura?

— Exatamente — confirmou respeitosamente Bieloziórov.

— E não se lembra do tipo de iluminação que havia lá?

— Com toda a certeza, era precisamente uma lanterna elétrica vermelha.

— Era o que eu pensava. Infelizmente, Lavrienti Arkádievitch, a ficha está perdida e não se presta à restauração.

— Como assim? — exaltou-se o general. — Será que o senhor, que é um mestre, não inventa alguma coisa? O senhor, enfim, é uma sumidade no seu ofício...

— Mas eu não sou um mago, Excelência. Pelo visto, as fichas foram obtidas com uma solução especial e só sob luz vermelha pode-se trabalhar com elas. Agora a camada em que foram impressos os caracteres antigos está estragada. Engenhoso, não há mais o que dizer. É a primeira vez que deparo com isso.

O general moveu as sobrancelhas grossas e resfolegou com ar ameaçador. Na sala fez-se o silêncio — avizinhava-se uma tempestade. No entanto, acabou não trovejando.

— Vamos, Fandórin — pronunciou o diretor do Terceiro Departamento com voz abatida. — O senhor precisa terminar o serviço.

Ele acabou não conseguindo decifrar as duas últimas anotações — eram informações chegadas no último dia, 30 de junho, e Fandórin não conseguiu identificá-las. Chegara a hora de fazer um balanço.

Caminhando pelo gabinete, o cansado general Mizínov raciocinava em voz alta.

— Pois bem, vamos reunir o pouco de que dispomos. Existe uma certa organização internacional convencionalmente chamada "Azazel". A julgar pela qualidade das fichas, que nunca mais poderemos ler, ela conta com 3.854 integrantes. Sobre 47 deles, ou melhor, 45, uma vez que duas anotações não foram decifradas, sabemos alguma coisa. Mas pouco: apenas a nacionalidade e a posição que ocupam. Não sabemos nem os nomes, nem a idade, nem os endereços... O que mais sabemos? Os nomes de dois finados azazelistas — Canningham e Brilling. Além deles, Amália Biejétskaia, que está na Inglaterra. Se é que seu amigo Zurov ainda não a matou, e ela continua na Inglaterra e o seu nome é realmente esse... A organização "Azazel" atua de maneira agressiva, não se detém diante de um homicídio, e nisso existe notoriamente algum objetivo global. Mas qual? Eles não são maçons, porque eu mesmo sou membro de uma loja maçônica, e de grau elevado. Hum... Lembre-se, Fandórin, o senhor não ouviu o que acabei de dizer.

Erast Pietróvitch baixou a vista, cordato.

— Isso não é uma Internacional Socialista — continuou Mizínov —, porque os senhores comunistas não têm peito para esse tipo de coisa. Além disso, Brilling não podia ser um revolucionário; essa hipótese está excluída. Independentemente do que ele fizesse em segredo como niilista, o meu querido auxiliar se desincumbia de suas funções com muito êxito. De que mais a "Azazel" precisava? Sim, porque isso é o mais importante! E ficam livres de quaisquer obstáculos. Canningham está morto. Brilling está morto. Nikolai Croog era um simples executor, um peão. O patife do Pijov está morto. Todas as cabeças foram cortadas... — Lavrienti Arkádievitch ficou sem saber o que dizer, indignado. — Não, decididamente não estou entendendo nada. Eu conhecia Brilling havia mais de dez anos. Eu mesmo o promovi socialmente! Eu mesmo o descobri! Julgue o senhor mesmo, Fandórin. Nos meus tempos de governador-geral de Khárkov, eu realizei toda sorte de concursos entre colegiais e estudantes universitários com a finalidade de estimular na nova geração sentimentos patrióticos e uma aspiração por transformações úteis. Fui apresentado a um jovem magro, desengonçado, colegial de uma turma de formandos, que escrevera uma composição muito objetiva e apaixonada sobre o tema "O futuro da Rússia". Acredite, pelo espírito e pela biografia, era um verdadeiro Lomonóssov... Sem parentes nem dependentes, órfão de pai e mãe, custeou os estudos com centavos, prestou exames direto para as classes terminais que dão acesso à universidade. Um talento inato genuíno! Responsabilizei-me por ele, determinei a concessão de uma bolsa, coloquei-o na universidade de Petersburgo e depois o contratei para trabalhar comigo, e nunca lamentei por isso. Era o melhor dos meus auxiliares, o homem de minha confiança! Fez uma carreira brilhante, diante dele todos os caminhos estavam abertos. Que inteligência viva, paradoxal, que espírito de iniciativa, que capacidade de execução! Deus, eu ia lhe dar minha filha em casamento! — O general pôs as mãos na testa.

Por respeito aos sentimentos da alta chefia, Erast Pietróvitch manteve uma pausa tática e tossiu discretamente.

— Excelência, eu estava pensando... Os obstáculos, é claro, são muitos, mas ainda assim existe alguma coisa.

O general sacudiu a cabeça, como se afugentasse lembranças inconvenientes, e sentou-se à mesa.

— Estou ouvindo. Fale, Fandórin, fale. Ninguém conhece essa história melhor que o senhor.

— Em suma, veja o que estou pensando... — Erast Pietróvitch examinou a lista, sublinhando alguma coisa a lápis. — Aqui há 44 homens; dois nós não deciframos, e o conselheiro efetivo de Estado, ou seja, Ivan Frantziêvitch, está fora. Entre eles, não é difícil identificar pelo menos oito. Bem, pense o senhor mesmo, Excelência. Quantos chefes de segurança o imperador do Brasil pode ter? Primeira questão. Ou veja o número 47F: é diretor do departamento belga;

enviada em 11 de junho, recebida no dia 15. Estabelecer quem pode ser essa pessoa será fácil. Esta é a segunda questão. Terceira: o número 549F é o vice-almirante da frota francesa; enviada no dia 15 de junho, recebida no dia 17. Quarta: o número 1007F é o recém-promovido baronete inglês; enviada no dia 9 de junho e recebida no dia 10. Quinta: o número 694F é o ministro português; enviada no dia 29 de maio e recebida no dia 7 de junho.

— Esta última passa ao largo —, interrompeu o general, que ouvia com uma atenção excepcional. — Em Portugal, o governo foi substituído em maio, de sorte que todos os ministros do gabinete são novos.

— Verdade? — perturbou-se Erast Pietróvitch. — Mas isso não importa; significa que não teremos oito, mas sete. Então, o quinto é o americano: número 852F, vice-presidente do comitê do Senado; enviada no dia 10 de junho e recebida no dia 28, aliás, já com a minha presença em Londres. Sexta: o número 1042F, Turquia, secretário particular do príncipe Abdul-Hamid; enviada no dia 1º de junho e recebida no dia 20.

Essa informação interessou particularmente Lavrienti Arkádievtch.

— É mesmo? Ah, isso é muito importante. E justo no dia 1º de junho? Pois é. No dia 30 de maio, houve um golpe de Estado na Turquia, depuseram o sultão Abdul-Aziz, e o novo governante, Midkhat Paxá, pôs no trono Murad V. E, no dia seguinte, nomeou um novo secretário para Abdul-Hamid, irmão caçula de Murad?... Que pressa! Essa é uma notícia de suma importância. Será que Midkhat Paxá tem planos de livrar-se de Murad e pôr no trono Abdul-Hamid? Sim, senhor... Bem, Fandórin, mas isso não é da sua alçada. Quanto ao secretário, saberemos em dois tempos. Agora mesmo vou me comunicar por telégrafo com Nicolai

Pávlovitch Gnátiev, nosso embaixador em Constantinopla; somos velhos amigos. Continue.

— E, finalmente, a última, a sétima: número 1508F, Suíça, chefe da polícia de um Cantão; enviada no dia 25 de maio e recebida em 1º de junho. Identificar os outros será muito mais difícil, alguns até impossível. Mas se definirmos pelo menos esses sete e estabelecermos uma observação secreta sobre eles...

— Dê-me a relação — estendeu a mão o general. — Vou determinar imediatamente o envio de telegramas cifrados às respectivas embaixadas. Vê-se que teremos de entrar em colaboração com os serviços especiais de todos esses países. Além da Turquia, onde temos uma excelente rede própria... Veja, Erast Pietróvitch, fui brusco com o senhor, mas não fique ofendido. Eu aprecio muito a sua contribuição e tudo o mais... É que simplesmente me foi doloroso... Por causa de Brilling... Bem, o senhor compreende.

— Compreendo, Excelência. A mim mesmo, em certo sentido, não foi menos doloroso...

— Então está bem, então está ótimo. Vai trabalhar comigo. Estudar a "Azazel". Vou criar um grupo especial, designar as pessoas mais experientes para ele. Vamos desenrolar esse novelo definitivamente.

— Excelência, eu precisaria ir a Moscou...

— Para quê?

— Gostaria de conversar com Lady Esther. Ela mesma, por ser uma criatura não tanto terrena quanto celeste (aqui Fandórin sorriu), dificilmente estaria a par da verdadeira atividade de Cunningham, mas ela conhecia esse senhor desde a infância e talvez possa revelar alguma coisa útil. Não é necessário falar com ela oficialmente, por intermédio da gendarmaria, não é? Tenho a sorte de conhecer um pouco Milady, ela não vai se assustar comigo; além disso, eu falo inglês. E se de repente se pega mais algum gancho? Quem sabe se pelo passado de Canningham a gente não chega a alguma coisa?

— Então, ao trabalho. Vá. Mas por um dia, não mais. Agora vá dormir; meu ajudante o alojará no apartamento. E amanhã pegue o trem noturno para Moscou. Se tudo correr bem, a essa altura os primeiros telegramas cifrados já estarão chegando às embaixadas. Na manhã de 28, o senhor estará em Moscou; converse com Lady Esther, mas à noite faça o favor de retornar, e direto ao meu gabinete, com o relatório. Seja qual for a hora, está claro?

— Claro, Excelência.

***

No corredor de um vagão de primeira classe do trem São Petersburgo-Moscou, um senhor idoso muito sério, com um bigode invejável, descendo pelos cantos da boca e um alfinete de brilhante na gravata, fumava um charuto, olhando com visível curiosidade para a porta fechada da cabine número um.

— Ei, meu caro — acenou como um dedo roliço para o condutor que ia passando.

O outro correu num instante para o imponente passageiro e fez uma reverência:

— Pois não.

O grão-senhor segurou-o com dois dedos pela gola e perguntou num tom baixo abafado:

— Meu jovem, quem é aquele que está viajando na primeira cabine? Você sabe? É jovem demais.

— Eu mesmo estou admirado — murmurou o condutor. — Porque, como se sabe, a primeira é reservada a pessoas de especial importância, e o acesso a ela não é permitido a qualquer general. Só a quem está em missão oficial urgente e importante.

— Sei. — O grão-senhor soltou uma baforada de fumaça. — Eu mesmo viajei uma vez em inspeção secreta a Novorossia. Mas esse aí ainda é um menino. Será algum filho mimado de pai rico? Da juventude ociosa?

— De modo algum; a esses filhinhos de papai não se permite a primeira, nisso o regulamento é severo. Só se for algum grão-príncipe. E, quanto a esse, tive a curiosidade de dar uma olhada na lista de passageiros enviada ao senhor diretor do trem — disse o condutor, baixando mais a voz.

— E então? — o intrigado senhor apressava o condutor.

Seduzido pela gorjeta generosa, o condutor levou o dedo aos lábios:

— É do Terceiro Departamento. Juiz de instrução para assuntos de especial importância.

— Compreendo que é "especial". Os simplesmente "importantes" não se instalam na primeira. — O grão-senhor calou com ar expressivo. — E o que ele está fazendo?

— Do jeito que se trancou na cabine, lá ficou lendo sem parar; não bota a cara de fora. Duas vezes ofereci chá, e ele nem ligou. Mergulhou nuns papéis e está lá sentado, nem levanta a cabeça. A partida em Píter atrasou 25 minutos, está lembrado? Foi por causa dele. Ficamos esperando a sua chegada.

— Vejam só! — exclamou o passageiro. — Mas isso é absolutamente inusitado!

— Acontece, mas é muito raro.

— E o sobrenome, não está na lista de passageiros?

— Nada. Nem o sobrenome, nem a patente.

Erast Pietróvitch aprofundou-se na leitura das parcas linhas dos relatórios e ficou de cabelo arrepiado de nervosismo. Um pavor místico subiu-lhe à garganta.

No exato momento em que ele ia sair para a estação ferroviária, chegou ao apartamento do Estado, em que Fandórin dormira há quase 24 horas um sono de chumbo, o ajudante de Mizínov e mandou que ele aguardasse — chegaram os três primeiros despachos das embaixadas, estavam sendo decodificados e iriam trazê-los num instante. Erast Pietróvitch teve de esperar quase uma hora, e temia perder o trem; mas o ajudante o tranqüilizou.

Mal entrou no compartimento enorme, forrado de veludo verde, com escrivaninha, um sofá macio e duas cadeiras de nogueira, com pés parafusados no chão, Fandórin abriu um pacote e aprofundou-se na leitura.

Eram três despachos: de Washington, Paris e Constantinopla. Os três tinham o mesmo cabeçalho: "Urgente. À Sua Excelência Lavrienti Arkádievitch Mizínov em resposta ao despacho nº 134768J, de 26 de junho de 1876". Os relatórios eram assinados pelos próprios remetentes. A semelhança acabava aí. O texto era o seguinte:

"27 de junho (9 de julho) de 1876, 12h15 — Washington.

"A pessoa de seu interesse é John Pratt Dobbs, elegeu-se no dia 9 de junho vice-presidente do comitê orçamentário do Senado. É um homem muito conhecido na América, milionário, desses que aqui são chamados de self-made man.* *Tem 44 anos. O lugar onde nasceu,*

* O homem que fez a si mesmo (em inglês).

sua vida pregressa e origem são desconhecidos. Supõe-se que tenha enriquecido durante a febre do ouro na Califórnia. É considerado um gênio empresarial. Durante a guerra civil entre o Norte e o Sul, foi assessor do presidente Lincoln para questões financeiras. Existe a tese de que foi precisamente graças ao empenho de Dobbs, e não à bravura dos generais confederados, que o Norte capitalista venceu o Sul conservador. Em 1872, foi eleito para o Senado pelo Estado da Pensilvânia. Sabe-se de fontes competentes que Dobbs está destinado a ser ministro das Finanças."

"9 de julho (27 de junho) de 1876, 16h45 — Paris.

"Graças ao agente Cocot, o que já é de seu conhecimento, conseguiu-se esclarecer, por intermédio do Ministério Militar, que no dia 15 de junho o contra-almirante Jean Antrepid, recém-nomeado comandante da esquadra do Sião, foi promovido a vice-almirante. É uma das personalidades mais lendárias da frota francesa. Há 20 anos, uma fragata francesa descobriu às costas de Portugal, em mar aberto, um barco com um adolescente, ao que parece salvo de um naufrágio. Por causa da comoção, o adolescente perdera completamente a memória, não soube dizer qual era seu nome nem mesmo sua nacionalidade. Feito grumete, recebeu como sobrenome o nome da fragata que o havia achado. Fez uma carreira brilhante. Participou de muitas expedições e guerras coloniais. No ano passado, Jean Antrepid causou uma verdadeira sensação em Paris, ao casar-se com a filha mais

velha do duque de Rohan. No próximo relatório, enviarei os detalhes da folha de serviço da pessoa que interessa ao senhor."

"27 de junho de 1876, 2h da tarde — Constantinopla.

"Caro Lavrienti, sua solicitação me deixou assaz surpreso. É que o Anvar Efêndi, pelo qual revela tão urgente interesse, de algum tempo para cá tornou-se objeto também de minha atenção fixa. Esse sujeito, íntimo de Midkhat Paxá e de Abdul-Hamid, pelos dados de que disponho, é uma das figuras centrais de uma conspiração que vem amadurecendo no palácio. É de esperar a iminente deposição do atual sultão e a subida de Abdul-Hamid ao trono. E, então, o Anvar Efêndi se tornará inevitavelmente uma figura de excepcional influência. É muito inteligente, recebeu educação européia, conhece diversas línguas orientais e ocidentais. Infelizmente, não dispomos de dados biográficos minuciosos desse interessante senhor. Sabe-se que não passa dos 35 anos, nasceu não se sabe se na Sérvia ou na Bósnia. É de origem desconhecida e não tem parentes, o que promete grandes benefícios à Turquia, se Anvar um dia tornar-se um vizir. É só imaginar: um vizir sem uma horda de parentes cobiçosos! Aqui simplesmente não existe nada desse tipo. Anvar é uma espécie de eminência parda de Midkhat Paxá, membro ativo do partido dos "Novos Otomanos". Está satisfeita a*

* Forma de tratamento cordial dispensada a homens na Turquia. [N. do T.]

sua curiosidade? Agora, satisfaça a minha. Por que esse seu interesse pelo meu Anvar Efêndi? O que sabe sobre ele? Informe imediatamente, isso pode ser importante."

Erast Pietróvitch releu sabe-se lá quantas vezes os relatórios e sublinhou no primeiro: "O lugar onde nasceu, sua vida pregressa e origem são desconhecidos"; no segundo: "não soube dizer qual era seu nome nem mesmo sua nacionalidade"; no terceiro: "É de origem desconhecida e não tem parentes." A situação estava ficando meio horripilante. Era como se todos os três houvessem surgido de parte alguma! Súbito, em algum momento, emergiam do nada e começavam a galgar as alturas com uma persistência verdadeiramente inumana. O que é isso? Serão membros de alguma seita secreta? Essa não! E se de repente não forem humanos e tiverem vindo de outro mundo? Digamos, emissários do planeta Marte? Ou, pior ainda: um diabo qualquer? Fandórin ficou de cabelo arrepiado, recordando o seu primeiro contato noturno com o "fantasma de Amália". Ora, essa mesma Biejétskaia também é uma pessoa de origem desconhecida. E ainda tem a senha satânica "Azazel". Ah, alguma coisa aí me cheira a enxofre...

Bateram furtivamente à porta, e Erast Pietróvitch estremeceu; enfiou a mão nas costas, no coldre escondido, e apalpou a coronha canelada do Herstal.

À porta entreaberta apareceu a fisionomia gentil do condutor.

— Excelência, estamos chegando a uma estação. O senhor não gostaria de esticar um pouco as pernas? Lá tem também um bufê.

Ao ouvir "Excelência", Erast Pietróvitch tomou ares garbosos e olhou furtivamente para o espelho. Será verdade que podem me confundir com um general? Então, não seria mal esticar um pouco as pernas e, além disso, pensa-se melhor enquanto se caminha. Uma idéia vaga girava-lhe na cabeça, fugia a todo instante, mas prometia — tinha de se aprofundar mais, ah, isso tinha!

— Pode ser. De quanto tempo vai ser a parada?

— Vinte minutos. Mas o senhor não precisa se preocupar, fique à vontade. — O condutor deu uma risadinha. — Ningém vai embora sem o senhor.

Erast Pietróvitch saltou do estribo na plataforma banhada de luzes da estação. Algumas janelas do compartimento já estavam escuras — pelo visto, alguns passageiros haviam-se recolhido para dormir. Fandórin espreguiçou-se gostosamente e pôs as mãos para trás, pronto para o passeio que iria ativar o seu pensamento. Mas, nesse momento, um senhor garboso, de bigode e de fraque, desceu do mesmo vagão, lançou na direção do jovem um olhar curioso e estendeu a mão a uma jovem acompanhante. Ao ver-lhe o rostinho encantador e viçoso, Erast Pietróvitch gelou, enquanto a mocinha ficava radiante e exclamava com voz animada:

— Papai, é ele, aquele senhor da polícia! Lembra-se que eu lhe contei? Aquele que *interrogou* a mim e a Fräulein Pful!

A palavra interrogou foi pronunciada com evidente prazer, enquanto os olhos claros olhavam para Fandórin com um interesse indisfarçável. É preciso confessar que os impressionantes acontecimentos das últimas semanas haviam abafado um pouco as lembranças daquela que Erast Pietróvitch chamava de "Lísanka", exclusivamente de si para si, e às vezes até de "anjo de ternura", sobretudo nos momentos de sonho. No entanto, ao ver essa criatura encantadora, a chama que outrora chamuscara o coração do pobre escrevente voltou a arder como brasa, queimando-lhe os pulmões com faíscas de fogo.

— Eu não sou propriamente da polícia — balbuciou Fandórin, corando. — Fandórin, funcionário de missões especiais junto a...

— Estou sabendo de tudo, *je vous le dis tout cru** — disse o bigodudo com ar misterioso, e um brilhante reluziu na sua gravata. — Assunto de Estado, não precisa revelar. *Entre nous sois dit,*** eu mesmo estive ligado a essa questão reiteradas vezes, pelo tipo de atividade que desenvolvia, por isso compreendo perfeitamente. — Ele levantou a cartola. — Mas permita que eu me apresente. Conselheiro secreto efetivo Alieksandr Apollodórovitch Evert-Kolokóltziev, presidente do tribunal de júri da província de Moscou. Minha filha, Lisa.

— Só peço que me chame de Lizzi; não gosto de Lisa, parece *podliza**** — pediu a jovem, que se expressou ingenuamente. — Eu tenho me lembrado constantemente do senhor. Emma gostou do senhor. E eu me lembro do seu nome: Erast Pietróvitch. Bonito nome... Erast.

Fandórin teve a impressão de que havia adormecido e tido um sonho maravilhoso. Era melhor não se mexer, senão — não permitisse Deus — poderia acordar.

---

* Falo francamente (em francês).

** Cá entre nós (em francês).

*** Bajulador. [N. do T.]

Capítulo décimo quinto

No qual se prova de modo convincente a importância da respiração correta

Na companhia de Lísanka (de certo modo, Erast Pietróvitch não se habituara a "Lizzi"), falava-se e calava-se igualmente bem.

O vagão sacolejava cadenciadamente nos entroncamentos, e de quando em quando o trem voava numa velocidade surpreendente, emitindo seu apito pelas matas sonolentas envoltas na penumbra do amanhecer, enquanto Lísanka e Erast Pietróvitch mantinham-se calados, sentados em cadeiras macias na primeira cabine. Olhavam basicamente pela janela, mas de quando em quando fitavam-se um ao outro e, se por acaso os olhares se cruzavam, essa coincidência não lhes causava nenhum acanhamento; ao contrário, era um momento alegre e agradável. Fandórin já procurava virar-se de propósito para ela do modo mais ágil possível, e sempre que conseguia apanhar um olhar cruzado, Lísanka sorria baixinho.

Não convinha falar, ainda mais porque podiam acordar o senhor barão, que cochilava calmamente no sofá. Ainda há pouco, Alieksandr Apollodórovitch discutia animadamente com Erast Pietróvitch a questão báltica e depois, quase no meio de uma palavra, subitamente começou a roncar e deixou a cabeça cair sobre o peito. Agora a cabeça balançava aconchegantemente ao compasso do vai-e-vem das rodas do trem; vai-e-vem, vai-e-vem (lá-e-cá, la-e-cá), vai-e-vem, vai-e-vem (lá-e-cá, lá-e-cá).

Lísanka riu baixinho de seus pensamentos, e quando Fandórin lançou-lhe um olhar interrogativo, ela explicou:

— O senhor é tão inteligente, sabe tudo. Explicou ao papai sobre Midkhat Paxá, explicou sobre Abdul-Hamid. Mas eu sou tão tola, o senhor nem imagina.

— A senhora não pode ser tola — murmurou Fandórin com profunda convicção.

— Eu podia lhe contar, no entanto tenho vergonha... Mas, pensando bem, vou contar. Não sei por que, mas me parece que o senhor não vai rir de mim. Ou seja, vai rir comigo, mas de mim, não. Verdade?

— Verdade! — exclamou Erast Pietróvitch, mas o barão mexeu as sobrancelhas no sono, e o jovem voltou a cochichar. — Eu nunca vou rir da senhora.

— Veja lá... o senhor prometeu. Depois da sua visita, eu fiquei a imaginar tudo quanto é tipo de coisa... E era tudo muito bonito. Só que muito cheio de lamentações e forçosamente com um final trágico. Isso por causa da *Pobre Lisa.** Lisa e Erast, está lembrado? Eu imagino: estou num caixão de defunto, bela e pálida, cercada de rosas brancas; não sei se morri afogada ou de tísica, e o senhor soluça, e papai e mamãe soluçam, e Emma assoa o nariz. Engraçado, não é verdade?

— Engraçado — confirmou Fandórin.

— Foi simplesmente um milagre nós termos nos encontrado na estação. Fomos visitar *ma tante*** e devíamos

---

* Romance de Nicolai M. Karamzin (1766-1826), publicado em 1792, obra principal do romance sentimental russo. [N. do T.]

** Tia (em francês).

ter voltado ainda ontem, mas papai se deteve no ministério por alguma questão de trabalho e nós trocamos as passagens. Por acaso não foi um milagre?

— Por que um milagre? — admirou-se Erast Pietróvitch. — Aí tem o dedo do destino.

O céu lá fora estava misterioso: todo negro e com uma faixa vermelha ao longo do horizonte.

***

O cocheiro levou Fandórin por toda Moscou vespertina da estação ferroviária de Nicolai a Khamovinki. O dia estava claro e alegre, e nos ouvidos de Erast Pietróvitch continuava ecoando a exclamação de despedida de Lísanka:

— Então, o senhor vem hoje sem falta! Promete?

Pela hora, tudo se encaixa magnificamente. Agora ele irá ao externato, ver Milady. Ao departamento da gendarmaria é melhor ir depois — conversar com o diretor e, se conseguir, esclarecer uma coisa importante com Lady Esther — e então enviar um telegrama a Lavrienti Arkádievitch. Por outro lado, à noite poderiam chegar da embaixada os outros despachos... Fandórin tirou um cigarro de uma cigarreira nova de prata e acendeu-o meio desajeitadamente. Apesar de tudo, não será o caso de ir primeiro à gendarmaria. No entanto, o cavalo já corria pela Ostorójenka, e dar meia-volta seria uma tolice. Então, à casa de Milady, depois ao departamento, em seguida ir em casa apanhar as coisas e transferir-se para um hotel decente, depois trocar de roupa, comprar flores e, por volta das 6h ir para a rua Málaia Nikítskaia, à casa de Evert-Kolokóltziev. Erast Pietróvitch deu um sorriso beatífico e cantou: "Ele era conselheiro titular, ela, filha de general, ele fez uma tímida declaração de amor, ela o tocou por fora."

Eis o prédio conhecido com seus portões de ferro e o empregado de uniforme azul junto à guarita listrada.

— Onde posso encontrar Lady Esther? — disse Fandórin em voz alta, inclinando-se do assento. — No externato ou em casa?

— A essa hora, ela costuma estar em casa — informou com gentileza o porteiro, e a carruagem partiu ruidosamente na direção do beco tranqüilo.

Diante da casa de dois andares da diretoria, Fandórin mandou o cocheiro esperar, avisando que a espera poderia ser demorada.

O mesmo porteiro arrogante que Milady chamava de "Timofiêi" perambulava pela portaria; só não tomava sol como da outra vez e se protegia na sombra, porque em junho o astro queimava com um calor incomparavelmente mais intenso do que em maio.

Agora "Timofiêi" comportava-se de maneira bem diferente, revelando um inesperado talento psicológico — tirou o boné, fez uma reverência e com uma voz delicada perguntou quem deveria anunciar à patroa. Via-se que algo mudara na aparência de Erast Pietróvitch no mês que passou, pois ele não provocava mais nos porteiros ganas de agarrá-lo e de impedi-lo de entrar.

— Não precisa anunciar, eu mesmo vou.

"Timofiêi" curvou-se como um arco e escancarou silenciosamente a porta, deixando o visitante entrar em uma ante-sala forrada de um tapete rústico, de onde ele enveredou por um corredor intensamente iluminado pela luz do sol e chegou à conhecida porta pintada de branco e dourado. Ela se abriu ao seu encontro e um indivíduo magro e alto, metido num uniforme azul como o de "Timofiêi", com as mesmas luvas brancas, fixou no visitante um olhar interrogativo.

— Fandórin, funcionário do Terceiro Departamento, assunto urgente — disse severamente Erast Pietróvitch, mas a cara de cavalo do criado permaneceu impenetrável, e ele teve de explicar em inglês:

— *State police, inspector Fandórin, on urgent official business.* *

Mais uma vez nenhum músculo se mexeu no rosto de pedra, mas o sentido das palavras foi entendido — o criado inclinou a cabeça com afetação e sumiu atrás da porta, cerrando os batentes atrás de si.

Meio minuto depois, eles voltaram a escancarar-se. No limiar estava a própria Lady Esther. Ao ver seu velho conhecido, ela deu um sorriso de alegria:

— Oh, é o senhor! Tão menino! E Andrew disse que era um alto funcionário da polícia secreta. Vamos entrando, vamos entrando. Como vai? Por que esse aspecto tão cansado?

— Acabo de descer do trem de Petersburgo, Milady — explicou Fandórin, andando pelo gabinete. — Vim direto da estação ferroviária para cá, pois trata-se de um assunto muito urgente.

— Ah, sim — fez um sinal triste a baronesa, sentando-se numa poltrona e com um gesto convidando o hóspede a sentar-se em frente. — O senhor certamente quer conversar comigo sobre o amável Gerald Canningham. Isso parece um pesadelo, eu não estou entendendo nada... Andrew, pegue o chapéu do senhor policial... Esse é meu empregado antigo, que acabou de chegar da Inglaterra. O magnífico Andrew, eu sentia saudade dele. Vá, Andrew, vá, meu amigo, por enquanto não preciso de você.

---

* Polícia do Estado, inspetor Fandórin. Assunto oficial urgente (em inglês).

O ossudo Andrew, em quem Erast Pietróvitch não viu nada de magnífico, fez uma reverência e afastou-se, e Fandórin começou a remexer-se na poltrona dura, acomodando-se melhor — a conversa prometia ser demorada.

— Milady, eu estou muito triste com o que aconteceu; no entanto, o senhor Canningham, seu auxiliar imediato e muito antigo, estava implicado numa história criminosa muito grave.

— E agora o senhor vai fechar os meus externatos russos? — perguntou baixinho Milady. — Deus, o que vai ser das crianças... Elas mal estavam começando a habituar-se a uma vida normal. E quantos talentos existem entre elas! Eu vou encaminhar uma solicitação em nome do imperador; pode ser que me permitam levar meus pupilos para o estrangeiro.

— A senhora está se inquietando à toa — disse Erast Pietróvitch com brandura. — Nada vai acontecer aos seus externatos. No fim das contas, isso seria simplesmente um crime. Eu quero apenas lhe fazer umas perguntas sobre Canningham.

— Naturalmente! Tudo o que quiser. Coitadinho do Gerald... Sabe, ele era de família muito boa, neto de um baronete, mas os pais dele morreram afogados ao retornarem da Índia, e o menino ficou órfão aos 11 anos. Na Inglaterra, as leis sobre herança são muito rígidas, tudo fica para o filho mais velho — título, fortuna —, e os caçulas ficam freqüentemente a zero. Gerald era o caçula de um pai também caçula, sem recursos, sem lar, desprezado pelos parentes... Veja, eu estou justamente enviando as condolências a um tio dele, um *gentleman* absolutamente imprestável, que não dava a mínima importância para o Gerald. O que se há de fazer? Nós ingleses damos grande importância às formalidades. — Lady Esther mostrou uma folha de papel, escrita em letras graúdas, com traços de pena ondulados e requintados. — Para resumir, eu assumi a criança. Gerald revelou notáveis pendores para matemática, eu pensava que ele viria a ser um professor, mas a vivacidade da inteligência e a ambição não contribuem muito para a carreira científica. Logo notei que o menino gozava de autoridade entre as outras crianças, que ele gostava de chefiar. Ele revelava um talento nato para liderança: rara força de vontade, disciplina, capacidade de distinguir em cada pessoa os lados fracos e fortes. No externato de Manchester, ele foi eleito monitor. Eu supunha que Gerald iria querer ingressar no serviço público ou dedicar-se à política. Ele daria um excelente funcionário colonial e, com o tempo, talvez até um governador-geral. Qual não foi a minha surpresa quando ele me comunicou sua vontade de continuar comigo e dedicar-se à atividade pedagógica!

— Pudera! — exclamou Fandórin. — Assim ele tinha a possibilidade de pôr sob sua influência as mentes infantis fracas e, mais tarde, manter contato com os ex-alunos... — Erast Pietróvitch não concluiu, surpreso com a repentina hipótese. Meu Deus, como tudo era simples! O surpreendente era como isso não lhe havia ocorrido antes!

— Muito em breve, Gerald se tornou meu auxiliar insubstituível — continuou Milady, sem notar como mudara a expressão do rosto do interlocutor. — Que colaborador abnegado, incansável! E tinha um raro dom para línguas; sem ele, me teria sido simplesmente impossível acompanhar o funcionamento das filiais em tantos países. Eu sei, o inimigo dele sempre foi a ambição desmedida. Era um trauma psicológico que vinha da infância, o desejo de mostrar aos parentes que ele sempre passaria bem sem a ajuda deles. Eu percebia, eu sentia nele uma estranha discrepância. Com o talento e as ambições que tinha, ele nunca haveria de contentar-se com o modesto papel de pedagogo, mesmo recebendo vencimentos muito dignos.

Mas Erast Pietróvitch já não ouvia. Era como se uma lâmpada elétrica houvesse acendido em sua cabeça, clareando tudo o que antes estava mergulhado em trevas. Tudo se casava! O senador Dobbs surgindo não se sabe de onde, o almirante francês "que perdera a memória", o efêndi turco de origem desconhecida, e o falecido Brilling — isso mesmo, ele também! Não são gente? São marcianos? Vindos do além? Era só o que faltava! Eles todos eram pupilos dos externatos, era isso o que eram! Enjeitados, só que não largados nas portas dos abrigos, mas, ao contrário, lançados dos abrigos na sociedade. Cada um havia sido devidamente preparado, cada um possuía um talento habilmente revelado e minuciosamente desenvolvido! Jean Antrepid não havia sido lançado por acaso precisamente no caminho de uma fragata francesa — pelo visto, o jovem era dotado de um dom invulgar de marinheiro. No entanto, por alguma razão, precisaram esconder a origem de semelhante talento. Se bem que dá para entender! Se o mundo soubesse quantos carreiristas brilhantes saíam das fileiras dos pupilos de Lady Esther, fatalmente se preveniria. Mas desse jeito tudo transcorre como que naturalmente. Um impulso na devida direção — e o talento forçosamente se revela. Eis por que cada egresso da corte de "órfãos" atingiu pleno êxito em sua carreira! Eis por que era tão importante para eles informar a Canningham sobre o seu progresso no serviço, pois desta forma confirmavam seu mérito, a justeza da escolha feita! E era absolutamente natural que todos esses gênios fossem verdadeiramente dedicados apenas à sua comunidade — porque ela era a sua única família, a família que os havia protegido contra o mundo cruel, que os havia cultivado, revelado em cada um o seu "eu" singular. E, ainda por cima, uma família de quase quatro mil gênios espalhados pelo mundo inteiro! Vejam só esse Canningham, vejam só que "talento para a liderança"! Mas alto lá...

— Milady, quantos anos tinha Canningham? — perguntou Erast Pietróvitch, franzindo o cenho.

— Trinta e três — respondeu Lady Esther em tom afável. — No dia 16 de outubro completaria 34. No dia do seu aniversário, Canningham sempre dava uma festa para as crianças, e não era ele quem recebia presentes, mas quem dava alguma coisa a todas elas. Acho que isso consumia quase todos os seus vencimentos.

— Não, isso não casa! — gritou Fandórin em desespero.

— O que não casa, meu jovem? — surpreendeu-se Milady.

— Antrepid foi achado no mar há 20 anos! Na ocasião, Canningham tinha apenas 13. Dobbs enriqueceu um quarto de século antes, e na época Canningham ainda não era nem órfão! Não, não é ele!

— Mas de quem o senhor está falando? — a inglesa tentava penetrar no assunto, piscando perdidamente os olhos azuis...

Erast Pietróvitch fixou-se nela em silêncio, perturbado com a terrível suposição.

— Então, não é Canningham... — murmurou ele. — É a senhora mesma quem faz tudo isso... A senhora está nisso há 20, 25 e até mesmo há 40 anos! Mas é claro, quem mais poderia ser! E quanto a Canningham, ele era de fato apenas o seu braço direito! Quatro mil pupilos seus, basicamente seus filhos! E para cada um a senhora é como se fosse mãe! Era da senhora, não de Amália, que Morbid e Franz falavam! A cada um a senhora deu um objetivo na vida, "colocou no caminho" cada um deles! Ora, isso é terrível, é terrível! — Erast Pietróvitch gemeu, como se afligido por uma dor. — Desde o início a senhora procurou usar sua teoria pedagógica para criar uma conspiração em escala mundial.

— Não, não foi desde o início — objetou tranqüilamente Lady Esther, em quem ocorrera uma mudança imperceptível, mas absolutamente evidente.* Não parecia mais aquela velhinha pacífica e acolhedora; a inteligência, o autoritarismo e uma força inquebrantável começaram a brilhar em seus olhos. — A princípio, eu queria simplesmente salvar as criaturinhas humanas pobres e desamparadas. Queria torná-las felizes, tantas quantas me fosse possível. Que fossem 100, que fossem mil. Mas os meus esforços eram um grão de areia no deserto. Eu salvava uma criança, mas enquanto isso o celerado Moloque da sociedade moía mil, um milhão de criaturinhas humanas, em cada uma das quais arde inicialmente a centelha divina. Então eu compreendi que meu trabalho era inútil. Não se esgota o mar com uma colher. — A voz de Lady Esther ganhou força, os ombros arqueados se aprumaram. — Eu compreendi ainda que Deus tinha me proporcionado força para mais. Eu posso salvar não um punhado de órfãos, posso salvar a humanidade. Não importa que eu não esteja viva, que seja 20, 30, 50 anos depois da minha morte. Essa é a minha vocação, essa é a minha missão. Cada uma das minhas crianças é uma jóia preciosa, o coroamento do universo, o cavaleiro de uma nova humanidade. Cada uma trará um proveito inestimável; com sua vida, mudará o mundo para melhor. Elas vão escrever leis sábias, descobrir os segredos da natureza, criar obras-primas. E a cada ano serão mais numerosas, com o passar do

* Estranha passagem: a mudança é imperceptível (*neulovímaia*) e ao mesmo tempo absolutamente evidente (*soverchenno otchevidnaia*). [N. do T.]

tempo irão transformar este mundo abominável, injusto, criminoso!

— Que segredos da natureza, que obras-primas? — perguntou amargamente Fandórin. — Ora, a senhora só se interessa pelo poder. Eu mesmo vi: seu círculo de relações está repleto de generais e futuros ministros.

Milady deu um sorriso condescendente:

— Meu amigo, Canningham administrava para mim apenas a categoria "F", muito importante, mas nem de longe a única. "F" quer dizer *Force,** ou seja, tudo o que tem relação com o mecanismo do poder direto: política, aparelho do Estado, Forças Armadas, polícia etc. Mas ainda há a categoria "S", *Science,*** a categoria "A", *Art,**** a categoria "B", *Business.* Ainda há outras. Em 40 anos de atividade pedagógica, eu botei no caminho da vida 16.893 pessoas. Por acaso o senhor não vê como a ciência, a técnica, as artes, a jurisprudência e a indústria vêm se desenvolvendo nos últimos decênios? Por acaso o senhor não vê como em nosso século XIX, começando pelos seus meados, o mundo se tornou subitamente mais bondoso, mais racional, mais bonito? Está acontecendo uma verdadeira revolução pacífica. E ela é inteiramente necessária, senão a estrutura injusta da sociedade levará a outra revolução, dessa vez sangrenta, que fará a humanidade retroceder em vários séculos. Minhas crianças salvam diariamente o mundo. E, pode esperar, o mesmo vai continuar acontecendo nos anos futuros. Aliás, eu me lembro de que o senhor me perguntou por que eu não aceito meninas. Confesso que naquela ocasião eu lhe menti. Eu aceito meninas. Bem poucas, mas aceito. Na Suíça, eu te-

---

* Força (em inglês).

** Ciência (idem).

*** Arte (idem).

nho um externato especial, onde minhas queridas filhas são educadas. É um material absolutamente especial, talvez ainda mais precioso que os meus filhos. Parece que o senhor conhece uma das minhas educandas. — Milady deu um risinho malicioso. — É verdade que neste momento ela está se comportando de maneira insensata e esqueceu temporariamente o dever dela. Isso acontece com mulheres jovens. Mas ela voltará sem falta para mim, eu conheço as minhas meninas.

Por essas palavras, ficou claro a Erast Pietróvitch que Ippolit, apesar de tudo, não matara Amália, mas a levara, pelo visto, para algum lugar. No entanto, a lembrança de Biejétskaia revolveu antigas feridas e atenuou um pouco a impressão (sem dúvida, bastante considerável) produzida no jovem pelas reflexões da baronesa.

— Um bom objetivo é naturalmente uma coisa admirável! — exclamou ele de modo arrebatado. — Mas e quanto aos meios? Para a senhora, matar um homem é como esmagar um mosquito.

— Não é verdade! — objetou Milady com ardor. — Eu lamento sinceramente cada vida perdida. Mas não é possível limpar os estábulos de Augias* sem se sujar. Um que morre salva mil, um milhão de outras pessoas.

— E quem Kokórin salvou? — interessou-se Erast Pietróvitch em tom mordaz.

— Com o dinheiro desse esbanjador imprestável eu educo para a Rússia e o mundo milhares de boas cabeças. Não há o que fazer, meu filho, não fui eu que organizei este mundo cruel, no qual se tem de pagar seu preço por tudo. Neste caso, acho o preço perfeitamente razoável.

---

* Para um esclarecimento sobre o mito do rei Augias e seus estábulos, ver *Os doze trabalhos de Hércules*. [N. do T.]

— Sim, mas e a morte de Akhtírtziev?

— Em primeiro lugar, ele andava falando demais. Em segundo, estava importunando Amália excessivamente. Em terceiro, o senhor mesmo disse a Ivan Brilling: o petróleo de Baku. Ninguém pode recorrer contra o testamento escrito por Akhtírtziev, ele permaneceu em vigor.

— E quanto ao risco de uma investigação policial?

— Tolice — deu de ombros Milady. — Eu sabia que o meu amável Ivan daria um jeito em tudo. Desde a infância ele se destacou pela brilhante inteligência analítica e pelo talento de organizador. Que tragédia ele não existir mais... Brilling daria um jeito ideal em tudo, não fosse ele um jovem *gentleman* tão cabeçudo. Foi muita, muita falta de sorte para todos nós.

— Espere um pouco, Milady — Erast Pietróvitch finalmente atinou que era preciso precaver-se. — E por que a senhora está sendo tão franca comigo? Não me diga que está querendo me recrutar para o seu campo? Não fosse o sangue derramado, eu estaria inteiramente do seu lado; no entanto, seus métodos...

Lady Esther o interrompeu, sorrindo placidamente:

— Não, meu amigo, eu não espero recrutá-lo. Infelizmente nós nos conhecemos tarde demais; sua mente, seu caráter e seus valores morais já tiveram tempo de constituir-se, e agora já é quase impossível modificá-los. Fui franca com o senhor por três motivos. Primeiro, o senhor é um jovem muito sagaz e me suscita sincera simpatia. Não quero que me considere um monstro. Segundo, o senhor cometeu um sério equívoco ao vir da estação ferroviária direto para cá sem informar seus superiores a respeito. Bem, e terceiro, não foi por acaso que eu o fiz sentar-se nessa poltrona extremamente desconfortável, com um encosto tão estranhamente recurvado.

Ela fez com a mão um gesto imperceptível, e dos altos braços da poltrona pularam duas fitas de aço, prendendo Fandórin ao assento. Ainda sem se ter dado conta do acontecido, ele fez um esforço para levantar-se, mas não conseguiu nem se mexer direito; era como se os pés da poltrona estivessem chumbados.

Milady tocou uma sineta e no mesmo instante entrou Andrew, como se estivesse escutando atrás da porta.

— Meu excelente Andrew, por favor traga depressa o professor Blanck. A caminho, explique a ele a situação. Sim, e que ele traga o clorofórmio. E incumba Timofiêi da carruagem. — Ela soltou um suspiro melancólico. — Já não há mais o que fazer.

Andrew fez uma reverência muda e saiu. O silêncio pairou sobre o gabinete: Erast Pietróvitch resfolegava, debatendo-se na armadilha de aço e tentando se virar, a fim de tirar das costas o salvador Herstal. No entanto, os malditos arcos apertavam tão fortemente que ele teve de desistir dessa idéia. Milady observava compassivamente os movimentos físicos do jovem, balançando a cabeça de quando em quando.

Muito em breve ecoaram passos rápidos no corredor, e entraram dois homens: o professor Blanck, o gênio da física, e o calado Andrew.

Depois de um olhar fugaz para o prisioneiro, o professor perguntou em inglês:

— Isso é sério, Milady?

— Sim, bastante sério — suspirou ela. — Mas é remediável. É claro que teremos de nos esforçar um pouco. Não quero apelar para o recurso extremo sem necessidade. Pois bem: eu me lembrei, meu jovem, que o senhor há muito tempo vinha sonhando com um experimento com material humano. Parece que surgiu a oportunidade.

— Mas eu ainda não estou plenamente preparado para trabalhar com o cérebro humano — disse Blanck com indecisão, examinando um Fandórin quieto. — Por outro lado, seria um desperdício deixar essa chance escapar...

— De qualquer forma, é necessário fazê-lo dormir — observou a baronesa. — O senhor trouxe o clorofórmio?

— Trouxe, sim; um instante. — O professor tirou um frasco de um bolso grande e com ele encharcou um lenço. Erast Pietróvitch sentiu um forte cheiro medicinal e quis reagir, mas com dois pulos Andrew chegou à poltrona e agarrou o prisioneiro pela garganta com uma força incrível.

— Adeus, pobre menino — disse Milady e deu as costas.

Blanck tirou da algibeira um relógio de ouro, olhou para ele por cima dos óculos e cobriu com força o rosto de Fandórin com um aromático trapo branco. Eis quando Erast Pietróvitch precisou da salvadora ciência de Tchandra Johnson! O jovem não inspirou o traiçoeiro aroma, no qual evidentemente não havia *prana*. Era o momento de passar ao exercício de contenção da respiração.

— Um minuto será mais que suficiente — declarou o cientista, apertando com força o lenço contra a boca e o nariz do condenado.

"E oito, e nove, e dez", contava mentalmente Erast Pietróvitch, sem se esquecer de abrir convulsivamente a boca, esbugalhar os olhos e representar convulsões. Aliás, apesar de toda a vontade, respirar não era tão simples, já que Andrew lhe apertava a garganta como uma prensa de ferro.

A contagem passou de 80, os pulmões reuniram as últimas forças lutando com a sede de aspiração, mas o trapo infame continuava esfriando com a sua umidade o rosto em brasa. Oitenta e cinco, 86, 87... Fandórin passava a uma velocidade desonesta, tentando com as últimas forças enganar o ponteiro dos segundos insuportavelmente lento. Súbito atinou que bastava de contorções, que há muito era tempo de perder a consciência, e amoleceu, ficou imóvel, e para ser mais convincente deixou cair a mandíbula. Quando a contagem chegou a 93, Blanck tirou a mão.

— Mas — constatou Blanck — que capacidade de resistência ele tem no organismo! Quase 75 segundos.

O "desmaiado" deixou a cabeça cair no ombro e fez de conta que respirava de modo cadenciado e profundo, embora estivesse com uma terrível vontade de sorver o ar com a boca faminta de oxigênio.

— Está pronto, Milady — informou o professor. — Podemos começar o experimento.

Capítulo décimo sexto
No qual se prenuncia um grande futuro para a eletricidade

— Levem-no para o laboratório — disse Milady. — Mas precisa ser depressa. Daqui a 12 minutos começa o recreio. As crianças não devem ver isso.

Bateram à porta.

— Timofiêi, é o senhor? — perguntou a baronesa em russo. — *Come in.*

Erast Pietróvitch não ousava olhar nem mesmo por entre os cílios — se alguém notasse, seria o fim. Ele ouviu os passos pesados do porteiro e a voz alta, como se fosse dirigida a surdos.

— De sorte que tudo está caminhando para melhor, senhora baronesa. *All right.* Chamei o cocheiro para tomar chá. Chá! *Tea! Drink!** O diabo é resistente, mas caiu. Bebe, bebe e nada. *Drink, drink, and nothing.*** Mas depois acabou desmaiando. A carruagem, eu botei detrás da casa. *Behind* nossa *house.**** Levei para o pátio, estou dizendo. Que fique

* Tomar chá (em inglês macarrônico).

** Bebe, bebe e nada (em inglês macarrônico).

*** Atrás da nossa casa (em inglês macarrônico).

por enquanto por lá; depois eu dou um jeito, não precisa se preocupar.

Blanck traduziu essas palavras para a baronesa.

— *Fine* — respondeu ela, e acrescentou a meia voz: — *Andrew, just make sure that he doesn't try to make a profit selling the horse and the carriage.**

Fandórin não ouviu a resposta — o calado Andrew deve ter simplesmente feito um sinal.

"Vamos lá, canalhas, desafivelem-me", Erast Pietróvitch apressava mentalmente os malfeitores. "Daqui a pouco vai começar o recreio. Agora eu vou aprontar um experimento para vocês. Só não posso esquecer o fecho de segurança."

No entanto, uma grande frustração aguardava Fandórin — ninguém se pôs a desafivelá-lo. Bem ao pé do ouvido, ele sentiu um fungado e cheiro de cebola ("Timofiêi", definiu inequivocamente o prisioneiro), algo rangeu baixinho uma, duas, três, quatro vezes.

— Pronto. Está desaparafusado — informou o porteiro. — Pega, Andriukha,** vamos levá-lo.

Levantaram e levaram a poltrona com Erast Pietróvitch. Abrindo levemente um olho, ele viu a galeria e as janelas holandesas iluminadas pelo sol. Está tudo claro — estão se dirigindo para o pavilhão central, para o laboratório.

Quando os carregadores entraram na sala de recreio, procurando não fazer ruído, Erast Pietróvitch meditou a sério — não seria o caso de despertar e violar o processo letivo, gritando como um possesso? Que as crianças vissem a que coisas se dedicava a sua boa Milady. Mas das salas vinham

* Está bem. Andrew, procure evitar que ele tente ganhar dinheiro vendendo o cavalo e a carruagem (em inglês).

** Variação popular do nome Andriêi. [N. do T.]

uns sons tão tranqüilos, tão receptivos — a voz de baixo cadenciada do professor, uma explosão de risos de crianças, o canto de um coro —, que tiraram o ânimo de Fandórin. Deixa pra lá, ainda não é o momento de mostrar as cartas, pensou ele justificando a sua brandura.

Depois, já era tarde — o burburinho escolar ficou para trás. Erast Pietróvitch observou que estavam subindo alguma escada, que uma porta rangeu, que uma chave girou.

Até por entre os cílios fechados via-se como era intensa a claridade da luz elétrica. Com um olho entrefechado, Fandórin observou rapidamente o ambiente. Conseguiu ver uns instrumentos de porcelana, fios, bobinas de metal. Tudo isso o desagradou muitíssimo. De longe, um sino repicou um som abafado — via-se que as aulas haviam terminado, e quase no mesmo instante vozes sonoras se fizeram ouvir.

— Espero que tudo termine bem — suspirou Lady Esther. — Para mim, será uma lástima se o jovem morrer.

— Eu também espero, Milady — respondeu o professor com evidente nervosismo, e fez tinir algum objeto de ferro. — Mas a ciência, infelizmente, não existe sem sacrifícios. Temos de pagar caro cada pequeno avanço do saber. Com sentimentos não se vai longe. Mas, se a senhora aprecia tanto esse jovem, então que se pare de envenenar o cocheiro, e que se ponha um sonífero no copo dele. Então, eu começaria pelo cocheiro e deixaria o jovem para depois. Isso lhe daria mais uma chance.

— Tem razão, meu amigo. Absoluta razão. Isso seria um erro imperdoável. — Na voz de Milady soava uma amargura sincera. — Mas, mesmo assim, o senhor deve procurar se empenhar. Explique mais uma vez o que exatamente pretende fazer.

Erast Pietróvitch ficou de orelha em pé — essa questão também o interessava muito.

— A senhora está a par da minha idéia geral — disse Blanck com inspiração, e até interrompeu o ruído. — Eu acho que a conquista do elemento elétrico é a chave do próximo século. Isso mesmo, Milady! Faltam 24 anos para o século XX, mas isso não é um tempo tão longo. No novo século, o mundo vai se transformar a ponto de ficar irreconhecível, e essa grande transformação se realizará graças à eletricidade. A eletricidade não é apenas um meio de iluminação, como supõem os profanos. Ela é capaz de criar maravilhas, tanto em pequenas quanto em grandes proporções. Imagine uma carruagem sem cavalo, que funcione com motor elétrico! Imagine um trem sem locomotiva a vapor, veloz, limpo, silencioso! E canhões potentes, que derrotam o inimigo com uma descarga orientada de raios! E uma diligência urbana sem tração animal!

— O senhor já falou muitas vezes sobre tudo isso — a baronesa interrompeu com brandura o entusiasta. — Explique-me no que consiste o uso medicinal da eletricidade.

— Ah, isso é o mais interessante — entusiasmou-se ainda mais o professor. — É precisamente a esse campo da ciência elétrica que eu desejo dedicar minha vida. A macroeletricidade, ou seja, as turbinas, os motores, as potentes máquinas-dínamos vão mudar o mundo ao redor, e a microeletricidade vai mudar o próprio homem, corrigir as imperfeições da constituição natural do *Homo sapiens*. A eletrofisiologia e a eletroterapia: é isso o que vai salvar a humanidade e não os seus sabichões, que brincam de grandes políticos ou, chega a ser engraçado, pintam quadros.

— O senhor está enganado, meu jovem. Eles também fazem um trabalho muito importante e necessário. Mas continue.

— Eu ofereço a oportunidade de tornar o homem, qualquer homem, ideal; de livrá-lo dos vícios. Todos os defeitos que determinam o comportamento do homem se aninham neste canto aqui, olhe, no subcórtex do cérebro. — O dedo rijo bateu dolorosamente nas têmporas de Erast Pietróvitch. — Para explicar de forma simplificada: no cérebro há áreas que comandam a lógica, o prazer, o medo, a crueldade, o impulso sexual e assim por diante. O homem poderia tornar-se um ser harmonioso se todas as áreas funcionassem de maneira uniforme, mas isso quase nunca acontece. Um tem uma área excessivamente desenvolvida, que responde pelo instinto de conservação, e esse homem é um covarde patológico. Outro tem a zona da lógica insuficientemente ativada, e esse é um rematado imbecil. Segundo a minha teoria, por meio da eletroforese, isto é, de uma descarga elétrica orientada e rigorosamente dosada, é possível estimular umas áreas do cérebro e inibir outras indesejáveis.

— Isso é muito, muito interessante — disse a baronesa. — Sabe, meu querido Herhardt, que até hoje não criei limites financeiros para o senhor; mas por que essa certeza de que, em princípio, essa correção do psiquismo é possível?

— É possível! Disso não há a mínima dúvida! A senhora sabe, Milady, que em incas enterrados foram encontrados crânios com um único orifício nesse canto aqui? — O dedo tornou a bater duas vezes na cabeça de Erast Pietróvitch. — Aqui está situada a área que responde pelo medo. Os incas sabiam disso, e com o auxílio dos seus instrumentos primitivos extirparam a covardia dos meninos da casta dos guerreiros, tornando destemidos os seus soldados. E o rato? Está lembrada?

— Sim, o seu "rato destemido" que se lançava contra o gato me impressionou.

— Oh, isso é apenas o começo. Imagine uma sociedade sem criminosos! Um assassino cruel, maníaco, ladrão, depois de preso, não é executado nem enviado a campos de trabalhos forçados; simplesmente o submetem a uma pequena cirurgia, e esse homem infeliz, salvo para sempre da crueldade doentia, da luxúria excessiva ou da avareza desmedida, torna-se um membro útil da sociedade! Agora, imagine se um de seus meninos, e ainda por cima muito capaz, for submetido a minha eletroforese, que reforça ainda mais o seu talento!

— Bem, mas os meus meninos eu não vou lhe dar — interrompeu a baronesa. — O talento excessivo faz enlouquecer. Mas o que é um "homem puro"?

— É uma operação relativamente simples. Acho que já estou quase preparado para ela. Pode-se aplicar um golpe sobre a área de acumulação da memória, e então o cérebro humano se tornará uma folha limpa; é como se a senhora passasse uma borracha nele. Conservam-se todas as faculdades intelectuais, mas desaparecem as habilidades e os conhecimentos adquiridos. A senhora recebe um homem puro, como se fosse um recém-nascido. Está lembrada da experiência com a rã? Depois da operação, ela desaprendeu a pular, mas não perdeu os reflexos motores. Desaprendeu a pegar mosquito, mas conservou o reflexo de deglutição. Teoricamente, seria possível ensinar tudo isso a ela de novo. Agora, vejamos o nosso paciente... Ei, vocês dois, por que esses olhos arregalados? Peguem-no e ponham-no na mesa. *Macht schnell!**

Eis o momento, é agora! Fandórin preparou-se. Mas o torpe do Andrew o agarrou com tanta força pelos ombros, que não dava nem para pensar em tirar o revólver. "Timofiêi" estalou alguma coisa, e os aros de aço que apertavam o peito do prisioneiro foram retirados.

---

* Rápido (em alemão).

— Um, dois, e... já! — comandou "Timofiêi", segurando Erast Pietróvitch pelos pés, enquanto Andrew, que continuava a lhe apertar os ombros como uma tenaz, facilmente o levantou da poltrona.

Transferiram a cobaia para a mesa e a puseram de costas, sendo que Andrew continuava a segurá-la pelos cotovelos e o porteiro, pelos tornozelos. O coldre cravara-se impiedosamente na cintura de Fandórin. Mais uma vez ouviu-se o badalar do sino — o recreio havia terminado.

— Depois que eu elaboro sincronicamente com uma descarga elétrica as duas áreas do cérebro, o paciente fica inteiramente livre da experiência de vida anterior e, por assim dizer, transforma-se num recém-nascido. É necessário ensinar-lhe tudo de novo, a andar, mastigar, usar o toalete e, mais tarde, a ler, escrever etc. Suponho que isso venha a ser do interesse dos seus pedagogos, ainda mais porque a senhora tem alguma noção da tendência deste indivíduo.

— Sim. Ele se distingue por uma formidável capacidade de reação, é ousado, é dotado de um pensamento lógico bem desenvolvido e de uma intuição única. Espero que tudo isso se preste à restauração.

Em outra situação, Erast Pietróvitch se sentiria honrado por uma caracterização tão lisonjeira, mas agora ele se contraía de pavor — imaginava-se em um berço cor-de-rosa, com uma chupeta na boca e fazendo uns gugus sem nenhum sentido, e sobre ele se inclinava Lady Esther e falava em tom de censura: "Ai, que coisinha luim,* ficamos pequenos de novo." Não mesmo; melhor a morte!

— Ele está tendo convulsões, Sir — Andrew abriu a boca pela primeira vez. — Não teria voltado a si?

---

* Imitação da fala de uma criança pequena. [N. do T.]

— Impossível — cortou o professor. — A anestesia é bastante para no mínimo duas horas. Leves movimentos convulsivos são normais. O perigo, Milady, está em uma coisa. Não tive tempo suficiente para calcular com exatidão a força necessária da descarga. Se aplicar mais do que o necessário, isso matará o paciente ou o tornará idiota para sempre. Se for inferior ao necessário, o subcórtex preservará imagens vagas, fragmentárias, que sob o efeito de um estímulo externo podem um dia ressurgir na forma de determinada lembrança.

Depois de algum silêncio, a baronesa pronunciou com visível pena:

— Não podemos arriscar. Aplique a descarga mais forte.

Ouviu-se um zumbido estranho, depois um estrépito, que provocou um calafrio em Fandórin.

— Andrew, faça dois pequenos círculos: um aqui e outro ali — disse Blanck, pegando o cabelo de Fandórin, que continuava deitado. — Preciso ligar os eletrodos.

— Não, Timofiêi que cuide disso — declarou decididamente Lady Esther. — Eu me retiro. Não quero ver isso; depois, não vou conseguir adormecer à noite. Andrew, você vem comigo. Vou escrever alguns despachos urgentes, e você irá levá-los ao telégrafo. Precisamos tomar medidas de precaução, porque irão dar por falta do nosso amigo.

— Isso mesmo, Milady, a senhora só iria me atrapalhar — respondeu distraído o professor, ocupado com os preparativos. — Levarei os resultados imediatamente ao seu conhecimento.

As tenazes de ferro que apertavam os cotovelos de Erast Pietróvitch finalmente se abriram.

Mal os passos se afastaram atrás da porta, Fandórin abriu os olhos, com um impulso libertou as pernas e, desencurvando impetuosamente os joelhos, deu um chute no peito de "Timofiêi" — de tal jeito, que o outro voou para um canto. No instante seguinte, Erast Pietróvitch já saltava da mesa no chão e, apertando os olhos por causa da luz, arrancava o querido Herstal de debaixo da aba da sobrecasaca.

— Parados! Ou eu atiro! — ordenou em tom vingativo o ressuscitado, e nesse instante ele realmente sentiu vontade de fuzilar os dois: "Timofiêi" que piscava estupidamente os olhos, e o cientista louco que, pasmo, empacara com duas agulhas de aço nas mãos. Das agulhas, uns fios finos se estendiam a uma máquina engenhosa com umas luzinhas piscando. No laboratório, havia uma infinidade de coisas curiosas, mas não havia tempo para examiná-las.

O porteiro não tentou se levantar do chão e apenas se benzia com gestos miúdos, mas Blanck parece que não estava bem. Erast Pietróvitch teve a impressão de que o cientista não havia sentido o menor medo e estava apenas enfurecido com o inesperado obstáculo que podia sustar o experimento! E a vontade de matar encolheu, derreteu completamente.

— Não façam bobagens! Não se mexam! — gritou Fandórin com uma voz levemente trêmula.

No mesmo instante, Blanck soltou um grito lancinante:

— *Mistkerl! Du hast alles verdorben!** — e precipitou-se para a frente, batendo de lado na quina da mesa.

Erast Pietróvitch apertou o gatilho. Nada. O fecho de segurança! Deu um piparote no botão. Apertou duas vezes. Bum-bum! — espocou um estrondo duplo, e o professor caiu de bruços, com a cabeça bem aos pés do atirador.

Temendo um ataque pelas costas, Fandórin virou-se bruscamente, pronto para atirar mais, porém "Timofiêi" estava com as costas coladas na parede e suplicou com uma voz chorosa:

---

* Canalha! Você estragou tudo (em alemão).

— Não me mate, Excelência! Não foi por minha vontade! Por Cristo-Deus! Excelência!

— Levante, canalha! — berrou Erast Pietróvitch, meio surdo, ensandecido. — Vamos andando!

Empurrando o porteiro pelas costas com o cano do revólver, ele o fez correr pelo corredor, depois escada abaixo. "Timofiêi" trotava a passos miúdos, soluçando sempre que o cano lhe cutucava a coluna.

Passaram correndo pela sala de recreio, e Fandórin procurava não olhar para as portas abertas das salas de aula, de onde olhavam professores e por trás deles crianças caladas, de uniformes azuis, enfiavam as cabeças.

— É a polícia! — gritou Erast Pietróvitch para o espaço. — Senhores professores, não deixem as crianças saírem das salas. E também não saiam!

Por uma longa galeria, no mesmo ritmo, entre caminhando e correndo, chegaram à casa dos fundos. Diante da porta pintada de branco e dourado, Erast Pietróvitch empurrou "Timofiêi" com toda a força — o porteiro abriu com a testa os batentes e mal se manteve sobre as pernas. Ninguém. Deserta!

— Em frente! Abra todas as portas! — ordenou Fandórin. — E preste atenção: qualquer coisinha, e o mato como se mata um cachorro.

O porteiro limitou-se a agitar as mãos e trotou de volta ao corredor. Em cinco minutos, examinaram todos os cômodos do primeiro andar. Não havia vivalma, apenas na cozinha o coitado do cocheiro dormia o sono eterno, com o peito arriado pesadamente na mesa e a cara morta virada para o lado. Erast Pietróvitch olhou apenas de relance para fragmentos de açúcar na barba, para a poça de chá derramado, e mandou "Timofiêi" seguir adiante.

No segundo andar, ficavam dois dormitórios, um guarda-roupa e a biblioteca. A baronesa e seu criado também não estavam lá. Onde estarão? Ouviram os tiros e se esconderam em algum lugar no externato? Ou se evadiram totalmente, fugindo?

Erast Pietróvitch agitou o braço com o revólver num momento de cólera, e subitamente ouviu-se um estampido. A bala ricocheteou estridentemente na parede e saiu pela janela, deixando na vidraça uma estrelinha bem-feita com estilhaços voando para todos os lados. Diabos, o fecho está destravado e o gatilho é fraco, lembrou-se Fandórin e balançou a cabeça, tentando livrar-se do tinido nos ouvidos.

O inesperado disparo exerceu sobre "Timofiêi" um efeito mágico — o porteiro ajoelhou-se abruptamente e começou com uma ladainha de súplicas:

— Exce... Vossa Excelência... Não me tire a vida! Foi arte do demônio! Eu conto tudo, tintim por tintim! Eu tenho filhos pequenos, uma mulher doente! Eu mostro! Juro pelo santo Deus que mostro! Eles estão na adega, no subsolo secreto! Eu mostro, só não me mate!

— Em que subsolo? — perguntou ameaçadoramente Erast Pietróvitch e levantou a pistola, como se de fato quisesse fazer justiça sumária.

— Venha comigo, queira vir comigo.

O porteiro se pôs em pé, e depois de olhar um instante ao redor, conduziu Fandórin de volta ao primeiro andar, ao gabinete da baronesa.

— Uma vez eu vim aqui... Eles não me deixaram entrar. Não confiavam na gente. Pois sim... russo, alma ortodoxa, não é de sangue inglês. — "Timofiêi" benzeu-se. — Aqui só entrava o Andriêi deles; a gente, nem pensar.

Correu até a escrivaninha, girou a maçaneta da secretária, e de repente a secretária afastou-se para o lado, descobrindo uma portinhola de cobre.

— Abra! — ordenou Erast Pietróvitch.

"Timofiêi" ainda se benzeu três vezes e empurrou a portinhola. Ela se abriu em silêncio, e apareceu uma escada que descia, conduzindo para o escuro.

Fandórin começou a descer cautelosamente, empurrando o porteiro pelas costas. A escada terminava numa parede, mas no canto, à direita, apareceu um corredor estreito.

— Ande, ande! — disse Erast Pietróvitch a "Timofiêi", que retardava o passo.

Guinaram para um canto, para trevas profundas. Devia ter trazido uma vela, pensou Fandórin, e enfiou a mão direita no bolso à procura de fósforos, mas de súbito houve um clarão e um estampido à frente. O porteiro fez um ai e sentou-se no chão, mas Erast Pietróvitch ergueu o Herstal e apertou o gatilho, até que o percussor começou a estalar nos cartuchos vazios. Fez-se um silêncio total. Com os dedos trêmulos, Fandórin tirou a caixa e riscou um fósforo. "Timofiêi" estava sentado à parede como um corpo disforme, sem se mexer. Alguns passos adiante ele viu Andrew estirado de costas no chão. Uma fagulha ainda tremeluziu em seus olhos vidrados e apagou-se.

Uma vez no escuro, ensina o grande Fouché, deve-se apertar os olhos, contar até 30 para comprimir as pupilas, e então a visão pode distinguir a mais ínfima fonte de luz. Para se sentir seguro, Erast Pietróvitch contou até 40, abriu os olhos e, realmente, de algum lugar irrompia uma nesguinha de luz. Posicionando a mão com o inútil Herstal, ele deu um passo, dois, três, e avistou adiante uma porta ligeiramente entreaberta, de cuja fenda derramava-se uma luz fraca. A baronesa só podia estar ali. Fandórin rumou decididamente para a nesguinha de luz e empurrou a porta com força.

À sua vista descortinou-se um pequeno quarto com algumas prateleiras estendidas ao longo das paredes. No centro do quarto, havia uma mesa, sobre a qual uma vela ardia em um candelabro de bronze e iluminava o rosto de Lady Esther projetado por sombras.

— Entre, meu filho — disse ela calmamente. — Estou à sua espera.

Erast Pietróvitch atravessou o umbral, e a porta bateu subitamente às suas costas. Ele estremeceu, olhou para trás e notou que a porta não tinha dobradiças nem maçaneta.

— Chegue-se mais perto — pediu baixinho Milady. — Quero observar melhor o seu rosto, porque ele é o rosto do destino. O senhor é uma pedra que cruzou o meu caminho. Uma pedra pequena, na qual eu estava destinada a tropeçar.

Tocado por semelhante comparação, Fandórin chegou-se à mesa e viu um cofre de metal plano diante da baronesa.

— O que é isso? — perguntou ele.

— Isso fica para depois. O que o senhor fez com o Herhardt?

— Está morto. A culpa foi dele, não tinha que se meter debaixo de bala — respondeu grosseiramente Erast Pietróvitch, procurando não pensar que em alguns minutos contados havia matado dois homens.

— É uma grande perda para a humanidade. Era um homem estranho, obcecado, mas um grande cientista. Um Azazel a menos...

— O que é "Azazel"? — animou-se Fandórin. — Que relação tem esse Satanás com suas crianças?

— Azazel não é um Satanás, meu filho. É o grande símbolo do salvador e do ilustrador da humanidade. Deus criou este mundo, criou os homens e os deixou à mercê deles mesmos. Mas os homens são tão fracos e tão cegos que transformaram o mundo de Deus em um inferno. A humanidade há muito teria sucumbido não fossem uns homens especiais, que de quando em quando aparecem entre nós.

Não são demônios nem deuses; eu os chamo de *héros civilisateurs.** Graças a cada um deles, a humanidade deu um passo adiante. Prometeu nos deu o fogo. Moisés nos deu o conceito de lei. Cristo nos deu o núcleo moral. No entanto, o mais valioso desses heróis é o judeu Azazel, que ensinou ao homem o sentimento da própria dignidade. Está escrito no *Livro de Enoque*: "Ele, imbuído de seu amor pelos homens, revelou-lhes os segredos que conhecera nos céus." Ele deu o espelho ao homem, para que o homem enxergasse atrás de si, isto é, para que tivesse memória e compreendesse o seu passado. Graças a Azazel, o varão pôde exercer seus ofícios e proteger sua casa. Graças a Azazel, a mulher deixou de ser uma fêmea muda e geradora de filhos e transformou-se em um ser humano com iguais direitos, com liberdade para escolher entre ser feia ou bonita, mãe ou amazona, viver para a família ou para toda a humanidade. Deus apenas deu as cartas ao homem; já Azazel ensina como jogar para ganhar. Cada um dos meus pupilos é um Azazel, mesmo que nem todos o saibam.

— Como "nem todos"? — interrompeu Fandórin.

— Só uns poucos, os mais leais e inflexíveis, são iniciados no objetivo secreto — explicou Milady. — São eles que assumem todo o trabalho mais duro, para que os meus outros filhos permaneçam imaculados. Azazel é o meu destacamento de vanguarda que, aos poucos, gradualmente, deve assumir o leme da direção do mundo. Ah, como irá prosperar o nosso planeta quando meu Azazel estiver à sua frente! E isso poderia acontecer em tão pouco tempo... dentro de uns 20 anos... Os demais pupilos dos externatos, não iniciados no segredo de Azazel, simplesmente seguirão seu caminho na vida, trazendo à humanidade um proveito inestimá-

---

* Heróis civilizadores (em francês).

vel. E eu apenas acompanho os êxitos deles, fico feliz com as suas conquistas e sei que, caso seja necessário, nenhum deles negará ajuda à sua mãe. Ah, o que será deles sem mim? O que será do mundo?... Mas não há de ser nada; Azazel está vivo, ele levará a minha causa até o fim.

Erast Pietróvitch ficou indignado:

— Eu vi os seus Azazels, os seus "leais e inflexíveis"! Morbid e Franz, Andrew e aquele com olho de peixe, que matou Akhtírtziev! São eles a sua guarda, Milady? Eles, os mais dignos?

— Não só eles. Mas outros também. Lembre-se, meu amigo, eu não lhe disse que nem todos os meus filhos conseguem encontrar o seu caminho no mundo de hoje, porque o talento deles ficou em um passado distante ou será exigido em um futuro distante? Pois bem, desses pupilos saem os executores mais fiéis e dedicados. Uns filhos meus são cérebro, outros, braços. Mas o homem que eliminou Akhtírtziev não é um dos meus filhos. É um nosso aliado provisório.

— Já disse tudo, amável jovem — continuou ela. — A nós dois restam apenas dois minutos. Sairemos da vida juntos. Infelizmente, eu não posso deixá-lo vivo. O senhor iria prejudicar os meus filhos.

— O que é isso? — gritou Fandórin e agarrou o cofre, que era bastante pesado. — Uma bomba?

— Sim — sorriu com simpatia Lady Esther. — Um mecanismo controlado pelo relógio. Invento de um dos meus talentosos meninos. Esses cofres podem ter ação de 30 segundos, duas horas e até 12 horas. É impossível abri-lo e parar o mecanismo. Essa bomba está calculada para 120 segundos. Eu morro junto com o meu arquivo. Minha vida terminou, mas o que consegui fazer não foi pouco. Minha causa terá continuidade, e ainda terão boas lembranças de mim, por muito tempo.

Erast Pietróvitch tentou agarrar o botão com as unhas, mas foi inútil. Então precipitou-se para a porta e passou a correr os dedos sobre ela, a dar murros. O sangue pulsava-lhe nos ouvidos, e ele calculava os batimentos do tempo.

— Lísanka! — gemeu Fandórin em desespero, curvando-se. — Milady! Eu não quero morrer! Sou jovem! Estou apaixonado!

Lady Esther olhava compadecida para ele. Nela, visivelmente, alguma luta transcorria.

— Prometa que a caça às minhas crianças não se tornará o objetivo da sua vida — pediu ela baixinho, olhando Erast Pietróvitch nos olhos.

— Juro! — exclamou ele, disposto a prometer qualquer coisa naquele instante.

Depois de uma pausa angustiante e infinitamente longa, Milady deu um brando sorriso maternal.

— Está bem. Continue a viver, meu filho. Mas se apresse, o senhor só tem 40 segundos.

Ela meteu a mão debaixo da mesa, e a porta de cobre abriu-se para dentro, rangendo.

Depois de lançar um último olhar para a mulher grisalha e imóvel e para a chama ondulada da vela, Fandórin disparou a passos enormes pelo corredor escuro. Na corrida esbarrou na parede, escalou a escada engatinhando, aprumou-se e com dois saltos atravessou o gabinete.

Dez segundos depois, as portas de carvalho da casa dos fundos por pouco não voaram das dobradiças com um fortíssimo abalo, e um jovem saiu aos trambolhões pela varanda com o rosto transtornado. Passou como uma bala pela rua calma e sombreada e só parou na esquina, respirando com dificuldade. Olhou para trás, pasmo.

Passavam-se os segundos, e nada acontecia. O sol banhava placidamente de dourado as coroas dos álamos, em um banco dormitava um gato ruivo, em algum ponto do pátio as galinhas cacarejavam.

Erast Pietróvitch agarrou-se ao coração que batia loucamente. Ela me enganou! Levou-me na conversa como um menino! E fugiu pela entrada de serviço!

Pôs-se a vociferar de uma fúria impotente e, como se lhe desse uma resposta, a casa dos fundos lhe devolveu quase os mesmos tons. As paredes estremeceram, o telhado balançou quase sem se notar, e de algum ponto do subsolo ouviu-se o estrondo da explosão vindo das entranhas.

Epílogo
No qual o herói se despede de sua mocidade

Pergunte a qualquer morador da rua Piervopriestólnaia quando é melhor celebrar o casamento civil, e naturalmente ouvirá em resposta que o homem assentado e sério, que deseja desde o início pôr sua vida familiar sobre fundamentos sólidos, casa-se forçosamente apenas no final de setembro, porque essa é a época ideal para uma longa viagem de barco pelas ondas do mar. Setembro em Moscou é farto e indolente, enfeitado pelo brocado de ouro e corado de púrpura do bordo, como uma engalanada comerciante de Zamoskvoriétechie. Se o casamento for no último domingo, o céu estará obrigatoriamente limpo, azul, o sol iluminando com plenitude e delicadeza — o noivo não irá transpirar no duro colarinho engomado e no apertado fraque preto, e a noiva não irá morrer de frio em seu gaze mágico, vaporoso, para o qual não existe nome adequado.

Escolher a igreja para o ritual é uma verdadeira ciência. Graças a Deus, na cidade das cúpulas douradas a opção é grande, mas isso aumenta ainda mais a responsabilidade. O verdadeiro moscovita sabe que é bom casar na rua Sriétienka, na Igreja da Assunção, no bairro Pietchátniki; o casal vive longa vida e os dois morrerão na mesma data. Para ter muitos descendentes, a igreja mais adequada é a da Grande Cruz de Nicolau, que ocupa todo um quarteirão em Kitai-górod. Quem aprecia mais o aconchego silencioso e o clima doméstico que escolha a Igreja de Pímen o Grande, em Stárie Vorótniki. Se o noivo é militar, mas não deseja terminar os seus dias em um campo de batalha e, sim, mais perto do lar, junto dos filhos e de toda a família, o mais sensato é fazer a promessa nupcial na Igreja de São Jorge, que fica em Vspolie. E, é claro, nenhuma mãe amorosa permite que a filha se case na Igreja de Santa Bárbara, igreja da grande mártir Bárbara, porque a coitadinha terá toda a sua vida atribulada por torturas e sofrimentos.

Mas os nobres e a alta burocracia não ficam muito à vontade para escolher, uma vez que a igreja deve ser imponente e ampla, do contrário não acomodará os convidados, representantes da nata da sociedade moscovita. Na cerimônia religiosa, que acabou sendo na igreja imponente e pomposa de Zlatoust, "toda a Moscou" esteve presente. Os basbaques, amontoados à entrada, onde as carruagens formavam um longo rosário, apontavam para a carruagem do próprio governador-geral, príncipe Vladímir Andriêievitch Dolgorúkoi, e isso significava que o casamento estava na ordem da sua importância.

Entrava-se na igreja com convite individual, e o número de convidados presentes chegou a 200. Havia muitos uniformes brilhantes, tanto de civis quanto de militares, muitos ombros de mulheres expostos e penteados altos, fitas, estrelas, brilhantes. Todos os lustres e velas estavam acesos, o ritual se alongava e os convidados estavam cansados. Todas as mulheres, independentemente da idade e da situação social da família, estavam inquietas e emocionadas, mas os homens, visivelmente cansados, conversavam à meia voz sobre outros assuntos. Já se falara muito dos jovens. O pai da noiva, conselheiro secreto efetivo Alieksandr Apollodórovitch von Evert-Kolokóltziev, era conhecido de toda a Moscou, a bonita Elisavieta Alieksándrovna mais de uma vez fora vista em bailes — começara a freqüentá-los ainda no ano anterior —, por isso, quem provocava curiosidade mesmo era o noivo Erast Pietróvitch Fandórin. Pouco se sabia a seu respeito; rapaz ladino da capital, vinha a Moscou esporadicamente, para tratar de assuntos importantes; carreirista, ganhava poder oficial em pleno altar. É verdade que seu cargo ainda não era alto, mas ele ainda era muito jovem e subia a montanha. Imagine, tão jovem e já com a cruz de São Vladimir na lapela! Alieksandr Apollodórovitch era prevenido, enxergava longe.

As mulheres se enterneciam mais com a mocidade e a beleza dos jovens. O noivo revelava um nervosismo muito comovente; ora corava, ora empalidecia, confundia as palavras da promessa — em suma, era uma maravilha de bonito. Bem, a noiva, Lísanka Evert-Kolokóltzieva, até parecia um ser do outro mundo, o coração simplesmente parava ao se olhar para ela. O vestido branco vaporoso, o véu leve, o buquê de rosas saxônias — tudo correu como devia. Quando os nubentes beberam o vinho tinto e trocaram o beijo, a noiva não se perturbou nem um pouco, mas, ao contrário, sorriu alegremente e cochichou alguma coisa ao ouvido do noivo e ele também sorriu.

E eis o que Lísanka cochichou ao ouvido de Erast Pietróvitch:

— A pobre Lisa desistiu de afogar-se e casou-se.

Erast Pietróvitch passou o dia todo atormentado com a atenção geral e com sua total dedicação aos presentes. Apareceu uma infinidade de ex-colegas de turma do colégio e "velhos companheiros" do pai (que no último ano haviam desaparecido todos como que por encanto e agora reapareciam). De manhã, levaram Fandórin a um café para sua despedida de solteiro na taberna Praga da rua Arbat, onde lhe deram muitos tapinhas no ombro, piscaram o olho e sabe-se lá por que lhe deram condolências. Depois o levaram de volta ao hotel, veio o cabeleireiro Pierre e lhe puxou os cabelos com dor, enrolando-os num basto coque. Ver Lísanka antes da cerimônia não era admitido, e isso também o atormentou. Durante os três dias desde sua chegada de Petersburgo, onde agora servia, quase não havia visto a noiva — Lísanka esteve o tempo todo ocupada com os preparativos do casamento.

Vermelho e suado depois da despedida de solteiro, Ksavieri Feofiláktovitch Grúchin, de fraque e com a faixa branca de padrinho de casamento, pôs o noivo numa carruagem aberta e conduziu-o para a igreja. Erast Pietróvitch esperava em pé nos degraus a chegada da noiva. Da multidão gritavam-lhe alguma coisa, e uma grã-senhorinha atirou-lhe uma rosa que lhe arranhou a face. Finalmente trouxeram Lísanka, quase invisível debaixo de ondas de tecido transparente. Ficaram lado a lado diante do coro que cantou, o sacerdote leu o "Eu sou o Deus misericordioso que ama o homem" e mais alguma coisa, os dois trocaram as alianças, posicionaram-se no tapete, e depois Lísanka disse as palavras sobre a pobre Lisa, e Erast Pietróvitch ficou subitamente calmo, olhou ao redor, viu os rostos, a alta cúpula da igreja, e sentiu-se bem.

Sentiu-se bem também depois, quando todos se chegaram e lhe deram os parabéns, de forma muito sincera e calorosa. Gostou especialmente do governador-geral Vladímir Andriêievitch Dolgorúkoi — gordo, bondoso, rosto redondo, bigodes pendentes. Disse que tinha ouvido muitas referências lisonjeiras a Erast Pietróvitch e de todo o coração lhe desejava um casamento feliz.

Chegaram à praça onde todos ao redor gritavam, mas o local era ruim porque a claridade do sol era muito intensa.

Ele e Lísanka sentaram-se na carruagem aberta; sentia-se um cheiro de flores.

Lísanka tirou a longa luva branca e apertou com força a mão de Erast Pietróvitch. Ele aproximou o rosto do véu e aspirou rapidamente o cheiro dos cabelos, do perfume e da pele fresca. Nesse instante (passavam pelos portões de Nikita), o olhar de Fandórin pousou casualmente na balaustrada da Igreja da Assunção, e foi como se o aperto de uma fria mão lhe pressionasse o coração.

Fandórin avistou dois meninos de uns oito a nove anos em uniformes azuis esfarrapados. Estavam sentados com ar perdido entre pedintes e cantavam com suas vozes finas alguma coisa queixosa. Girando o pescoço, os pequenos mendigos acompanharam com um olhar de curiosidade o pomposo cortejo nupcial.

— O que você tem, querido? — assustou-se Lísanka, ao ver como empalidecera o rosto do marido.

Fandórin não respondeu.

A revista no subsolo secreto da casa dos fundos do externato não deu nenhum resultado. A bomba de mecanismo desconhecido produziu uma explosão potente e compacta, que quase não danificou a casa, mas destruiu inteiramente o subsolo. Nada restou do arquivo. De Lady Esther também — não se levando em conta os farrapos de um vestido de seda.

Tendo perdido a diretora e a fonte de financiamento, o sistema internacional de externatos desintegrou-se. Em alguns países, os abrigos passaram à administração do Estado ou de sociedades beneficentes, mas a parte central dos estabelecimentos simplesmente deixou de existir. Em todo caso, por ordem do Ministério da Educação Popular, os dois externatos da Rússia foram fechados como focos de ateísmo e idéias nocivas. Os professores foram embora, as crianças debandaram em sua maioria.

A relação confiscada de Canningham permitiu identificar 18 ex-pupilos dos externatos, mas isso pouco adiantou, uma vez que era impossível definir quem entre eles estava ou não mancomunado com a organização Azazel. Ainda assim, cinco (entre eles o ministro português) renunciaram, dois se suicidaram e um (o brasileiro da guarda imperial) foi até executado. Uma ampla investigação nos diferentes Estados descobriu uma infinidade de pessoas de destaque e respeitáveis que outrora haviam concluído os externatos. Muitos não escondiam nada a esse respeito, orgulhosos da educação recebida. É verdade que alguns dos "filhos de Lady Esther" preferiram esconder-se, fugir à atenção importuna da polícia e dos serviços secretos, mas a maioria permaneceu nos seus lugares, uma vez que não havia nada de que pudessem ser acusados. Mas, doravante, estava-lhes vedado o caminho de ascensão aos altos postos no serviço público, e quando alguém era nomeado para altos postos, novamente, como na Idade Média, passava-se a dar atenção exclusiva à genealogia — não permitisse Deus que algum "enjeitado" (com esse termo batizaram nos círculos competentes os pupilos de Lady Esther) penetrasse nas altas esferas. Aliás, o grande público não percebeu a limpeza realizada, uma vez que foram adotadas entre os governos medidas minuciosas e articuladas de precaução e sigilo. Em certo momento, correram rumores sobre uma conspiração universal não se sabe se de maçons, se de judeus, se de uns e outros juntos, e lembraram-se do senhor Disraeli, mas depois isso acabou caindo no esquecimento, ainda mais porque nos Balcãs amadurecia uma crise séria, que excitava o ânimo de toda a Europa.

Por dever de serviço, Fandórin foi obrigado a participar das investigações do "caso Azazel". No entanto, revelou tão pouco empenho que o general Mizínov achou sensato dar ao jovem e talentoso colaborador outra incumbência, de que Erast Pietróvitch se ocupou com muito mais vontade. Ele sentia que na história de Azazel sua consciência não estava plenamente limpa, e o seu papel era bastante ambíguo. O juramento feito à baronesa (e violado involuntariamente) estragara-lhe consideravelmente as felizes semanas pré-nupciais.

Pois bem em pleno casamento tinham de aparecer diante das vistas de Erast Pietróvitch as vítimas da "abnegação, da bravura e da elogiosa aplicação" (assim estava escrito no decreto imperial que dispunha sobre sua condecoração) reveladas por ele.

Fandórin perdeu o ânimo, ficou cabisbaixo, e quando chegaram à casa dos sogros, na Málaia Nikítskaia, Lísanka assumiu decididamente a questão: isolou-se com o sombrio marido no quarto do vestiário, contíguo à ante-sala, e proibiu terminantemente que se entrasse lá sem permissão — o pessoal da casa já estava sobrecarregado de preocupações com os convidados que iam chegando e precisavam ser recepcionados antes do banquete. A cozinha exalava cheiros divinos, os cozinheiros, especialmente convidados do Bazar Eslavo, trabalhavam sem descanso desde a madrugada; atrás das portas fortemente fechadas da sala de danças, a orquestra ensaiava pela última vez valsas vienenses. Em suma, tudo corria como de hábito. Só restava pôr em ordem o noivo desmoralizado.

Certificada de que a causa da súbita melancolia não era alguma separação lembrada fora de propósito, a noiva ficou inteiramente tranqüila e pôs mãos à obra confiantemente. Às perguntas colocadas de forma direta Erast Pietróvitch respondeu com um resmungo, e fez tudo para esquivar-se, por isso a tática teve de ser mudada. Lísanka acariciou as faces do noivo, beijou-o inicialmente na testa, depois na boca, depois nos olhos, e o noivo abrandou-se, degelou, novamente se fez inteiramente governável. No entanto, os recém-casados não se apressavam em juntar-se aos convidados. O barão já viera várias vezes à ante-sala e se aproximara da porta fechada, inclusive tossira delicadamente, mas não ousara bater.

Mas acabou tendo de bater.

— Erast! — chamou Alieksandr Apollodórovitch, que a partir desse dia passara a tratar o genro por "você". — Desculpe, meu amigo, mas chegou para você um correio de Petersburgo. Assunto urgente!

O barão olhou para o garboso oficial de capacete e plumagem, que parara e ficara estático à entrada. O estafeta segurava sob as axilas um pacote quadrado, embrulhado em papel cinza do serviço público com águias no lacre.

Na porta apareceu enrubescido o recém-casado.

— O senhor está me procurando, tenente?

— Senhor Fandórin? Erast Pietróvitch? — informou-se o oficial com voz nítida e com modulações típicas da guarda.

— Sim, sou eu.

— Uma encomenda urgente do Terceiro Departamento. Onde ordena entregá-la?

— Pode ser aqui mesmo — afastou-se Erast Pietróvitch. — Desculpe, Alieksandr Apollodórovitch (ainda não se habituara a tratar familiarmente o sogro).

— Compreendo. Trabalho é trabalho — o sogro inclinou a cabeça, fechou a porta atrás do estafeta e ficou de fora, para evitar que, não permitisse Deus, entrasse algum estranho.

O tenente pôs a encomenda na mesa e tirou uma folha de papel da lapela da farda.

— Queira assinar no recebimento.

— O que é isso? — perguntou Fandórin, apondo a assinatura.

Lísanka olhava curiosa para o embrulho, sem manifestar a mínima vontade de deixar o marido a sós com o correio.

— Não fui informado — deu de ombros o oficial. — Quatro libras de peso. Hoje o senhor está vivendo um acontecimento feliz. Não terá relação com isso? Em todo caso, meus parabéns em meu próprio nome. Ainda há um envelope, que provavelmente lhe explicará tudo.

Ele tirou do canhão da manga um pequeno envelope sem assinatura.

— Permite que eu parta?

Erast Pietróvitch fez um sinal afirmativo e verificou a letra no envelope.

Depois de fazer saudações, o estafeta deu uma vistosa meia-volta e saiu.

O quarto estava meio escuro, e Fandórin, abrindo rapidamente o envelope, chegou-se à janela que dava diretamente para a Málaia Nikítskaia.

Lísanka abraçou o marido pelos ombros e resfolegou no ouvido dele:

— Então, o que tem aí? Uma felicitação? — perguntou ela impaciente e, vendo um cartão lustroso com duas alianças douradas, exclamou. — É isso mesmo! Ah, que gentileza!

Nesse instante, atraído por um rápido movimento lá fora, Fandórin levantou a vista e viu o estafeta com um comportamento um tanto estranho. Ele correu escada abaixo, pulou correndo numa carruagem que o aguardava e gritou para o cocheiro:

— Vamos! Nove! Oito! Sete!

O cocheiro agitou o chicote e por um instante olhou para trás. Um cocheiro como outro qualquer: chapéu de copa alta, barba ruça, só que os olhos eram estranhos — muito claros, quase brancos.

— Alto! — gritou Erast Pietróvitch feito um possesso e, sem refletir, pulou pela janela.

O cocheiro estalou o chicote e a parelha de cavalos arrancou no trote.

— Pare! Ou eu atiro! — berrou esganiçado Fandórin, embora não tivesse com que atirar, por causa do casamento, o fiel Herstal ficara no hotel.

— Erast! Aonde você vai?

Enquanto corria, Fandórin olhou para trás. Lísanka assomou à janela, em seu rostinho estava escrita a mais completa perplexidade. No instante seguinte, a janela cuspiu fogo e fumaça, as vidraças arrebentaram, e Erast Pietróvitch foi lançado ao chão.

Durante algum tempo, reinaram o silêncio, o escuro e a tranqüilidade, mas depois a clara luz do dia bateu nos seus olhos, um som lhe retumbou aos ouvidos, e ele compreendeu que estava vivo. Viu as pedras da calçada, mas não entendeu por que estavam bem diante dos seus olhos. Era repugnante olhar para pedras cinzentas, e ele desviou a vista para o lado. Foi ainda pior — ali havia uma bola de esterco de cavalo e dois pequenos círculos dourados brilhavam sobre algo desagradavelmente branco e lustroso. Erast Pietróvitch levantou-se de um impulso, leu uma linha escrita numa letra graúda e fora de moda, com ornatos em espiral e requintados traços de pena:

My Sweet Boy, This Is a Truly Glorious Day! *

---

* Meu amável menino, este é verdadeiramente um dia esplêndido (em inglês).

O sentido das palavras não lhe chegou à razão turvada, ainda mais porque a atenção do contundido rapaz foi atraída por outro objeto largado bem no meio da calçada e do qual cintilavam centelhas vibrantes.

No primeiro momento, Erast Pietróvitch não compreendeu o que era aquilo. Pensou apenas que a terra não é, de modo algum, lugar para *isso*. Depois discerniu: uma aliança de ouro brilhava no dedo anular da mão fina de mocinha, amputada à altura do cotovelo.

***

Pelo bulevar Tvierskói, um jovem elegantemente vestido, mas terrivelmente desmazelado, caminhava a passos rápidos e irregulares, sem enxergar ninguém ao redor: um fraque caro e amassado, uma gravata branca suja, um cravo branco cheio de pó na lapela. Os passantes se afastavam e acompanhavam o estranho sujeito com olhares curiosos. E o problema não estava na palidez cadavérica do elegante rapaz — pois há muitos tísicos por aí — nem no fato de ele estar mortalmente bêbado (cambaleava de um lado para outro); — isso não era grande coisa. Não, a atenção dos passantes, e particularmente das mulheres, era atraída por uma peculiaridade intrigante da fisionomia dele: evidentemente muito jovem, o rapaz elegante tinha as têmporas totalmente brancas, como se emersas de longa permanência sob as neves eternas de uma geada.

OBRAS DE BORIS AKUNIN

A JOGADA TURCA

1877– a guerra russo-turca envolve quase todos os países da Europa num conflito sangrento.

O detetive Erast Fandórin é destacado para desvendar um nebuloso caso de espionagem dentro do exército russo. A seu lado, disposta a tudo para descobrir o culpado, está a jovem e bela Vária. Mulher à frente do seu tempo, Vária enfrenta uma longa viagem para encontrar-se com seu noivo no *front* búlgaro. Quando seu amado é preso acusado de espionagem, ela precisa se unir a Fandórin para provar sua inocência – 280 págs.

LEVIATÃ

O livro começa no luxuoso cruzeiro Leviatã, que fazia a travessia do Atlântico na virada do século XIX. Erast Fandórin está a bordo deste cruzeiro e toma conhecimento de um mistério que um colega francês não consegue desvendar: o assassinato de 11 pessoas na Índia colonial. A história tem como pano de fundo um complexo jogo de relações entre a França, a Inglaterra e a Rússia e cabe ao extraordinariamente talentoso Fandórin evitar mais mortes trágicas – A sair.

A MORTE DE AQUILES

Fandórin volta à sua terra terra natal e imediatamente se envolve na investigação de um assassinato político que busca subverter a ordem nacional estabelecida.

O motivo do assassinato é a cruel colonização do Cáucaso e da Chechênia pelos russos na primeira metade do século XX – A sair.

Este livro foi impresso na
LIS GRÁFICA E EDITORA LTDA.
Rua Felício Antonio Alves, 370 – Jd. Triunfo – Bonsucesso
CEP 07175-450 – Guarulhos – SP – Fone. (0xx11) 6436-1000
Fax.: (0xx11) 6436-1538 – E-Mail: lisgraf@uninet.com.br